Arsène Lupin — Terror in Paris

BERND SPÄTH

Arsène Lupin

—

Terror in Paris

Kriminalroman

BE
Belle Époque Verlag

Der vorliegende Roman ist ein Werk der Fiktion.
Wenn auch darauf Wert gelegt wurden, die wesentlichen
historischen Abläufe korrekt wiederzugeben, so hat sich der
Autor doch gewisse literarische Freiheiten genommen,
um die Geschichte von Arsène Lupin und der Besatzung von Paris
durch die deutsche Wehrmacht auf dramatische – aber auch unter-
haltsame – Weise erzählen zu können.

© 2024 Belle Époque Verlag, Inh. G. Pahlberg, Wiesenstr. 7,
72135 Dettenhausen

Lektorat: Monika Hofko / Scripta Literaturagentur
Korrektorat: Christian Reichenbach
Innenlayout und Schriftsatz: Hans-Jürgen Maurer
Covergestaltung: Torsten Müller / buchcover.design

Herstellung: Custom Printing, Wał Miedzeszyński 217/1,
04-987 Warszawa, Polen

ISBN: 978-3-96357-248-7

Paris 1943

Gerade noch hatte er der Befragung zweier Frauen zugesehen, die von einer Gruppe SS-Schergen durch den Raum gestoßen wurden, als wären sie nicht mehr als ein Beutel verfaulter Zwiebeln. Der Boden war blutverschmiert, und die jungen Frauen waren es auch. Sie wurden ohnmächtig, doch sie wurden wieder auf die Beine gerissen und solange angeschrien, bis sie die Augen wieder öffneten. Zwanzig Minuten später lagen sie weichgeprügelt übereinandergeworfen in einer Ecke, die Augen kalt und starr und erloschen.

»Benzin drüber und gut is'«, sagte einer der SS-Schergen.

Generalmajor Helmfried von Stotz verließ den Raum, während die Schlächter ihm salutierten. Seine Ordonnanz wischte ihm vorsichtig ein paar Blutspritzer von den Stiefeln, obwohl die in diesen Kreisen ja eher als Auszeichnung galten, und er nahm Platz in seinem Dienstwagen.

»Zum Louvre, Herr General?«

Der nickte wortlos.

Begleitet von einer donnernden Motorradeskorte verließen sie die Kommandantur in der Avenue Kléber und bogen ab in die Rue Boissière mit ihren mehrgeschossigen Wohn- und Geschäftshäusern. Alter Baustil, dachte er sich, dekadent. Wenn sie mit Frankreich erst einmal fertig waren, dann würde hier etwas Großes und Neues entstehen. Hitlers Architekt Albert Speer würde seine Aufgabe finden: Weg mit dem ganzen verrotteten Franzosenzeug; stattdessen eine neue, gewaltige Architektur, mit der er den Franzmännern die Überlegenheit und Dauerhaftigkeit des Tausendjährigen Reiches auf ewig vor die Nase stellen würde!

Unter den verängstigten Blicken der Passanten bogen sie ab in die Avenue du Président Wilson. Auch so ein Hundsfott, der die deutsche Ehre im Ersten Weltkrieg geschändet hatte! Hätte er sich mit seinen amerikanisch-jüdischen Kumpanen nicht in den Krieg eingemischt, dann wäre Deutschland schon damals als strahlender Sieger hervorgegangen und hätte in den nachfolgenden Jahren die Franzosen zur deutschen Lebensart bekehrt: Pflicht, Zucht, Ordnung, Pünktlichkeit und un-be-ding-ter Gehorsam!

Hier würde er Bauten errichten lassen, die das Nürnberger Reichsparteitagsgelände nur noch als alten Schrebergarten erscheinen ließen! »Aufmarschallee Reichsführer Adolf Hitler« würde er sie nennen. Oder vielleicht, dachte er sich, gab es in Paris ja auch schon bald einen Boulevard du Général von Stotz?

Weiter ging es, entlang des Cours Albert 1er, der mündete in den Cours de la Reine und führte über lange und breite Alleen schließlich zum Louvre. – *Krempel,* dachte von Stotz sich. Kilometerlanges Grünzeug auf beiden Seiten. Aber ein General von Stotz würde die alten Straßennamen ausradieren und eine einheitliche »Reichsallee des Nationalsozialismus« daraus machen. Und-zwar-auf-Deutsch! Damit sie niemals vergaßen, wessen Großzügigkeit und Güte sie dies alles zu verdanken hatten!

Die Wachen vor dem Eingang salutierten, doch der Generalmajor würdigte sie keines Blickes und marschierte energischen Schrittes zur Galerie d'Apollon, wo über dreihundert Uniformierte von ihren Stühlen hochschossen, alle im grauen Rock der Deutschen Wehrmacht. Mit kalter Miene durch den Mittelgang schreitend, stieg er auf das vorbereitete Podium und baute sich vor dem Mikrofon auf, gerade wie ein Lineal.

»Freunde! Volksgenossen! Kameraden! Ein gemeinsames Hoch auf unseren Führer Adolf Hitler!«

Tosender Applaus erhob sich, Rufe, Händeklatschen, Trampeln, bis er mit halb erhobener Rechter Ruhe befahl. Stühlerücken, Räuspern und Husten ertönten, während die Anwesenden wieder Platz nahmen.

»Wir haben den Westen Frankreichs erobert, wir haben Paris erobert«, durchschnitt seine kalte Stimme den Raum. »Und ich sage Ihnen: Bald wird ganz Frankreich uns gehören! Und, meine Kameraden, es wird ju-den-rein sein, und dies ist erst der Anfang!«

Erneut tobte der Saal, rechte Arme schnellten hoch zum »Deutschen Gruß«, während die nicht enden wollenden »Heil! Heil! Heil!«-Rufe durch den Pariser Louvre dröhnten und sich in alle Ritzen des alten Gemäuers schoben wie ein Schwarm Schmeißfliegen. Die Führerverehrung des Generalobersten war so groß, dass er sich sogar dessen Sprechweise mit dem rollenden »r« angeeignet hatte.

Ein gebrechlicher alter Herr in der Livree der Saaldiener stand, mit der Linken gegen die Wand gestützt, in einer dunklen Ecke der *Galerie d'Apollon* und strich mit dem Zeigefinger seiner Rechten über seinen Moustache, als wollte er damit seine Verachtung für die lärmende Soldateska zum Ausdruck bringen, welche sich eines Großteils seines Landes bemächtigt hatte und nun darin wütete.

Vorn auf dem Podest stand der Generaloberst und steigerte sich in eine immer bedrohlichere Rede hinein, bis es mit Ausnahme Nepals nur noch wenige Nationen auf der Welt gab, denen er nicht die Vernichtung durch die deutsche Wehrmacht angekündigt hatte.

Die Grauröcke im Saal waren trunken vom Gefühl grenzenloser Macht und ergingen sich in Fantasien ihrer unmittelbar bevorstehenden Weltherrschaft, während das französische Personal des Louvre die Augen zu Boden senkte vor dem Schicksal seiner Heimat.

In der ersten Reihe saß – in schneeweißer Uniform und mit freundlichem, feistem Gesicht – der Reichsminister Erich Steinhorst, den der Führer aus Berlin nach Paris beordert hatte, damit er die Grüße der deutschen Reichsregierung überbringen sollte. Er hatte die Hände vor seinem ausladenden Bauch verschränkt, und nun bat Generaloberst von Stotz ihn auf das Podest, wo er im Auftrag Adolf Hitlers eine ungewöhnliche Ehrung vornehmen sollte: Der französische Schriftsteller Laurent de Cassis war den Deutschen schon im Vorfeld der Besetzung angenehm aufgefallen, denn er hatte das Magazin »Je sais tout!« (»Ich weiß alles!«) gegründet und es in Frankreich zu einem einflussreichen Medium gemacht. Von der ersten Ausgabe an hatte er gegen die Juden gehetzt, denen er eine Weltverschwörung genauso unterstellte, wie er von französischen Waisenkindern berichtete, die angeblich dem Blutdurst »dieses Volkes ohne Glauben« zum Opfer gefallen und in geheimen Ritualen verspeist worden seien. Denn die jüdischen Täter glaubten demnach, sich auf diese Weise die ewige Jugend zu sichern. Da er sich in seinen Pamphleten auch als großer Bewunderer des deutschen Faschismus hervorgetan hatte, erwarteten die Deutschen, seine Ehrung würde das gedemütigte französische Volk gewogener stimmen und es *auf den Pfad zu etwas unendlich Höherem* führen.

Würdevoll, den goldenen Marschallstab in der Rechten, schritt Minister Steinhorst das Treppchen zum Mikrofon hinauf, während Generaloberst von Stotz auf seinen Platz in der ersten Sitzreihe zurückkehrte. Mit einer Stimme, die fett und sämig geworden war von vielen ausschweifenden Gelagen, hob auch er zu einer Lobrede auf den Führer an, der, wie jeder wisse, dem französischen Volk nicht feindlich gesinnt sei. Vielmehr habe er große menschliche und militärische Opfer gebracht, um das hochgeschätzte Nachbarvolk zu befreien. »… und es endlich aus seiner Knechtschaft zu erlösen: Vom Judentum, von der Plutokratie, von der Demokratie! Denn beides sind Kreaturen des

8

Judentums, das alles mit semitischer Gerissenheit in das französische Volk hineingepresst hat, um ihm seine Kultur, seine Nationalität, seine Würde zu nehmen!«

Die Franzosen waren allerdings bisher der Meinung gewesen, der deutsche Überfall drohe, ihnen Kultur, Nationalität und Würde zu nehmen. Deshalb kämpften sie im Untergrund gegen die seltsamen Befreier. Doch auch die Anwesenden schienen Mühe zu haben, diese neuartige Erklärung des deutschen Überfalls zu verarbeiten. – So dauerte es einen betretenen Moment, bis der Beifall einsetzte. Dann aber richtete Reichsminister Steinhorst seine Worte an den vor Stolz fast platzenden Laurent de Cassis »als Vertreter eines neuen, eines edleren Frankreichs, das unter unserer Führung einer neuen, einer einmaligen Blüte entgegenschreiten wird!«

Doch anstatt den Nazis entgegenzuschreiten, hatten mehr als 700.000 Pariser die Stadt vor dem Eintreffen der deutschen Truppen fluchtartig verlassen.

»Ich bitte also Herrn Loreng de Kassitz zu mir auf das Podium, damit ich im Namen des Führers die Auszeichnung vollziehen kann.« Der Autor erhob sich und schritt erhobenen Hauptes das kleine Treppchen hinauf. Eine Ordonnanz reichte Steinhorst eine edle Holzschatulle, deren Beschaffenheit allein schon zeigte, dass den Autor ein hoher Orden erwartete. Es sollte allen Franzosen zeigen, dass Treue zum Führer und zur nationalsozialistischen Ideologie sich lohnten.

Mit gewichtiger Miene wandte Reichsminister Steinhorst sich nun an den Autor und hielt die Holzschatulle mit beiden Händen nach vorn, sodass das vergoldete Hakenkreuz auf dem Deckel für die Anwesenden gut zu sehen war.

»Im Namen unseres geliebten Führers und Reichskanzlers Adolf Hitler verleihe ich Ihnen …«, er klappte den Deckel auf, »… das Goldene Ritterkreuz des Kriegsverdienstkreuzes ohne Schwerter!«

Statt eines Ritterkreuzes allerdings wurden mehrere Knoblauchzwiebeln sichtbar, die vor Steinhorsts Stiefeln zu Boden plumpsten und dann in das Publikum kullerten. Die Anwesenden hielten den Atem an, während de Cassis mit verwirrtem Gesichtsausdruck zur Kenntnis nahm, welch exquisite Auszeichnung das Deutsche Reich für ihn vorgesehen hatte. Reichsminister Steinhorsts Kopf leuchtete rot wie eine Verkehrsampel.

»*Wer war das*?!«, schrie der Gesandte des Führers, außer sich vor Wut über diese öffentliche Demütigung, und er stampfte kraftvoll mit dem rechten Fuß auf. »Aufhängen, den Kerl! Aufhängen, auf der Stelle!«

Viele Münder öffneten sich verdutzt, als die Anwesenden ein Krachen hörten und sahen, wie der Reichsminister zu versinken schien, wobei er mit dem Gesicht auf das Rednerpult schlug, um dann links davon bäuchlings hinzufallen. Sekundenlang lag er regungslos da. Als er den Kopf wieder hob, leuchtete sein rechtes Auge tiefblau und schwoll zu, während der Autor fassungslos auf die Grube blickte, die sich unter dem stampfenden Minister aufgetan hatte. Offensichtlich war beim Aufstampfen das Holz geborsten, und so war unschwer zu erkennen, dass jemand die Paneele gegen deutlich dünnere ausgetauscht hatte, die über kurz oder lang den Herrn Reichsminister ohnehin verschluckt hätten. Diesem schwoll inzwischen nicht nur der Kamm, sondern auch die Lippe an, sodass seine gebrüllten Verwünschungen unverständlich blieben.

Die dreihundert Uniformierten waren entsetzt aufgesprungen, doch waren gut zwei Dutzend von ihnen dabei gestürzt und hatten andere mit sich zu Boden gerissen, denn etwas hatte ihre Stiefelsohlen so hart am Boden festgeklebt, dass sie sich keinen Millimeter mehr bewegten. Viele der Stürzenden hatten sich dabei Schienbein oder Oberschenkel gebrochen und schrien vor Schmerzen, obwohl der deutsche Soldat bekanntlich keine solchen kannte.

In der dunklen Ecke des Saals, wo die Festbeleuchtung nicht hinstrahlte, stand der alte Herr mit feinem Lächeln und beobachtete das ausgebrochene Chaos.

»Ausgänge sichern! Sofort alle Ausgänge sichern!«, hörte er Generaloberst von Stotz mit sich überschlagender Stimme schreien. »Den Lump hänge ich persönlich auf!«

Beflissene Helfer umringten den Minister, dessen Bauch vor Erregung zitterte, und setzten ihn auf einen Stuhl. Nur de Cassis stand verloren auf dem Podest, bemüht, jetzt nur ja keinen Fehler zu machen.

Die allgemeine Konfusion hätte größer nicht sein können. Bewaffnete Wachen stürzten aus allen Richtungen in den Saal und bauten sich drohend an den Ausgängen auf, um niemanden hinauszulassen. Es war nicht geeignet, den wutschäumenden Reichsminister zu beruhigen, auf den Generaloberst von Stotz vergeblich einredete.

»Ein Versager sind Sie! Ein Versager!«, brüllte er. »Ich hätte gute Lust, Sie gleich hier und jetzt an die Wand zu stellen!«

Von Stotz erbleichte und stammelte unter heftigem Gestikulieren verzweifelte Entschuldigungen.

»Lassen Sie meinen Mantel bringen! Hier bleibe ich keinen Augenblick länger!«

Eine Ordonnanz stürzte davon.

Am großen Haupteingang des Louvre standen sechs schwerbewaffnete Wachen mit grimmigen Gesichtern. Voller Misstrauen beäugten sie jeden, der sich ihnen näherte. Als der in seinen Mantel gehüllte Reichsminister Steinhorst ihnen mit gesenktem Kopf so eilig entgegenhastete, dass seine Wampe auf und ab hüpfte, schlugen sie die Hacken zusammen und präsentierten das Gewehr.

Die Ordonnanz, die hinter Steinhorst ging, stieß ein hektisches »Der Wagen wartet auf Sie, Herr Reichsminister!« hervor, während der eilige Goldfasan beiläufig die Hand an den Mützenrand hob, um den Gruß der Wachen zu erwidern. Er eilte die Treppe hinab und ließ sich auf den Rücksitz der schwarzen Limousine fallen. Die Ordonnanz sprang auf den Beifahrersitz, und schon schoss der Wagen mit Höllengeschwindigkeit davon durch das menschenleere Paris.

»Ich werde einfach zu alt für so etwas«, ächzte der Mann in der weißen Gala-Uniform. »Diese lange Steherei – aaahhh, meine Bandscheiben!«

»Chéri, ich habe dir gesagt, so etwas ist nichts mehr für dich!«»Das Vergnügen war es wert, ma belle. Außerdem habe ich mir immer schon ein Ritterkreuz gewünscht!«

»Zurück zum Palais, Monsieur Lupin?«, fragte der Fahrer höflich.

»Ich brauche dringend ein Glas Sherry, ja.« Und an seine Gattin gewandt: »Ist das nicht ein schöner Mantel? Steinhorst wird ihn vermissen, genau wie seinen Wagen!«

»Chéri, lenk bitte nicht ab! Du kannst froh sein, dass dein Blutdruck das lange Stehen mitgemacht hat! Und gleich wenn wir zu Hause sind, legst du auch deine Hüftbandage wieder an!«

»Altwerden ist nichts für uns Ältere«, knurrte Arsène Lupin missmutig. »Aber die Jungen, die es problemlos ertragen könnten, die tun einfach so, als ginge sie das alles nichts an.«

»Konntest du denn wenigstens Pi-pi machen?«

»Dafür war nun wirklich keine Zeit!«

»Du musst aber unbedingt …«

»Ma douce, ich werde dich leider kein zweites Mal mitnehmen können bei so einer Aktion!«

Madame Josette de Lupin, geborene Baronesse de Charleroi et Luxembourg, schwieg gekränkt.

Lupin ergriff ihre behandschuhte Hand und küsste den Handrücken. »Verzeih mir, femme de mon cœur, ich war unhoflich. Selbstverständlich bin ich dir dankbar, dass du mich so liebevoll umsorgst.«

Madame Lupin schmollte noch für einige Kilometer, dann ergriff sie die Hand ihres Gatten und drückte sie fest.

»Meine Königin!«, hauchte Lupin zärtlich. »Du glaubst gar nicht, wie ich schwitze unter diesem vorgeschnallten Bauch. Ich muss ihn unbedingt abnehmen.«

Madame schüttelte den Kopf. »Wo ist nur deine Vernunft geblieben?«

»Ein Ritterkreuz, ein gutes Dutzend Eiserne Kreuze, und für dich, meine Liebste …«, er griff in die Manteltasche, »… habe ich extra das deutsche Mutterkreuz in Gold mitgebracht. Mit Spange und Schatulle!« Vorsichtig klappte er die Schatulle auf und entnahm es. »Schau, wie es dich schmückt! Eine deutsche Frau bekommt es, wenn sie mindestens acht Kindern das Leben geschenkt hat.«

»Ja, aber wir sind doch kinderlos geblieben!«

»Das wissen die Deutschen ja nicht.«

»Chéri, du bist und bleibst mein kleiner Filou.«

Mit lächelndem Kopfschütteln ergriff Madame den deutschen Fruchtbarkeitsorden und steckte ihn verlegen weg. Dann rollte der Wagen durch das blitzende Stahltor des Lupin'schen Palais, und sie stiegen aus. Lupins Gattin stützte ihren Ehemann, der sichtlich mitgenommen über den Kies stakste und sich ächzend die breite Eingangstreppe des Palais emporarbeitete.

»Zwei neue Kniegelenke! Zwei neue Kniegelenke hätte ich stehlen sollen! Aber nicht einmal die Deutschen haben so etwas!«

Leise schloss der Fahrer die Eingangstür hinter ihnen. Unterwegs hatten mehrere deutsche Straßenkontrollen salutiert und den Wagen durchgewunken.

»Es ist mir unverständlich! Gänzlich unverständlich!«

»Halten Sie den Schnabel! Sie Versager!«

»Ich kann mir einfach nicht erklären …«

»Sie wollen Kommandant von Parriss sein?! Sie können ja nicht einmal ein paar Knoblauchzwiebeln beaufsichtigen!«

»Ich … ich …«

»Ich werde in Berlin veranlassen, dass man Sie ablöst! Und jetzt lassen Sie meinen Mantel bringen!«

Kurz darauf schlug eine Ordonnanz knallend die Hacken zusammen und grüßte schneidig. »Ich bitte um Verzeihung, Herr General, aber der Mantel des Herrn Ministers ist verschwunden.«

Aus dem Steinhorst'schen Zornesausbruch ließ sich unschwer entnehmen, dass er die Hälfte der deutschen Besatzungstruppen wegen Unfähigkeit in die Steinbrüche schicken wollte.

»Lassen Sie meinen Wagen kommen! Und dann verlasse ich dieses Trauerspiel hier so schnell wie möglich!«

»Öööhmm …«, sagte der Offizier, »der Wagen des Herrn Reichsministers ist … äh … ebenfalls verschwunden.«

»Ja soll ich etwa zu Fuß von Parriss nach Berlin?«

»Lassen Sie die Wachen abziehen!«, knurrte Generaloberst von Stotz eine andere Ordonnanz an. »Und dann alle raus hier, aber dalli!«

Noch in der Luftwaffenmaschine, die ihn auf Befehl von Stotz nach Berlin flog, verkündete der Reichsminister Verwünschungen und Todesurteile. Von Stotz hingegen setzte umgehend eine Untersuchungskommission der Gestapo ein, doch auch diese würde ihn kaum mehr retten.

»Chéri, chéri, chéri …!«, murmelte Madame besorgt. »Sobald es dir wieder besser geht, müssen wir diesen Wagen verschwinden lassen. Sonst kann uns alles Mögliche passieren.«

»Den verkaufe ich nach Tanger, meine Schöne, ich habe bereits alles veranlasst. – Ah, mon cœur, könntest du mich ein wenig zwischen den Schulterblättern massieren? Nur ein paar Minuten!«

»Wir müssen dieses Sofa restaurieren lassen, es ist viel zu weich geworden für deinen Rücken.«

»Ma douce, ich würde es vorziehen, einfach ein neues von den Deutschen zu stehlen.«

»Warte, chéri, ich massiere dich ein wenig, und dann bekommst du dein Fußbad. Aber denk vorher an deine Medikamente.«

Draußen war Nacht, die Pariser Straßenbeleuchtung war mit Beginn der Besetzung ausgefallen, und die französische Résistance achtete streng darauf, dass niemand sie wieder anstellen konnte. Lupin vernahm das schrille Kreischen, als das Zufahrtstor geöffnet wurde und der Wagen des Reichsministers in der Dunkelheit verschwand. Bald darauf brachte Madame das Fußbad.

Von Stotz war ein gebrochener Mann am nächsten Morgen. Nicht einmal rasiert hatte er sich, als er sich in den Sessel seines herrschaftlichen Büros fallen ließ.

»Diebold zu mir!«

Major Diebold, die Ordonnanz vom Vortag, folgte dem Ruf des Generals und begab sich zu ihm. Hackenschlagend salutierte er.

»Zu Befehl, Herr General: Was 'ne Scheiße! Finde keine anderen Worte!«

Von Stotz winkte müde. »Platz nehmen, ehrliche Meinung sagen!«

Diebold, der seinem General sehr verbunden war, zog die Brauen hoch. »Gewaltige Katastrophe, H' General! Sabotage! Aber bisher unklar, von wem.«

Von Stotz' Kiefer mahlten. »Steinhorst wird meine Ablösung betreiben!«

Diebold nickte kummervoll. »Mit Verlaub, Herr General, ganz ehrliche Meinung?«

Mit einer matten Handbewegung ermutigte der Generaloberst ihn.

»Fatale Situation! Einziger Ausweg: Rücksichtslos aufklären, Samthandschuhe ausziehen. Verbrecher finden und vor dem Louvre aufhängen!«

»Hmmm.«

»Gut Wetter machen. Berlin umstimmen! Ganz Paris auf den Kopf stellen! Sofort damit beginnen!«

»Gut! Der Hund soll hängen!«

»Müssen Komplizen gehabt haben beim Louvre-Personal. Damit beginnen!«

»Sie nehmen sich die Leute, die Sie brauchen! Sofort anfangen!«

Noch am selben Tag ließ Diebold das Louvre-Personal verhaften, das bei der gescheiterten Veranstaltung im Dienst gewesen war. Sechs der Leute waren allerdings spurlos verschwunden, und sie waren auch den anderen Bediensteten nicht bekannt gewesen.

Madame Renard, die in Ehren ergraute Garderobenfrau, wurde gepackt, zusammengeschlagen und in einen Gefangenentransporter geworfen, wo man sie blutend liegen ließ. Einem Dutzend Saaldiener, die seit Jahren dem Louvre treu ergeben waren, erging es nicht anders. Mademoiselle Chabrol, die erst siebzehnjährige Bedienung hinter dem Büffet, wehrte sich panisch gegen ihre Festnahme. Man zerriss ihr die Kleider und warf sie halbnackt und blutend in den Transporter, wo ein SS-Mann sie noch brutal zwischen die Beine trat. Insgesamt siebenundvierzig französische Bürger, die sich schon nicht mehr auf den Beinen halten konnten, standen dicht gedrängt und aneinandergeklammert in dem Fahrzeug, das mit so rasender Geschwindigkeit zu den Verhörkellern der Gestapo in der Rue de Saussaies Nummer 11 jagte, dass die Unseligen bei jeder Kurve gegen die Wände geworfen wurden. Ein Kellner, dem man bei seiner Festnahme in die Zähne getreten hatte, lag tot auf dem Boden, als die Uniformierten mit der Totenkopf-Kokarde dort die Hecktüren aufrissen.

Vierundzwanzig Stunden später war nur noch die Hälfte der Festgenommenen am Leben. Die Leichen der anderen – darunter der nackte Körper der mehrfach von SS-Leuten vergewaltigten Marie Chabrol – warf man in den Hof und schüttete Benzin darüber. Die noch lebenden Gefangenen hatte man in den Hof geschleppt und gezwungen, dem grausamen Schauspiel zuzusehen, sodass mehrere von ihnen bei dem Anblick zusammenbrachen. Misshandelt und gedemütigt, hatten einige von ihnen den Schlächtern schon vorher ihre spärlichen Kenntnisse über Lupins Wirken preisgegeben.

Es sollte ihnen nichts helfen, denn am Ende ereilte sie das Schicksal ihrer Gefährten.

»Und?«, fragte von Stotz, als Diebold im Türrahmen salutierte.

»Hartes Verhör. Alle siebenundvierzig neutralisiert. Spärlicher Erkenntnisgewinn.«

»Spannen Sie mich nicht auf die Folter!«

»Irgend so ein alter Sack. Arsen Lupeng. Seit Jahrzehnten Berufskrimineller. Spricht alles dafür, dass er es organisiert hat. Mit Komplizen natürlich.«

»Wrrrch!«, knurrte von Stotz. »Nie gehört. Füsilieren, wenn wir ihn haben!«

»Hat Chaos mit Ihnen und Reichsminister organisiert. Komplizen haben währenddessen alles geklaut. Einer von ihnen sagte der Garderobiere, er wär hier, um Minister Steinhorsts Mantel zu holen.«

»Unglaublich!«

17

Da niemand in Paris Lupins gut getarntes Palais kannte, blieben die Aussagen vage. Jedenfalls hatten alle Schindereien nicht mehr erbracht als Lupins Namen und seine jahrzehntealte Reputation als hochgeachteter Meisterdieb. Die wenigen Überlebenden der Verhöre hatte man mit Genickschuss beseitigt.

Bei den Familien der Opfer verbreitete sich die Nachricht wie ein Lauffeuer. Die Deutschen hatten ein Familienmitglied verschleppt, das nicht zurückgekehrt war, und das Entsetzen der Angehörigen war groß. Die Résistance erhielt neuen Zulauf.

Am Boulevard Saint-Germain 172 saß ein junger Mann an einem der kleinen Tische des Café de Flore, wohl Mitte dreißig, und zog versonnen an seiner Pfeife. Auch wenn der Raum ein bisschen geheizt war, so hatte er doch seinen Mantel anbehalten, denn Paris war kalt geworden, und dies war der Grund, warum er sein kleines Appartement in der Rue Bonaparte 42 verlassen hatte: Er hatte weder Kohle noch Brennholz zu Hause, denn seit dem deutschen Einmarsch gab es einfach keines mehr. Auch das Benzin war knapp geworden, da die Besatzer es beschlagnahmt hatten, und so war Paris zu einer Stadt der Radfahrer geworden.

Zwischen mehreren geleerten Tassen und Gläsern lagen zwei Bleistifte und einige Bögen Papier, die er mit seinen Gedanken eng vollgekritzelt hatte. Nun saß er davor, wischte mit dem Finger ein paar Aschekrümel zur Seite und hob sinnend ein geleertes Glas.

»Noch einen Pastis, Monsieur?«

»Non merci, Paulette! Lieber einen Kaffee, sonst werde ich betrunken, und das ist gefährlich heutzutage.«

»Gern, Monsieur Sartre!«

Als Paulette, eine Serviererin in den Sechzigern, ihm seinen Kaffee brachte, raunte sie: »Der geht aufs Haus.«

Der junge Sartre lächelte sie dankbar an und wandte sich

wieder seinem Manuskript zu. Einige Tische weiter winkte eine junge Dame: »Paulette, zahlen bitte!«

»J'arrive, Madame de Beauvoir!«

Paulette liebte ihre Künstler und fand, in diesen harten Zeiten müsse man zusammenhalten. So erließ sie auch der jungen Kollegin von Sartre den Preis für ihren Tee. »Aber nicht weitersagen, sonst muss ich hier zumachen!«

Die beiden Frauen blinzelten einander zu. Nachdenklich kratzte Jean-Paul Sartre sich mit seinem Bleistift hinter dem Ohr, bevor er seinen Radiergummi ergriff und eine Passage seines Manuskripts wieder löschte.

»Deine Tabletten, chéri!«

Lupin, dessen Lendenmuskulatur ihn umschloss wie ein Betonmantel, humpelte stöhnend zur Chaiselongue und ließ sich darauf fallen. »Was täte ich ohne dich, mein Engel? Auch wenn ich dir die Nächte nicht mehr versüßen kann – die Tage mit dir genieße ich aus vollem Herzen!«

Madame blinzelte ihn vergnügt an. »Wir hatten reichlich davon im Lauf der Jahre, findest du nicht?«

Der alte Meisterdieb erwiderte ihr Lächeln. »Je t'aime, mon cœur!«

Ein Bediensteter klopfte und trat ein. Mit ernstem Gesicht überreichte er Lupin eine kleine Zeitung. Es war der *Combat*, die Untergrundzeitung des französischen Widerstands. Neugierig griff Lupin danach.

»Oh, mon Dieu! Oh, mon Dieu!«, stöhnte er auf. »Merde, merde, merde …!«

»Chéri, was ist?«

»Oh, ich Idiot, ich Idiot, ich Idiot! Wie konnte ich das nur übersehen!«

Selten hatte Madame ihn so aufgelöst erlebt.

»Hier, schau!« Er zeigte ihr die Titelseite, wo die Résistance ausführlich über die Gräueltaten der Deutschen nach der gescheiterten Ordensverleihung berichtete. Madame las mit Tränen in den Augen, dann begann sie laut zu weinen.

»Du meinst …?«, schluchzte sie.

Lupin schwieg sehr lange und barg sein Gesicht in den Händen. Schließlich ließ er die Hände sinken und sagte mit brechender Stimme: »Chérie, ob wir es wollen oder nicht: Wir haben siebenundvierzig Menschen auf dem Gewissen!«

Der Bedienstete, der das Gespräch ausdruckslos verfolgt hatte, verließ lautlos den Raum.

Beide saßen sie eine Stunde lang da, ohne ein Wort zu sagen, beschäftigt mit Bildern und Gedanken, die ihnen durch den Kopf gingen. Lupins Finger zitterten.

»Was sind das für Tiere …«, sagte Madame schließlich leise. »Haben sie denn keine menschlichen Empfindungen?«

»Tiere benehmen sich nicht so«, sagte Lupin nachdenklich. »Gibt es eigentlich keine vernünftigen Deutschen mehr in diesem Land der großen Dichter und Denker?«

»Ich fürchte, Arsène, man hat sie entweder eingesperrt oder gleich ermordet.«

Noch lange sprachen sie darüber. Der Meisterdieb, in seinem Wunsch, die feierliche Zeremonie zu zerstören, hatte die Folgen nicht bedacht, da sie außerhalb seiner Vorstellung gelegen hatten. Nun aber war er der Bestialität der Besatzer mehr oder minder persönlich begegnet.

Nach den ersten Stunden gemeinsamer Betroffenheit, begann eine riesige Wut in Lupin emporzusteigen. Obwohl sein Ischias schmerzte, humpelte er aufgelöst im Salon hin und her, während Madame ihn voller Sorge beobachtete. Sie bemerkte, dass er weit entrückt war und dass irgendetwas wild in dem Mann arbeitete, ja dass er einen regelrechten Kampf mit sich austrug. Mit den

Jahren weise geworden, beschränkte sie sich darauf, unaufdringlich in seiner Nähe zu sein.

Schließlich hielt er seinen Gehstock in die Luft wie ein Volkstribun.

»Genug!«, schrie er. »Ich lasse mir das nicht länger bieten!«

»Benutze lieber wieder deinen Gehstock, sonst fällst du mir noch um!«, ermahnte Madame ihn sanft.

»Meine liebste Josette, wir müssen reden!« Vorsichtig ließ er sich neben ihr auf dem Sofa nieder und legte den Arm um sie. Sie strich ihm liebevoll über den Rücken.

»Ma chérie, wie lange leben wir nun zusammen?«

Madame blickte ihn erschreckt an. »Was willst du mir damit sagen?«

»Dass es in meinem Leben nie wieder eine andere Frau geben wird, das weißt du doch.« Er zog sie an sich und küsste sie. Madame Lupin schloss die Arme um ihn und drückte ihn an sich.

»Aaah, nicht! Vorsicht!«

»Ich glaube, ich sollte dir dein elektrisches Heizkissen kommen lassen; mon Dieu, es wird ja immer schlimmer!« Sie klingelte nach einem Bediensteten, der das Teil schnell herbeiholte und an den elektrischen Strom anschloss. Lupin lehnte sich auf der Chaiselongue zurück, und sein schmerzverzerrtes Gesicht entspannte sich nach wenigen Minuten.

»Wir sind jetzt über zwanzig Jahre zusammen, n'est-ce pas, chérie?«, sagte er dann.

Sie strahlte. »So lange schon? Mir kommt es vor wie gestern.«

»Seit du bei mir bist, ma belle Josette, laufe ich jeden Tag auf Rosen.«

Josette lächelte spitzbübisch. »Laufen, sagst du?«

»Hmpf!«

»Was hast du auf dem Herzen, Arsène?«

»Alors, wie alt war ich, als ich mit dem Stehlen angefangen

habe? Zwölf vielleicht? – Jedenfalls sind es nun über sechzig Jahre, dass ich angefangen habe, alles habe mitgehen lassen, was von Wert ist.«

»Und vom ersten Moment an, als wir uns begegnet sind, war mein langweiliges Dasein als Dame aus besseren Kreisen vorbei. Oh, wie hübsch!«

»Erinnerst du dich noch an den blauen Diamanten?«

»Du hast mir davon erzählt, chéri, ich war damals noch nicht bei dir.«

»Den Safe des Industriellen aus Lyon, den wir am helllichten Tage ausgeräumt haben? Was hatten wir für einen herrlichen Tunnel gegraben, oh wie gern würde ich dort nochmals hindurchkriechen!«

»Ich glaube, chéri, das lässt du lieber.«

Lupin überhörte es. »Oder damals in Schloss Versailles? Ich bin heute noch ganz stolz darauf!«

»Jaaa, da kannten wir uns erst ganz frisch. Oh, es war so aufregend! Und dein Plan damals, der war so genial!« Sie blickte schwelgerisch in die Ferne. »Gleich danach haben wir uns doch die Schmucksammlung des katholischen Kardinals geholt. Als wir maskiert in sein riesiges Schlafzimmer gestürmt sind, lag er mit einer jungen Nonne im Bett!«

»Alt werden sie von selber«, grinste Lupin.

»Untersteh dich …!«

Er streichelte ihr Gesicht. »Alle jungen Nonnen der Welt vermögen mir nicht zu schenken, was ich an dir habe.«

Josette blickte nicht mehr ganz so streng. »Letztlich haben wir uns nur geholt, was die Kirche selber geraubt hatte. Diese Heuchler!«

Eine geraume Weile kaute Arsène Lupin auf seiner Unterlippe. »Leg deinen Kopf auf meine Schulter, Josette«, sagte er leise. »Ich meine, wir haben alles zusammengeraubt, was man in einem Leben zusammenrauben kann …«

»In zweien, meinst du wohl!«

»… und wir haben geheime Depots überall in Paris und außerhalb. Du lieber Himmel, was für Werte nennen wir unser Eigen!«

»Les égouts, die alte Kanalisation … und dann die Krypta in den beiden alten Kirchen in Nanterre und Les Mourinoux! Wir haben sechs Steinsarkophage geleert, und bis heute hat niemand etwas bemerkt. – Oh, chéri, was für ein wunderbar aufregendes Leben du mir immer beschert hast!«

»Es war nicht halb so wunderbar wie meines mit dir.«

Madame errötete und legte ihre Stirn auf seinen Handrücken.

»Worauf ich hinauswill, Josette … würdest du mich aus deinem Leben subtrahieren …«

»Lieber sterbe ich!«

»… dann wärst du aufgrund deines beträchtlichen Erbes immer noch bestens versorgt, nicht wahr?«

»Jaaa?« Madame runzelte die Stirn.

»Umgekehrt ist es genauso. Und wenn wir ehrlich sind – aaahhh wie herrlich, dieses Heizkissen! –, dann haben wir so viele Reichtümer angehäuft, dass allein schon das Bargeld ausreichen würde, um uns beiden drei weitere, höchst komfortable Leben zu ermöglichen.«

»Würdest du mich denn mitnehmen wollen?«, hauchte Josette verzaubert.

Lupin machte eine kleine Kunstpause. »Wenn du nicht dabei bist, dann will ich sie nicht.«

Josette warf ihm einen Blick voller Feuer zu. Man hätte ganz Notre-Dame damit niederbrennen können.

»Arsène, nach wie vor ist mir nicht klar, was dein Anliegen ist.«

Er richtete sich schmerzvoll auf. »Ich versuche es vor dir zu verbergen, aber … ich finde keine Ruhe mehr. Ständig muss ich an diese unglücklichen Menschen denken, die wegen meiner Aktion so furchtbar leiden mussten, verstehst du?«

Josette kämpfte mit den Tränen.

Lupin wurde sehr ernst. »Ich kann darüber nicht hinweggehen ... Ich habe einen furchtbaren Fehler gemacht.«

»Was meinst du?«

»Schau, chérie, wir haben geraubt, was wir haben wollten, und ich hatte den Ehrgeiz, diesen Herren ohne jedes Benehmen ihr Fest so gründlich wie möglich zu ruinieren. Doch bin ich davon ausgegangen, dass hinterher das passieren würde, was sonst immer passiert: Die Aufregung ist groß, Polizeipräsident Gabin setzt seine Uniformierten in Marsch, am Ende bekommen sie wieder einmal nichts heraus, und uns beide finden sie schon gar nicht.«

»Ich beginne zu verstehen.«

»Ich habe nicht daran gedacht, dass es keine französische Polizei mehr gibt, sondern nur noch Ungeheuer in Wehrmachtsuniform. Mit keinem Gedanken hätte ich ihnen zugetraut, was sie hier angerichtet haben.«

»Ach, Arsène, meinst du, mir geht es anders?«

»Ich fühle mich verantwortlich für das Schicksal dieser unschuldigen Menschen. Und meine Wut ist grenzenlos.«

»Chérie, deine Stärke lag immer in deiner Kaltblütigkeit.«

»Sei beruhigt, ma femme de cœur, es ist eine sehr kalte Wut. Und sie wird immer kälter.«

Zu Josettes Erstaunen sprang Lupin auf und rannte im Zimmer auf und ab, als wäre er zwanzig.

»Chérie, wir können nicht so weitermachen wie bisher. Wir können nicht zusehen, wie sie unsere ganze Stadt mit Tod überziehen!« Er atmete schwer. »Ich kann doch nicht einfach weiter Franzosen ausrauben! Jetzt doch nicht!«

Josette stand auf und nahm ihn in die Arme. »Genau dafür liebe ich dich, Arsène. Genau dafür.«

Er ließ sich in einen der gewaltigen Fauteuils sinken und blickte ihr direkt in die Augen.

»Wir sollten unsere Zielgruppe ändern!«

»Ich ahne, was jetzt gleich kommt!«

»Wir können nicht länger Franzosen bestehlen!«

»Höchstens ein paar Industrielle oder Mitglieder des Hochadels …?« Madame blickte ihn verwirrt an.

»Aber den Deutschen, den Deutschen rauben wir sogar noch die Hosen, die sie anhaben! Alles! Und je eher diese Barbaren unser Land wieder verlassen, desto glücklicher werde ich sein!«

Josette atmete tief. »Arsène, ich bin so stolz auf dich!« Es schien, als ob sie überlegte. »Aber, chéri, die russische Ikonensammlung von Monsieur Chaban, die holen wir uns doch noch, oder?«

»Natürlich. Wir haben viel zu viel Arbeit in die Vorbereitungen gesteckt. Er ist ohnehin nur ein Kriegsgewinnler.«

Sie küsste ihn erfreut.

Bei Generalmajor von Stotz hingegen war die Freude nicht so groß. Generalfeldmarschall Keitel, der Oberbefehlshaber der Deutschen Wehrmacht, hatte persönlich einen ausführlichen schriftlichen Bericht angefordert und unverhohlene Drohungen geschickt. Von Stotz wusste, dass seine Uhr in Berlin auf drei Minuten vor zwölf stand und unerbittlich weitertickte. Darum ließ er Major Diebold zu sich rufen.

»Was haben Sie eigentlich getan in den zwei Wochen seit dem Vorfall?«

Diebold lächelte ungerührt. »Ganze Menge. Viel herausgefunden. Noch paar Franzmänner weniger geworden!«

»Und?«

»Dieser Lupeng: keinerlei Skrupel. Halb Frankreich ausgeraubt und nie erwischt.«

»Und?«, fragte von Stotz deutlich lauter.

»Angeblich luxuriöses Palais in Parriss. Blick auf Seine. Nicht so schwierig. Baldige Festnahme anstehend.«

»Hrrrchzzz!«

»So viele Palais gibt es hier nicht. Durchsuchen aller angeordnet, ab heute Nachmittag.«

»Ich will ihn lebend! Dieser Lump soll vor meinen Augen hängen!«

Diebold schlug die Hacken zusammen. »Wird erledigt, H' General!«

»Noch etwas: Gewalt nur im äußersten Notfall! Sie haben schon viel zu viel Unruhe erzeugt!«

Diebold salutierte und verschwand.

In den folgenden Tagen tuschelten viele Pariser über die ausgesuchte Freundlichkeit und Höflichkeit der SS bei der Durchsuchung zahlreicher Palais. Einer der Noblen wurde zusammen mit zwei Besuchern festgenommen und übel zugerichtet, nachdem man die Besucher als Angehörige der Résistance ausgemacht hatte. Sie kamen in ein Lager und wünschten sich bald, man hätte sie getötet. Doch bei all den anderen ging man zwar zielstrebig vor, jedoch ohne Grausamkeiten.

Nur Arsène Lupin fanden sie nirgends.

Nach einer Woche wurde Diebold wütend. »Wo steckt der Hund? Aus Parriss kommt er nie im Leben raus, da würden wir ihn kriegen! Also ist er hier, hier, hier!« – Selbst seine Untergebenen wunderten sich, wie flüssig Diebold auf einmal redete. Aber sie fanden Lupin nicht.

Madame Lupin saß allein in ihrem Salon und nippte an einem Sherry, als sie ein Krachen und Splittern hörte, und schon trampelten Soldatenstiefel die Treppe hoch. Ein Türflügel flog auf, und ein livrierter alter Bediensteter wurde von einer mehrköpfigen Soldateska hereingeschoben. Er war rot angelaufen und japste, denn Soldatenfinger schlossen sich fest um seinen Hals.

»Oh, wir haben Besuch!«, sagte Madame liebenswürdig und legte ihre Stickerei weg. »Jean-Paul, sobald man Sie losgelassen hat, bringen Sie den Herren etwas zu trinken!«

Jean-Paul nickte schwach mit hervorquellenden Augen.

»Nein, nein!« Diebold winkte verwundert ab. »Wer sind Sie? Ausweis raus, sofort!«

»Ich bin Josette Baronesse de Charleroi et Luxembourg, Monsieur, und mit wem habe ich das Vergnügen?« Als sie in ihrer Handtasche zu fingern begann, richteten sich augenblicklich mehrere Gewehrmündungen auf sie. Madame blieb davon unbeirrt. »Bitte sehr, Monsieur, meine carte d'identité!«

Diebold prüfte sie und ließ sie mit der Fahndungsliste der Wehrmacht abgleichen, die man dort als »Bibel« bezeichnete. Fahnder waren somit »Bibelforscher«.

»Kein Eintrag, Herr Major.«

»Madame!« Galant gab er ihr den Ausweis zurück, und sie lächelte ihn freundlich an.

»Meine Familie unterhält seit Jahrhunderten engste Beziehungen zu Ihrem Land.«

Diebold ging nicht darauf ein. »Lupeng, schon mal gehört?«

Madame schüttelte irritiert den Kopf. Jean-Paul, dessen Hals man endlich losgelassen hatte, atmete laut und würgend.

»Wir haben im Garten Lupinien. War es das, was Sie meinten?«

Diebold schluckte hörbar, während ein paar Soldaten den Raum überprüften und die Türen öffneten. Zwei von ihnen verschwanden in den Nebenräumen, kamen aber unverrichteter Dinge zurück.

»Wie kann ich Ihnen denn helfen?« Josette richtete sich auf.

»Wir suchen einen Schwerkriminellen. Arsen Lupeng. Versteckt sich in einem Chalng. Wissen wir.«

Madame Lupin starrte ihn entsetzt an. »Monsieur, unsere Familie gehört zum ältesten Adel Frankreichs. Mit solchen Leuten verkehren wir nicht. Und ich glaube nicht, dass er sich auch nur ein Chalet in unserem Stadtteil leisten könnte! Wir legen großen Wert darauf, unter uns zu bleiben.«

»Aha?«

»In den anderen Räumen is keiner, Herr Major!«, sagte einer der SS-Leute. »Nur alter Scheißdreck!«

Madame Lupin sah ihn so streng an, dass er den Blick senkte.

»Wände abklopfen, Schränke wegschieben, ob Geheimtüren. Zwei Mann nach oben, zwei in den Keller!«

Es dauerte über eine Stunde, während derer Diebold bei Josette blieb und endlich das von Jean-Paul angebotene Glas Sherry annahm. Madame stieß mit ihm an, während Jean-Paul in Türnähe stand und immer wieder von einem Bein auf das andere trat. Aus dem Obergeschoss ertönten laute Geräusche.

»Kein Schwein da oben. Nix!«, berichtete ein zurückgekehrter Soldat. »Aber 'n Doppelbett. Schon komisch bei der alten Schachtel da.«

»Maul halten!« Diebold, den Madame zusehends mehr für sich eingenommen hatte, war gereizt. »Wo haben Sie denn Ihre Kinderstube her?!«

Josette lächelte ihn dankbar an. »Wissen Sie, Monsieur, das Schicksal wollte es leider, dass ich meinen Lebensabend allein verbringen muss. Ich kann Ihnen gern die Sterbeurkunde meines Mannes …«

»Schon gut, schon gut! Sammeln und Abmarsch! – Madame, danke für Ihr freundliches Verständnis!«

Und schon verließen sie stiefeltrampelnd das Haus.

Josette wartete, bis die Militärfahrzeuge abgefahren waren, dann nickte sie zu dem livrierten alten Mann.

»Wie kannst du mich so lange stehen lassen!«, sagte der aufgebracht. »Mein Lendenwirbel, du weißt doch, chérie!«

»Du warst so tapfer, mein Liebling!«

Ächzend ließ Lupin sich in einen Sessel fallen.

»Dein Heizkissen liegt noch hier, chéri. Es wird dir guttun.«

Statt einer Antwort brummte Arsène: »Würde deine Güte es erlauben, dass ich auch einen Sherry bekomme?«

Natürlich bekam er ihn.

Von Stotz war deprimiert. Trotz intensivster Suche hatten seine Mannschaften Arsène Lupin nirgends aufspüren können. Laut Diebold hatten sie ganz Paris auf den Kopf gestellt und dabei sechs Mitglieder der Résistance verhaftet und sofort neutralisiert. Zusätzlich hatten sie das Waffenlager dieser Widerständler ausgehoben und ihr Haus gesprengt. Diebold selbst hatte zwei Mann in einem Hinterhalt verloren, als im Dunkel der Nacht plötzlich das Feuer von allen Seiten losging und blitzartig wieder vorbei war. Sie hatten eine Reihe von Kunstwerken eingezogen, doch all das vermochte den Generaloberst nicht zu trösten. Routiniert erledigte er die täglichen Aufgaben eines Besatzers. Es konnte nicht verhindern, dass sein Sessel sich immer heißer anfühlte.

»Verschluckt! Wie vom Erdboden verschluckt!«

Diebold stand vor ihm mit gesenktem Kopf. »Ich habe mein Bestes ge…«

»Seit wann gibt ein Besatzer den Besetzten sein Bestes? Reden Sie keinen Unsinn!«

»Ich …«

»Steinhorst wird mich ablösen lassen. Und Sie, höhö, Sie gehen an die Ostfront!« Er wurde sehr laut.

»Werde mich freuen, dort unter Ihnen zu dienen, H' General!« Hackenschlagen.

Von Stotz verstand den Hinweis und schwieg erzürnt.

Drei Wochen vergingen, in denen von Stotz alles daransetzte, die Macht der deutschen Besatzer in Paris zu festigen. Nachdem die Résistance ihm immer wieder dazwischenfunkte, ließ er wahllos dreihundert Franzosen festnehmen, die man zum Teil sogar von der Straße holte. Sie wurden umgehend nach Deutschland zur Zwangsarbeit deportiert. Eine verzweifelte Französin, die auf einen der Lastwagen zurannte, in dem sie ihren Mann vermutete, wurde mit einer Gewehrsalve niedergestreckt und ihre Leiche zur Abschreckung liegen gelassen, wo ihre kleine Tochter sich schreiend über sie warf. Der Terror war überall, im Großen wie im Kleinen.

Der wachhabende Soldat salutierte. »Herr General, da is' 'ne Dame!«

»Und?«

»Sieht aus wie 'ne Französin, klingt wie 'ne Französin!«

»Name?«

»Kallmang oder so, Herr General!«

Aber da schob sich schon Comtesse Beatrice de Calmant in den Raum. Ein Mitglied des verblühten Adels, das sich den Deutschen sofort an den Hals geworfen hatte und das ihre Stärke und ihre Härte und ihre Ordnung bewunderte. Wohl aber auch, weil sie hoffte, im braunen Weltreich eine Statthalterinnenrolle zu spielen. Sie war groß, breit, ungeschminkt, und trug die Haare so stoppelig, dass man ihr hartes Gesicht leicht mit dem eines Mannes hätte verwechseln können. Hierzu trugen auch der braune Fischgrätenanzug und das weiße Herrenhemd bei, unter dem sie ihre Brüste versteckte. Nur ihr violettes Halstuch signalisierte einen Rest von Weiblichkeit.

»Verehrte Komtess!« Von Stotz erhob sich und küsste ihr charmant den Handrücken. »Abtreten!«, herrschte er den Soldaten an, der eilends verschwand.

»Oh mein Gott, Herr General!«, sagte sie in fließendem

Deutsch. »Ist denn über diese schlimme Geschichte schon etwas Gras gewachsen?«

»Noch nicht!« Von Stotz starrte sie prüfend an. Sofort dämpfte sie ihren Auftritt.

»Man schämt sich beinah, Französin zu sein!«, sagte sie scharf. »Das sind Leute, die unser Land nicht repräsentieren dürfen: Demokraten, Sozialisten, Schwule!«

»Hmpf!«

»Dabei wünsche ich mir so sehr, Sie würden einmal das wahre Frankreich kennenlernen: Die Menschen, die voller Bewunderung für unseren Führer sind und die verstanden haben, dass eine neue Ordnung entsteht. Eine Ordnung, in der das Schwache und das Weiche ausgemerzt sind und wo mein Volk endlich verstanden hat, dass die deutschen Werte wie Ordnung, Disziplin, Härte und Entschlossenheit auch ihm von Nutzen sein werden. – Nein, was waren das für Zustände, bevor Sie zu unserer Rettung gekommen sind! Keine Disziplin, nirgends, aber die sogenannten Intellektuellen, die hat man verehrt!« Sie sprang auf und ihre Rechte schoss empor. »Heil! Heil! Heil!«

»Wir brauchen mehr Menschen wie Sie!«

Sie plauderten ein paar Minuten, und von Stotz entspannte sich angesichts des Ausmaßes an Verehrung, das ihm entgegenschlug.

»Stört es Sie, wenn ich rauche, Herr General?«

»Das weiß ich nicht«, kam es scharf. »Bisher hat es noch niemand gewagt!«

Schnell ließ die Comtesse ihre Packung Gauloises zurückfallen in die Handtasche.

»Also, ich habe gleich eine Konferenz. Was haben Sie auf dem Herzen?«

Die Comtesse suchte nach Worten und begann zu strahlen.

»Herr General, ich gebe am Samstagabend um neunzehn Uhr auf meinem Chateau eine exquisite Einladung für die nationalen und fortschrittlichen Kräfte unseres Landes. Dazu möchte ich Sie herzlich einladen und Sie bitten, ein paar Worte über die gemeinsame Zukunft unserer Länder und Kulturen zu sagen. Sie werden nur Menschen finden, die den Führer genauso grenzenlos verehren wie ich und die sich vom Faschismus der deutschen Art eine Führungsrolle in ganz Europa und in der Welt erhoffen.«

Von Stotz straffte sich. Während den Besatzern andernorts fast ausschließlich Hass und Verachtung entgegenschlugen, war eine kleine Gruppe von Adeligen und Industriellen getrieben von der Sehnsucht nach einem starken Mann und dessen harter Hand, die das Land wieder reinigen sollte. Von allem, was Faschisten seit jeher hassten: Von Denkern und Philosophen, Künstlern und Poeten, Geistlichen und Liberalen, Intellektuellen und sogenannten »Radaubrüdern«. – Die Bevölkerung würde radikal ausdünnen bis auf einen harten, führertreuen Kern. »Weniger, aber bessere Franzosen!«, war ihr Schlachtruf. – Erfreut sagte der Generaloberst zu, küsste die Hand der Comtesse und verabschiedete sie.

Die hitzige Diskussion mit seinen Offizieren über weitere Fahndungs- und Besatzungsmaßnahmen lenkte von Stotz von seinen düsteren Gedanken ab. Er gab einige harte militärische Anweisungen, denn noch vor jeder Menschlichkeit obsiegte sein Wunsch, sich nun keinesfalls eine weitere Blöße zu geben. Nach dreißig Minuten beendete er das Treffen, befahl, ihm Essen zu bringen, und kehrte an seinen Schreibtisch zurück.

Kaum dort angekommen, klingelte sein Telefon.

»OKW Berlin!«, sagte die Telefonistin aufgeregt. Das Oberkommando der Wehrmacht.

»Stotz?«, hörte er am anderen Ende und fragte sich, wer sich eine solche Dreistigkeit erlaubte. »Stotz, hier Keitel!«

Panisch sprang von Stotz von seinem Schreibtischstuhl auf.

»Herr Oberbefehl… Herr Oberbefehlshaber der Wehrmacht …!«, Schweiß trat ihm auf die Stirn. Es war Generalfeldmarschall Wilhelm Keitel persönlich! Oberste Heeresleitung! Sein Ende schien näher zu kommen.

»Gerade den Bericht gelesen. Ist ja eine üble Geschichte, die Sie sich da geleistet haben! Meine Herren!«

»Ich …«

»Unterbrechen Sie mich nicht! Steinhorst ist hier wochenlang überall rumgerannt und wollte Sie unbedingt vors Kriegsgericht bringen. Sabotage! Hochverrat! Er war überhaupt nicht mehr zu beruhigen. – Wenn es nach mir ginge, wären Sie längst an der Ostfront. So machen wir das nämlich mit Versagern.«

»Ich bin ein treuer Nationalsozialist!«

»Ein Arschloch sind Sie!«, brüllte Keitel plötzlich los. »Standrechtlich erschießen sollte man Sie Lusche!«

»Ich …«

»Sie haben den ganzen Generalstab der Lächerlichkeit preisgegeben! Steinhorst wollte unbedingt dabei sein, wenn Sie aufgeknüpft werden! Ja, was denken Sie sich denn eigentlich?«

Von Stotz fiel endgültig das Herz in die Hose. »H' Generalfeldmarschall«, keuchte er, »ich bin deutscher Offizier. Stehe zu meiner Verantwortung und stelle mich zu Ihrer Verfügung!«

Er atmete schwer.

»Ich gebe Ihnen noch eine Chance, obwohl Sie die nicht verdient haben!«, kam es schneidend. »Aber Gnade Ihnen der Allmächtige, wenn Sie die auch noch versauen! Dann degradiere ich Sie persönlich und schicke Sie noch für drei Monate zum Kartoffelschälen nach Peenemünde, bevor wir Sie aufknüpfen!«

»Zu Befehl!«, stammelte von Stotz.

»Also, Ohren auf! Reichsmarschall Hermann Göring, großer Kunstsammler. Braucht noch was für die Wände von Carinhall.«

In der Generalität war bekannt, dass Göring sein luxuriöses Landgut in der Brandenburger Schorfheide mit exquisiten

Gemälden und Kunstwerken dekorierte, die er andernorts geraubt hatte, zumeist aus den Häusern wohlhabender Juden, die man ins KZ verschleppt hatte.

»Nichts Entartetes natürlich. Reine, saubere Kunst. Am besten Klassiker, da können Sie nichts falsch machen.«

»Zu Befehl!« Die Schweißtropfen perlten von seiner Stirn auf den Schreibtisch.

»Spezieller Auftrag: Louvre, Liste kommt per Telegramm. Werke beschlagnahmen und nach Carinhall expedieren. Weiterer Auftrag: Schloss Schangtilie, sechzig Kilometer nördlich Parriss, Muse Konde. Umfangreiche Kunstsammlung. Wertvollere Teile beschlagnahmen, ordentliche Registratur, dann alles zusammen nach Carinhall. Verstanden?«

»Zu Befehl, H' Generalfeldmarschall!«

»Stotz, versauen Sie das nicht auch noch, sonst sind Sie fällig. Erwarte Erfolgsmeldung per Telegramm, spätestens in zehn Tagen! Tach!« Die Verbindung endete, von Stotz sank auf seinen Stuhl zurück.

»Diebold zu mir!«

In einer kurzen Dienstbesprechung planten sie den Raubzug. Würde man die einzelnen Stücke sorgfältig verpacken, so wären zehn geschlossene Lastwagen erforderlich, um die Beute über mehr als elfhundert Kilometer zu Görings Lustschloss zu transportieren. Benzin und Ersatzteile waren erforderlich, Lebensmittel, Übernachtungsmöglichkeiten, eine bewaffnete Begleitung, Munition und dergleichen.

»Wir werden Kräder brauchen, die den ganzen Zug vorn, hinten und seitlich absichern, dazu zwei MG. Unter dreißig, vierzig Mann …«

»Einzelheiten interessieren mich nicht!«, schnitt von Stotz ihm das Wort ab. »Bereiten Sie den Einsatz vor. Ich werde die Beschlagnahme persönlich überwachen! Wo liegt eigentlich dieses Schloss Schangtilie und Muse Konde?«

Obwohl Diebold herumfragte, wusste niemand Bescheid. Erst als das Telegramm eintraf, war klar: Es ging um Schloss Chantilly und die berühmte Kunstsammlung im Musée Condé, die nunmehr eine unfreiwillige Heimstatt im Deutschen Reich finden sollte. Man ging sofort an die Planung.

»Oh?«, sagte Madame Lupin, als sie das Arbeitszimmer ihres Gatten betrat. »Was ist denn das? Das sieht ja aus wie eine Maschine?«

»Meine Liebste, es *ist* eine Maschine, und zwar eine deutsche!«

»Und was kann man mit ihr machen?«

»Unsere hochmögenden Herren Besatzer würden im Sechseck springen, ma belle, wenn sie wüssten, dass wir sie haben.«

»Wirklich, so schlimm?« Madame legte den Kopf schräg.

»Komm, setz dich zu mir, chérie. Wir wollen sie gemeinsam begutachten. – Könntest du mir vorher noch das Heizkissen anstecken?«

Madame tat wie gebeten und ließ sich neben ihrem Gatten auf der Chaiselongue nieder. »Ist sie denn schwer?«

»Zwölf Kilogramm, mein Täubchen. Aber dafür kann sie auch etwas!«

»Erzähl, chérie, erzähl!«

»Einen Augenblick bitte!« Lupin rückte sich auf der Chaiselongue zurecht, sodass das Heizkissen seinen Rücken gut durchwärmte, und gab ein wohliges »Aaaahhh!« von sich, das Madame mit einem Lächeln quittierte. Er legte den Kopf zurück, schloss die Augen und genoss den nachlassenden Schmerz, während seine Gattin ihm liebevoll die Wangen streichelte.

»Es tut so gut, dich bei mir zu wissen«, sagte er leise und schlief ein.

Josette ließ sich Kaffee kommen, dazu ein Croissant und ein Canelé. Sie vermied jedes Klacken der Tasse auf dem Unterteller und aß das Gebäck aus der Hand, um ihren Arsène nicht durch das Geräusch der Kuchengabel auf dem Teller zu stören. In den letzten Tagen hatte seine Verfassung sich verschlechtert, er wirkte müde und energielos. Sie hoffte, es sei nur eine vorübergehende Krise.

Lupin schlief eine Stunde. Sie besah ihn liebevoll und fand, er sei alt geworden. Doch auch wenn sein Körper die unübersehbaren Verschleißerscheinungen der Siebziger zeigte – für seinen aufsässigen, hellwachen Geist liebte sie ihn umso mehr. Sie nahm eine Wolldecke von der Armlehne eines Fauteuils und legte sie vorsichtig über ihn.

Voller Neugier beugte sie sich über die schwere Maschine auf dem Wohnzimmertisch und rätselte, wozu diese gut sein sollte. Sie sah aus wie eine seltsame Schreibmaschine. Doch oberhalb der schwarzen Tastatur lugten die Zähne dreier Zahnräder durch Schlitze in der Abdeckung.

Erst dann fiel ihr auf: Es gab überhaupt keine Walze, um Papier einzuspannen! Dafür entdeckte sie an der ihr zugewandten Seite acht versenkte schwarze Stecker. Ein paar weitere Hebelchen und Schalter steigerten ihre Verwirrung.

Vorsichtig betastete sie das Gerät, bewegte leise eine Buchstabentaste, versuchte die Elektrik zu verstehen und war am Ende so schlau wie zuvor.

»Es ist eine Enigma, Liebes.« Lupin hatte die Augen geöffnet. »Verzeih, dass ich einfach eingeschlafen bin!«

»Enigma ist griechisch und bedeutet ‚Rätsel‘. Dieses Monstrum hier ist mir in der Tat ein Rätsel.«

»Es ist die derzeit modernste Maschine zur Verschlüsselung von Nachrichten. Eine deutsche Produktion. Die Boches codieren damit ihren gesamten Nachrichtenverkehr. Wehrmacht, Gestapo, SS, Geheimdienste, Diplomatie – alle nutzen sie. Denn damit werden ihre Nachrichten nur für den lesbar, der den Codierungsschlüssel kennt. Meinen sie jedenfalls.«

»Ach ja, und jetzt haben wir sie?«, sagte Josette und blickte ihn mit geweiteten Augen an.

»Wir brauchen nur noch eine Leitung anzuzapfen, dann lesen wir alles von ihnen mit!«

»Chéri, du gehst aber nicht noch in die Politik auf deine alten Tage?«

»Madame, dieses Pack hat keine Kultur und keine Menschlichkeit. Für einen Franzosen ist es unerträglich, sie in unserem Land zu wissen! Sie müssen verschwinden!«

»Wie bist du daran gekommen?«

»Ich habe sie ganz normal stehlen lassen, von einem Deutschen natürlich. Wir würden da keinen Zutritt bekommen, aber auch Nazi-Offiziere sind bestechlich, nicht wahr?« Er zuckte bedauernd die Schultern. »Nur das neue Sofa konnten wir ihnen noch nicht abnehmen, chérie, ich bitte um Nachsicht. Heute Nacht übergeben wir die Enigma der Résistance, und bei nächster Gelegenheit besorgen wir das neue Sofa.«

»Oh, heute Nacht schon? Chéri, du hast geschlafen, wie hast du das alles organisiert?«

Lupin lächelte. »Auch Männer haben ihre kleinen Geheimnisse.«

»Ah, chéri, tu es méchant!«

»Es gibt immer Franzosen im Umfeld der Deutschen. Und es gibt keinen davon, der sie nicht hassen würde.«

»Sag nicht, du hast einen Spitzel unter ihnen!«

Lupin lachte vergnügt.

Er schien zusehends mehr an Energie zu gewinnen, seine Augen blitzten.

»Stell dir vor, Josette, wir lesen alles mit, was die Deutschen sich schreiben. Dann wissen wir genau, welche Aktionen und welche Barbareien sie hier planen, und können vielleicht vieles verhindern! Es täte uns beiden sehr gut, zu wissen, dass wir ein Mehrfaches an Menschenleben retten konnten, als durch meine

Unbedachtheit verloren gegangen sind. So viele wie möglich, verstehst du?«

Josette nickte heftig. »Mein geliebtes Frankreich …«, sagte sie mit Tränen in den Augen.

Lupin lächelte verschlagen. »Und was uns dabei in die Hände fällt, das soll auch Unseres bleiben.«

Josette blickte ihn irritiert an. »Ich dachte, du wolltest keine Franzosen mehr bestehlen?«

»Man darf niemals zum Dogmatiker werden, my darling. Wir werden nirgends mehr aktiv eindringen, aber wenn wir etwas in die Hände bekommen, haben wir nicht die Pflicht, es zurückzubringen, nicht wahr?«

»Oh, mon filou! Oh, mon grand filou!« Josette lachte hell auf. »Das mag ich so an dir: deine Unberechenbarkeit!«

Lupin grinste schief. »Wir müssen ja auch an unsere eigene Sicherheit denken: Lieber behalten wir es, als dass wir das Risiko eingehen, mit dem Diebesgut auf der Straße gefasst zu werden, nur weil wir es unbedingt zurückbringen wollen. So viel Ehrlichkeit steht uns nicht!«

»Keinesfalls!« Sie lachte schallend.

»Damit wäre schließlich niemandem gedient. Und wir können doch nicht wegen dieser deutschen Dummköpfe jetzt einfach unseren Beruf aufgeben!«

»So gefällst du mir!«, lachte Josette.

»Melde gehorsamst, H' General: Riesenscheiße!«

Von Stotz' Kinn zitterte vor Wut. »Nicht schon wiederrr! – Was ist es denn diesmal?!«

Diebold stand stramm, seine Augen flackerten, sein Kiefer mahlte. Er suchte nach Worten.

»Also?«

»Die Enigma verschwunden. Aus dem Chiffrierraum. Obwohl vierundzwanzig Stunden besetzt. Unerklärlich.«

Einen Augenblick lang glaubte Diebold, sein General würde Speichelschaum aus den Mundwinkeln blasen. Doch dann straffte von Stotz sich.

»Diebold«, sagte er. »Wir wissen beide, was das für uns bedeutet. Für Sie und für mich.«

»Kriegsgericht!«, quetschte der schließlich hervor. »Wir stecken beide ganz tief drin in der Kacke.«

»Niemand darf jemals davon erfahren. Berlin schon gar nicht! Den anderen sagen wir, sie ist in Reparatur!« Von Stotz holte tief Luft.

»Herr General, werde strengste Geheimhaltung anordnen für die Verschlüsselungskräfte, bei Androhung standrechtlicher Erschießung.«

»Richtig!«

Diebold verließ den Raum. Dem Generalmajor brach der Schweiß am ganzen Körper aus, als er draußen war.

»Stotz, versauen Sie das nicht auch noch, sonst sind Sie fällig!«, hallte es in seinen Ohren nach. Das konnte alles kein Zufall sein, überlegte er. Zu der ganzen militärischen Anlage hatten nur Wehrmachtsangehörige Zutritt, und der Chiffrierraum hatte nochmals extra scharfe Beschränkungen. Eine Enigma einfach davonzutragen, das war so ähnlich, als würde man Adolf Hitler mitten in einer Parteitagsrede unbemerkt das Mikrofon wegstehlen wollen. Ein Ding der Unmöglichkeit! Und trotzdem war es geschehen.

Er versank tief in Gedanken. Ein Ritterkreuz vertauscht gegen Knoblauchzwiebeln. Die Bretter unter Steinhorsts Stiefeln ausgetauscht. Steinhorsts Mantel geklaut. Steinhorsts Wagen geklaut und verschwunden. Der Knoblauch, eine jüdische Provokation. Entgegen seiner anfänglichen Vermutung zielten die Ereignisse nicht darauf ab, ihm und seiner eigenen Position zu schaden. Das hätte sich noch mit Neid und einer Wehrmachtsintrige erklären lassen, und es wäre aus den eigenen Reihen gekommen. – Irgendein Hundsfott war ja immer dabei.

Schlagartig wurde ihm klar: Alles zielte darauf ab, die deutschen Besatzer als verwundbar darzustellen. Man konnte niemandem die Angst vor ihrer Grausamkeit nehmen, doch konnte man sichtbar machen, dass auch ihre Allmacht Grenzen hatte. Ein indirekter Aufruf an die Pariser, sich irgendwann zu erheben? Langsam begriff er, dass die Situation brandgefährlich war, wenn er sie nicht schnellstens unter Kontrolle bekam.

Steckte dieser Kerl Lupeng denn auch hinter dem Verschwinden der Enigma? Hatte die Ermordung der siebenundvierzig Unglücklichen nicht gereicht, andere abzuschrecken von jeglicher Kooperation mit diesem Schwerverbrecher? Und warum war der noch immer nicht gefasst?

Jedenfalls war klar, dass er das Verschwinden der Enigma mit höchster Geheimhaltungsstufe verbergen musste, schon um selber am Leben zu bleiben. Jetzt hing alles davon ab, dass der Kunstraub für Göring reibungslos gelang. Je mehr er ihm lieferte, desto mehr neues Wohlwollen würde das in Berlin für ihn erzeugen.

»Sie trinken viel zu viel Kaffee, Monsieur Sartre! Das ist nicht gesund für Sie!«

»Ach Paulette, irgendetwas muss ich doch trinken, wenn ich hier bei Ihnen sitze.«

»Nehmen Sie lieber noch einen Pastis, der entspannt Sie wenigstens!«

»Paulette, Sie sind so eine rührende Seele. D'accord, bringen Sie mir einen.«

Sie setzte ihn an und brachte ihn.

»Sie sind ungeheuer fleißig, jedes Mal, wenn Sie hier sind. Was schreiben Sie denn zurzeit, Monsieur?«

Es ist nicht so, dass der weibliche Wissensdrang mit dem

Alter etwa abnehmen würde, dachte Sartre bei sich. Doch als Paulettes forschender Blick anhielt, gab er nach. »Es wird ein neues Theaterstück, Paulette.«

»Oh, wie charmant! Und wie wird es heißen?«

»*Les mouches*«, antwortete er. »*Die Fliegen*.«

»Das ist aber ein seltsamer Titel, finden Sie nicht auch, Madame de Beauvoir?«, sagte Paulette in Richtung eines Tisches, an dem eine junge Dame saß.

Die junge Dame hatte der Unterhaltung amüsiert gelauscht. Nun erhob sie sich und schlenderte aufreizend zu Sartres Tisch. »Es kommt darauf an, was damit literarisch ausgedrückt werden soll, nicht wahr?«

Sartres Augen hellten sich auf bei ihrem Anblick. Er erhob sich und reichte ihr die Hand. »Möchten Sie sich setzen, Madame?«

Mit einem feinen Lächeln nahm sich die Beauvoir einen Stuhl, bevor er ihn ihr zurechtrücken konnte.

»Nun«, er schien ein wenig verlegen zu wirken, »es ist so, dass diese Fliegen überall sitzen und alles beschmutzen, obwohl sie nicht hierhergehören.«

De Beauvoir lachte laut auf. »Was für eine geniale Idee! Nur schade, dass die Fliegen keine graue Uniform tragen!«

Paulette verstand ebenfalls und stimmte in das Lachen ein.

»Ich höre ihre Stimme gern, Madame.« Die meinte ihn erröten zu sehen. »Bitte leisten Sie mir doch ein wenig Gesellschaft!«

»Ich hole nur schnell meinen Kaffee.« Sie sprang auf.

»Das mache ich schon!« Mit einem Ausdruck tiefer Zufriedenheit huschte Paulette davon. Den jungen Leuten musste man immer nachhelfen, dachte sie, während die beiden nur noch Augen füreinander hatten.

Sofort waren sie in ein Gespräch vertieft, wie nur junge Menschen es führen konnten, die einander gerade entdeckten. Erst als Paulette gegen 20 Uhr begann die Stühle hochzustellen, sammelten die beiden schnell ihre Notizen ein und machten sich auf den Heimweg. Madame Simone war nicht ganz so schüchtern und gab Sartre einen hingehauchten Kuss auf jede Wange, sodass er auf Wolken schwebend und innerlich glühend den kurzen Weg nach Hause antrat, wo ihn die Kälte seiner Wohnung in der Rue Bonaparte 42 empfing. Simone erging es nicht anders.

Nachdem Paulette das Café abgeschlossen hatte, schwang sie sich auf ihr Fahrrad und bog mit surrendem Dynamo ein in die Rue St.-Benoît, wo ihre Wohnung lag. Kaum dass sie abgestiegen war, kamen aus einem vor dem Haus geparkten Wagen zwei Männer in Ledermänteln auf sie zu und zwangen sie, ihr Appartement aufzuschließen. Unsanft schoben sie sie hinein.

»Gestapo«, sagte der eine, während der andere sie schiefmäulig musterte. Grob wurde sie in einen Sessel gestoßen.

»Messieurs, was wollen Sie von mir?«, fragte sie voller Angst.

Sie reagierten nicht auf die Frage, während der Stillere von ihnen durch die Wohnung ging, Dinge aufhob, sie zu prüfen schien und wieder hinlegte und eine liegen gebliebene Stromrechnung einsteckte, als wäre es seine eigene.

»Sie wollen mir sagen, Sie wissen nicht, warum wir hier sind?«, wurde sie in schauderhaftem Französisch angeherrscht.

Paulette begann zu zittern. »Monsieur, beim besten Willen …«

»Wer ist Luh-peng?«

»Öhmmm … ein Chinese, glaube ich?«

»Aha! Woher wissen Sie das?«

Mehr als anderthalb Stunden lang drehten sie die Frau durch die Mangel, bis sie verzweifelt weinte. Natürlich hatte Paulette von Arsène Lupin gehört, er war schließlich eine Legende in Frankreich, doch sie war ihm nie begegnet, und sie wusste nur das, was immer wieder einmal in der Zeitung gestanden hatte. Ein ums andere Mal hatten die beiden sie nach seinem »Palääs« gefragt; sie konnte sich nichts dazu zusammenreimen. Mitten in den ganzen Drohungen und dem Herumgeschreie allerdings wechselten sie plötzlich das Thema.

»Wer ist dieser Schreibaffe, der da jeden Tag bei Ihnen herumsitzt?«

»Bitte schreien Sie mich nicht so an – bitte! Meinen Sie Monsieur Sartre?«

Der Stille notierte sich den Namen.

»Ach, dieser Existentialist? Sehr interessant!«

»Monsieur, was wollen Sie von …?«

»An was schreibt er?«, fuhr der Gestapo-Mann sie an.

»Soviel ich weiß, Monsieur, ein völlig harmloses Theaterstück.«

»Wie heißt es?« Die Wohnung hallte von all den scharfen Kommandos wider.

Paulette zögerte, wurde aber so zusammengebrüllt, dass sie die Fassung verlor.

»*Les Mouches* …«

»Fliegen? Der schreibt allen Ernstes ein Theaterstück über Fliegen?«

»Der hat sie doch echt nicht alle«, sagte der Stille auf einmal kopfschüttelnd.

»Lässt er da Fliegen auf der Bühne herumlaufen, oder was?«

»Monsieur, das ist doch immer das Problem mit den Intellektuellen, dass kein Mensch sie versteht!«

Das schien ihn zu überzeugen. Er machte eine Kopfbewegung zu seinem Partner, und beide verschwanden sie wortlos durch die Tür.

Weinend sank Paulette in sich zusammen und tat die ganze Nacht kein Auge zu.

Auf Lupins Klingeln hin trat einer der Bediensteten ein und brachte kurz darauf ein Baguette, etwas Gänseleberpastete und verschiedene würzig duftende Käsesorten, während Josette im Obergeschoss dabei war, das Inventar ihrer diebischen Errungenschaften zu aktualisieren. Es ging auf 23 Uhr zu, und Lupin, der tagelang kaum etwas gegessen hatte, griff kräftig zu. Nur, statt Rotwein hatte er sich Wasser bestellt, was für ihn eher ungewöhnlich war. Das Licht im Raum war gedämpft, sodass es nicht durch die Vorhänge nach außen dringen konnte.

»Ich will einen klaren Kopf behalten«, sagte er zu Josette, als diese mit einem verwunderten Blick durch die Tür trat. Sie lächelte, denn ihr Gatte schien wie ausgewechselt und voller Energie zu sein, seit er das deutsche Verschlüsselungsgerät an sich gebracht hatte.

»Wann kommt unser Besucher?«, fragte sie.

»Er müsste jeden Augenblick da sein, Josette.«

»Ich bin aufgeregt.«

»Offen gesagt, ich auch.«

Schon trat der Bedienstete in den Salon und sagte: »Monsieur et Madame, Ihr Gast ist eingetroffen.«

»Wir lassen bitten!«, rief Lupin und sprang voller Erwartung auf, sehr zur Verwunderung seiner Gattin.

Ein dunkel gekleideter Herr trat ein, wohl Mitte dreißig. Er trug eine Baskenmütze und ein dunkles Halstuch. Obwohl schlank, wirkte er sehr muskulös, und seine harten Züge verrieten, dass er vieles erlebt haben musste und offenbar zu allem entschlossen war.

Vollendet küsste er Josette die Hand: »Roland Moilalx, Madame, vielen Dank, dass Sie beide mich heute empfangen!« Höflich verneigte er sich zu Lupin.

»Es ist eine harte Zeit für uns Franzosen.« Lupin nickte.

»Sie töten alle, die sie in die Finger kriegen. Der jüngste

Befehl Keitels ordnet an, dass für jeden getöteten deutschen Soldaten fünfzig bis hundert Zivilisten zu töten sind. Vergangene Woche haben sie wahllos Leute zusammengetrieben und sie zusammengeschossen, Männer und Frauen jeden Alters und sogar Kinder. – Wenn wir nichts unternehmen, werden sie bei uns die halbe Bevölkerung ausrotten. Französische Juden werden von überall im Land deportiert. Wir befürchten das Schlimmste für sie.«

»Sie sind wie die Fliegen.« Madame nickte nachdenklich. »Unsere ganze Hoffnung ruht auf der Résistance, Monsieur Morlaix.«

»Wir sind erst im Aufbau, Baronesse, und unser großes Problem ist, dass wir nicht wissen, was sie als Nächstes planen. Wir müssen äußerst vorsichtig sein. Wenn sie einen von uns erwischen, foltern sie ihn grausam, um an Informationen zu kommen. Es ist bestialisch!«

»Genau deshalb haben wir Sie heute zu uns geheten, Monsieur Morlaix.«

»Pardon, Monsieur?«

»Wir sind Diebe. Wir wissen, wie man stiehlt. Nie im Leben hätten wir gedacht, dass wir – ich darf so sagen – unsere außerordentlichen Fähigkeiten auf diesem Gebiet dem französischen Staat zur Verfügung stellen würden.«

»Wirklich nicht!«, stimmte Madame zu.

Morlaix blickte beide unschlüssig an. »Sie verzeihen mir, Monsieur-dame, wenn ich Ihnen nicht zu folgen vermag …«

Josettes Augen leuchteten vor Begeisterung. »Ach, Monsieur, bitte gehen Sie doch zu diesem Tisch dort drüben.«

Verwundert erhob sich der Résistance-Führer. »Und jetzt?«

»Bitte ziehen Sie das Tuch weg!« Lupin hob voller Ungeduld die Hand, und Morlaix tat wie geheißen.

Er erstarrte mitten in der Bewegung, als er die Enigma erblickte. »Oh mein Gott, wie um alles in der Welt haben Sie das geschafft?« Lupin vermeinte ein aufgeregtes Zittern zu erkennen.

»Wissen Sie, Monsieur Morlaix, wenn man so lange als Diebe gearbeitet hat wie wir beide …«

»Du hast viel mehr Erfahrung als ich, chéri!«

»… dann weiß man, wie man stehlen muss. Stehlen ist eine freie kreative Tätigkeit.«

Roland Morlaix hatte das Tuch neben die Maschine gelegt und streichelte sie liebevoll. »Ich fasse es nicht, Monsieur-dame. C'est incroyable!«

»Ich hoffe, dass dieses Gerät der ganzen Résistance zugutekommt!«

Sie saßen noch einige Minuten zusammen. Morlaix war ein vorsichtiger und verschlossener Mann, und so gewann er schnell die Fassung wieder. Er konnte schlecht mit einer zwölf Kilo schweren Chiffriermaschine durch das nächtliche Paris laufen, ohne Aufmerksamkeit zu erregen.

»Morgen Vormittag werde ich ein Velo-Taxi zu Ihnen schicken, um die Maschine aufzuladen. Wir werden die Enigma unter alten Kleidern verstecken und sie so in Sicherheit bringen. Oh, mon Dieu!«

»Ab jetzt lesen Sie alles mit, Monsieur, und ich bin sicher, Sie werden damit viele Menschenleben retten!«

Morlaix küsste Josette abermals die Hand und schüttelte auch Lupin dankbar die Hand. Dann verschwand er im Dunkeln, aus dem er gekommen war.

»Er hat sich wirklich gefreut, chéri!«

»Vielleicht klauen wir ja noch eine? Ich hätte wirklich Lust dazu.«

»Jetzt aber …!« Josette hob scherzhaft drohend den Finger.

»Lass uns zu Bett gehen, mein Engel!«

Beschwingt wie ein Jüngling hielt er ihr die Tür auf und geleitete sie hinaus.

Am nächsten Morgen erschien das angekündigte Velo-Taxi. Infolge des Benzinmangels war Paris zu einer Stadt der Radfahrer geworden, und fantasievoll zusammengezimmerte Gefährte, von Radfahrern gezogen, transportierten Menschen und Lasten. – Die einen verdienten damit, die anderen kamen vom Fleck. Derzeit waren in Paris zwei Millionen Fahrräder unterwegs. Die Chancen, in diesem Gewusel nicht aufzufallen, standen gut.

Zwei Tage vergingen. Von Stotz rannte in seinem Büro auf und ab wie ein nervöser Ackergaul. Obwohl er anfangs keine Details der Planung hatte wissen wollen, mischte er sich nun überall in die Vorbereitung des Kunstraubs ein und hatte aufgrund seiner langen militärischen Erfahrung viel beizutragen. Es war nicht zu übersehen, dass er die Aktion mit allen Mitteln zum Erfolg führen wollte, und so stellte er Armeelastwagen, gepanzerte Fahrzeuge und fünfzig schwerbewaffnete Männer bereit. Unter seiner Führung sollten sie Schloss Chantilly überfallartig in Besitz nehmen, um sich seiner Kunstschätze und derer des Musée Condé zu bemächtigen.

Die Planung war abgeschlossen, der Überfall sollte am nächsten Tag stattfinden, der Fuhrpark wurde zusammengestellt. Wer sich ihnen entgegenstellte, so von Stotz' Order, wurde augenblicklich niedergeschossen.

»Es werden keine Gefangenen gemacht!«

Diebold gefiel dieser Befehl.

Er gab Anweisung, sämtliche Fahrzeuge nochmals gründlichst durchzusehen, damit keine technischen Probleme auftraten. Dies würde sein Paradestück werden, und er würde schon selbst dafür sorgen, dass Berlin erfuhr, wem die Lorbeeren in Wirklichkeit zustanden. Mit geschwellter Brust paradierte er an den Fahrzeugen entlang. Vier MGs waren montiert. Jeder seiner Männer trug eine Maschinenpistole. Die MP 40 verschoss 8 Kugeln in der Sekunde; das sollte genügen, dachte er grimmig. Sosehr er das Töten anfangs auch abgelehnt hatte, inzwischen begeisterte es ihn.

Die Aktion begann am folgenden Morgen um fünf Uhr. Unter Motordröhnen raste der Konvoi durch die leeren Pariser Straßen und hatte die sechzig Kilometer Strecke bald zurückgelegt. Das Schloss lag im Dunkeln, und schon erklang das Splittern von Holztüren unter Axtschlägen. Wie eine Horde Ratten stürmte der Trupp in das Gebäude, und als der verstörte alte Hausmeister ihnen in Nachthemd und Filzpantoffeln entgegentrat, um zu fragen, was hier vor sich gehe, tötete ihn eine kurze Salve, und sie trampelten über ihn hinweg, als wäre er Abfall.

Schüsse und laute Kommandos ertönten, von denen die Schlossbewohner erwachten. Als die zur Hintertür des Gebäudes eilten, um zu entkommen, ertönten Warnschüsse, und man trieb sie mit vorgehaltener Waffe zurück ins Haus. Dort verharrten sie angstvoll. Versteckt hinter Vorhängen beobachteten sie, wie man sie ausplünderte.

Von Stotz war zufrieden. Es lief alles wie besprochen, und seine Männer luden Dutzende und Hunderte Kunstwerke in die Lastwagen: Gemälde jeder Größe, dazu Statuen, Fayencen und Miniaturen, notdürftig mit Decken gesichert gegen Beschädigung. Man hätte denken können, es sei ein Umzug im Gange, und letztlich war es das ja auch. Gegen acht Uhr morgens war der Auftrag erledigt, und Wagenladungen französischer Kunsthistorie rollten davon, um Hermann Görings unersättliche Gier nach fremdem Eigentum zu befriedigen. Als sie im Quartier eintrafen, gab von Stotz den Leuten den Befehl, jetzt erst einmal zu schlafen. Inzwischen sollten frische Kräfte jedes einzelne Raubstück so sorgfältig verpacken, dass es den langen Transport überstehen würde. Selbst SS-Kräfte, die nicht gerade bekannt waren für ihren feinfühligen Umgang, wurden dazu herangezogen. Wenige Stunden später standen zehn Armeetransporter bereit, nach oben sorgfältig abgeschirmt durch Tarnnetze und am Boden umgeben von bewaffneten Kräften. Sie waren frisch aufgetankt, und ein zusätzlicher Tankwagen transportierte Benzin, sodass es nicht zu längeren Unterbrechungen kommen würde.

»Abmarsch morgen früh vier Uhr. Weitergeben!«, befahl Diebold. Er würde den Treck leiten.

In seinem Büro lehnte von Stotz sich glücklich in seinen Armsessel und rauchte eine Zigarette. Sein Coup war ein Volltreffer gewesen. Er befahl, eine verschlüsselte Mitteilung über den Erfolg seines Raubzugs und die geplante Abfahrt ans Oberkommando der Wehrmacht in Berlin zu senden. Keitel würde es zu lesen bekommen, oder man würde ihm davon berichten.

‚Stotz, versauen Sie das nicht auch noch, sonst sind Sie fällig‘, hatte Keitel zu ihm gesagt. Der Transport würde wegen der vielen kriegsbedingten Schäden mindestens zehn Tage dauern. Ab dann hieß er wieder »*Von* Stotz«!

Madame war mehr als überrascht, als unerwartet Morlaix vor ihrer Tür stand.

»Himmel, Monsieur, am helllichten Tag! Das ist doch gefährlich! Wenn man Sie erkennt!«

»Es muss sein, Madame, je m'excuse.« Flink schob er sich an der Verdutzten vorbei in den geräumigen Windfang. »Ich muss unbedingt Ihren Gatten sprechen. Sofort!«

Josette blickte in sein Gesicht und erkannte gefährliche Entschlossenheit. Beunruhigt brachte sie ihn in den Salon, wo Arsène Lupin gerade einige Edelsteine mit der Lupe prüfte. – Ergebnisse eines jüngsten Raubzugs offenbar. Erstaunt blickte er auf.

»Monsieur Lupin, ich muss Sie dringend sprechen!«

»Das sehe ich«, antwortete Lupin, legte die Lupe nieder und bedeutete Morlaix in einem Fauteuil Platz zu nehmen. Er wies auf die Steine, die er auf einem dunklen Samtkissen abgelegt hatte. »Die Deutschen haben aus einem alten Palais eine Schmuckkassette gestohlen und sie nicht ausreichend bewacht. Jetzt haben *wir* sie eben.«

»Damit sind wir mitten im Thema«, meinte Morlaix finster. Er schilderte die Ereignisse des frühen Morgens und war aufgebracht, dass Frankreichs nationale Kultur einfach in die Hände eines Räubers fallen sollte, der sich dann noch mit seinem Raubzug brüstete. Die ganze Besatzung, meinte Morlaix, sei schon schrecklich genug. Nun aber sei man dabei, seinem Volk seine Geschichte zu nehmen, und damit auch seine Würde und seine Zukunft. Lupin und Josette lauschten konzentriert. Letztlich stimmten sie Morlaix zu, was das Ausmaß des nationalen Verlusts betraf.

»Das müssen wir verhindern, Monsieur-dame, mit allen Mitteln, die uns zu Gebote stehen! Dieser Transport darf niemals nach Deutschland gelangen!«

»Wann fahren sie ab?« Nervös rieb Josette Daumen und Zeigefinger aneinander.

»Morgen früh um vier«, antwortete Lupin, und Josette und Morlaix blickten ihn fassungslos an.

»Stimmt …!« Morlaix blickte verblüfft. »Woher wissen Sie das?«

»Ich bin viel länger in diesem Geschäft als Sie, Morlaix«, sagte Lupin abgeklärt. »Information ist alles in unserer Branche.«

Josette blickte voller Stolz auf Lupin. »Möchtest du dein Heizkissen?«

»Heizkissen …«, knurrte Lupin verächtlich.

Morlaix blickte diesen hoffnungsvoll an. »Bedeutet das, dass wir mit Ihrer Hilfe rechnen können?«

»Mein ganzes Leben lang habe ich Kunstwerke gestohlen,

jedes Mal wieder mit Begeisterung. Und jetzt soll ich zusehen, wie die unser Land ausrauben?«

»Wir brauchen einen Plan«, überlegte Josette.

»Der läuft bereits an.«

»Chéri, du hast bis in den Mittag hinein geschlafen!«

»Ma belle, du schläfst sehr tief, wenn du einmal eingeschlafen bist.«

Unbehaglich blickte Morlaix zu Boden.

»Was willst du mir damit sagen, Arsène?«

»Dass ich die halbe Nacht unterwegs war. Deshalb habe ich so lange ausgeschlafen.«

Der sonst so ernste und gefasste Morlaix lachte kurz auf. »Monsieur Lupin, Sie sind ein Genie!«

»Ich weiß. Wissen Sie, wenn meine Frau erst einmal schläft, können Sie ein ganzes Trommler-Corps ins Schlafzimmer stellen. Eher geben die erschöpft auf, als dass sie etwas mitbekommt.«

Josette warf ihm einen giftigen Blick zu.

»Aber Monsieur, wieso waren Sie schon nachts unterwegs, wenn der Raub erst heute Morgen …?«

»Ich wusste es vorher. So etwas nennt man Professionalität. – Machen Sie sich bitte keine Gedanken, Morlaix. Ich weiß, wie wenige Leute Sie derzeit unter Waffen haben. Das hier wäre eine Nummer zu groß für Sie. Und vielleicht geht es ja einmal ohne Töten ab.«

»Aber Chéri, bist du denn nachts allein auf der Straße …?«

»Ich habe die Straße nicht betreten.«

»Wir brauchen also nichts zu tun?« Morlaix erhob sich ungläubig von seinem Sessel.

»Befreien Sie unser Land, Morlaix. Die sind wie Fliegen.«

Sie schüttelten sich die Hand, und Josette brachte Morlaix zur Tür. Wieder zurück, begann sie ihren Gatten mit weiblicher Beharrlichkeit zu grillen.

»Ich fasse es nicht, chéri! Wo warst du heute Nacht?«

»Kurz unterwegs, ma belle, und dann sofort wieder in deinen Armen.«

»Hmpf!«

»Du weißt doch, wie gern ich so etwas organisiere«, schmunzelte er. Er stand auf und zog sie an sich. »Bald wird meine schöne Gattin über eine wunderbare Kunstsammlung herrschen.«

»Ich freue mich so, Arsène. Seit wir hier aktiv werden, blühst du jeden Tag mehr auf!«

»Ich blühe auf, weil du dabei an meiner Seite bist.«

Sie kniff ihn vergnügt in die Wange. »Aber sag, chéri, wie konntest du heute Nacht unterwegs sein, wenn der Raub erst heute Morgen stattfand?«

Er gab ihr einen Kuss auf die Stirn. »Ich wusste schon vorher davon.«

»Du schaffst es, sogar mich noch zu überraschen. Ach, ich liebe das einfach!«

Beide ließen sich auf der Chaiselongue nieder. »Verrätst du mir, wie du an diese Information gekommen bist?«

Statt einer Antwort nahm er sie in die Arme und küsste sie. »Komm, steh auf!« Er lächelte spitzbübisch.

Dann führte er sie zwei Treppen hinauf bis unter die Dachschräge. Sie gingen bis zur Feuerschutzwand, und als er dort an einem unscheinbaren Kruzifix zog, öffnete sich lautlos eine Tür.

»Aber das ist doch der alte Stall!«

Wortlos führte er sie in eine kleine, fensterlose Kabine. Dort stand auf einem schweren Eichentisch – eine Enigma!

»Verzeih mir, chéri, dass ich so unhöflich war, deinen Wunsch zu ignorieren. Wie du weißt, wollte ich ja eine zweite stehlen. Sie hat sich bereits bestens bewährt.«

Josettes vergnügtes Lachen entschädigte ihn für die ganze Mühe.

Lupin hatte von Stotz' verschlüsselten Befehl abgefangen, und auch die Mitteilung nach Berlin mit Angabe der genauen Reiseroute.

»Das sollte ein Kinderspiel werden, Josette. Schließlich macht uns auf dem Gebiet keiner etwas vor.«

Sie grübelte. »Lass mich raten … Die Berlaymont-Methode?« Er nickte vergnügt.

»Mais, chéri, c'est merveilleux! Justement merveilleux!« Glücklich fiel sie ihm um den Hals.

Im Café de Flore bediente Paulette wie üblich ihre Gäste. Ihr Gesicht war fahl, und sie schlurfte kraftlos, und ihre Hände zitterten. Fragen nach ihrem Befinden allerdings wich sie aus: »Ich kann darüber nicht reden.« – In diesen Zeiten wusste jeder, was damit gemeint war.

Die Küchenhilfe sah sie in einer Ecke stehen. Mit dem feinen Gefühl der Frauen füreinander nahm sie sie einfach in den Arm, und Paulette weinte bitterlich. Doch als ein Gast nach ihr rief, tupfte sie sich die nassen Augen mit einem Küchenhandtuch ab und hastete in den Gastraum, wo soeben auch Monsieur Sartre eintrat. Ihre Blicke trafen sich, und der Schriftsteller erkannte die Verzweiflung in ihren Augen, ohne sie sich erklären zu können. Als der Abend gekommen war, hatte auch Simone zu ihnen gefunden. Ihr entging nicht, dass Paulette es entgegen ihren sonstigen Gewohnheiten hinauszögerte, das Café abzuschließen. Zu guter Letzt verließen sie es zu dritt. Während Paulette sonst gut gelaunt auf ihr Fahrrad stieg, beobachtete Simone, wie sie zögernd davorstand, so als hätte sie Angst nach Hause zurückzukehren. Ihrem fragenden Blick wich sie aus.

In ihrer Wohnung angekommen, sollte sie ihre Befürchtung bestätigt finden: Die beiden Gestapo-Leute durchsuchten bereits die Räume und rissen Paulette grob auf einen Stuhl, kaum dass sie durch die Tür getreten war.

Der Stille schlug sie mehrmals hart ins Gesicht, sodass sie panisch aufschrie. Nach weiteren Schlägen hatte sie sich eingenässt, doch sie zwangen sie, sitzen zu bleiben.

»Was wollen Sie von mir?«

»Halt s'Maul, du Schnalle!«, sagte der Stille und hob drohend die Hand, sodass sie aufheulend zusammenzuckte. Doch der Schlag blieb aus. Der zweite kam hinzu, er hatte ein paar Zettel gefunden, die er in seinen Ledermantel steckte, und stellte sich ganz dicht neben sie.

»Wir können dich die ganze Nacht verprügeln, du Fotze, und kein Mensch hilft dir.«

»Aber Messieurs«, wimmerte sie verzweifelt, »ich habe doch wirklich nichts getan …«

»Wirklich nicht?«, sagte der Stille drohend und holte mit der Hand weit aus. Paulette, der das Blut aus dem Mund lief, sank völlig in sich zusammen und wimmerte wie ein kleines Kind.

»Schlimm?«, hörte sie die kalte Stimme des zweiten. Sie wimmerte weiter.

»Verdient hast du es nicht, du Miststück, aber du kannst dafür sorgen, dass wir dich nicht mehr schlagen.«

Hoffnungsvoll blickte Paulette auf.

»Was muss ich tun, Monsieur?«

»In deinem Café sitzen lauter Linksintellektuelle. Wir können dir den Laden in die Luft sprengen und dich ins Lager schicken.«

Erneut heulte Paulette auf. Sie zitterte am ganzen Körper.

»Aber du kannst dich retten. Wenn du uns berichtest, was die vorhaben.«

»Aber Monsieur, die haben nichts vor, die diskutieren und schreiben einfach!«

»Wenn du lügst, lassen wir es gleich, und du gehst ins Lager.«

Verzweifelt und voller Selbstverachtung für ihre Schwäche fügte sich Paulette und nahm ihre Anweisungen entgegen.

Auch in dieser Nacht schlief sie nicht.

Lupin hingegen schlief wie ein Murmeltier. Josettes Kopf ruhte in seiner Armbeuge, und er spürte ihren Atem warm über seine Brust streichen. Liebevoll streichelte er ihr Haar.

»Du bist das Glück meines Lebens«, flüsterte er, und Josette schmiegte sich noch enger an ihn, ohne aufzuwachen.

Während sie glücklich bei ihm lag, setzte sich ein Zug von zehn Lastwagen und einem Tankwagen lärmend in Bewegung. Der letzte Lastwagen zog eine fahrbare Feldküche hinter sich her. Auf vier der Wagen befanden sich MG-Nester, die den Zug in unterschiedliche Richtungen absicherten. Die Kräder mit Seitenwagen, auf denen je ein Fahrer und ein Beifahrer mit Maschinenpistole saß, fuhren knatternd voraus, nebenher und hinterher und sorgten so dafür, dass der Zug aus keiner Richtung angegriffen werden konnte. Auf den Ladeflächen stapelten sich bis zur Decke die sorgfältig verpackten Kunstwerke für Hermann Görings Palast, und jeweils drei Bewaffnete saßen auf den Ladeflächen, um zu verhindern, dass jemand diese unerlaubt betrat.

Unter den Uniformierten herrschte Schweigen. Sie wussten um die lange Strecke und rechneten stets damit, aus dem Hinterhalt von französischen Kräften angegriffen zu werden.

Als es hell wurde im Raum, schlug Josette die Augen auf und fand den Platz neben sich leer. Doch als hätte er es geahnt, trat Lupin ein und küsste sie.

»Sie sind in der Gegend von Cambrai«, sagte er sanft. »Sie haben noch keine zweihundertfünfzig Kilometer geschafft.«

»Wie viel Uhr haben wir?«

»Acht Uhr zwanzig, chérie. – Wir haben ja ihre Route, dank der Enigma, und ich höre ihre Funksprüche ab.«

»Was meinst du, wann werden wir zuschlagen?«

»Ich nehme an, sie werden vor der belgischen Grenze eine Rast einlegen. Dann kriegen wir sie. – Komm, ich habe schon Frühstück vorbereitet!«

Der Kaffee, den sie aus ihren Raubzügen reichlich gebunkert hatten, schmeckte vorzüglich, während die Morgensonne durch die Fenster strahlte. Paris hätte schön sein können, wären nicht überall diese Fliegen gewesen. Sie fuhren auf Lastwagen und in »Kübelwagen«, sie trugen Maschinenpistolen und Wehrmachts-Helme, und es gab nichts, was vor ihnen sicher war.

Der Transportzug stoppte eine Minute lang, um die Fahrer zu tauschen. Dann, unter den verängstigten Augen der Franzosen, die zwischen den geschlossenen Fensterläden hindurchspähten, setzte der Lindwurm sich wieder in Bewegung, während die MGs unentwegt in Bewegung waren, um mögliche Angreifer abzuschrecken.

Frankreichs Kultur und seine Identität waren auf dem Weg in Feindesland.

Von Stotz ließ sich alle dreißig Minuten Meldung machen, um sicherzugehen, dass der Zug sich wie geplant bewegte. Geschwind hielt er eine Dienstbesprechung ab, ließ sich über die neuesten Verhaftungen und Verhörergebnisse berichten und ordnete einzelne Maßnahmen an.

»Unser Führer vertraut uns!« Seine bedingungslose Ergebenheit war durch nichts zu erschüttern. Nachdem er die Runde verlassen hatte, verschloss er seine Tür und marschierte in seinem Büro auf und ab. Zuvor hatte er Anweisung gegeben, keine Gespräche zu ihm durchzustellen.

Nach einer guten Stunde klingelte das Telefon trotzdem.

»Ich habe befohlen, keine Gespräche! Was fällt Ihnen ein?!«

Eine Pause entstand am anderen Ende der Leitung.

»Stotz, treiben Sie es nicht auf die Spitze!«, vernahm er Keitels eisige Stimme.

Sofort straffte er sich.

»Also! Die Kunst! Erstatten Sie Meldung!«, sagte Keitel scharf.

»Dreitausendzweihundert Stück konfisziert. Zug mit fünfzig Mann unterwegs seit heute Morgen vier Uhr zwanzig!«

»Na also!«, kam es höhnisch. »Kopf aus der Schlinge ziehen, Stotz! Letzte Chance! Versauen Sie es bloß nicht!«

»Zu Befehl!«

Keitel hatte aufgelegt. Von Stotz überlegte: Sofort nach Abfahrt der Truppe hatte er dies per Telegramm ins Oberkommando der Wehrmacht melden lassen. Unmöglich, dass man Keitel nicht informiert hatte. – Der Anruf war nichts anderes als eine Demütigung. Kochend vor Wut nahm er eine Zigarre und holte einen edlen Cognac aus konfiszierten Beständen.

Man würde ihn loben, wenn die Beute erst einmal die französisch-deutsche Grenze überquert hatte, und man würde ihn feiern, wenn am Ende alles an seinem rechtmäßigen Platz in Carinhall stand. – Er mochte die Franzosen nicht. Seit Generationen galten sie als der Erbfeind der Deutschen. Ihr Wesen war dem Deutschen fremd, ihre Art zu leben zügellos und – von einer kleinen Minderheit abgesehen – hatten sie die Juden als ihresgleichen akzeptiert. Der Jude allerdings, so hatten schon seine Eltern und seine Großeltern ihn gelehrt, war der Feind des Deutschtums, das er sich mit List und Geldgier zu unterwerfen suchte.

Von Stotz hatte eine klare Vorstellung: Erst würde er sich mit der »Aktion Carinhall« vollständig rehabilitieren. Dann würde er mit den Nicht-Ariern aufräumen, und es würde sein Meisterstück als Kommandeur der Besatzungstruppen werden. Menschenleben, Elend, Verzweiflung, Blut, all das kümmerte ihn nicht. Krieg ist Krieg, und wer darin unterlag, der hatte nun mal die Arschkarte gezogen. Keitel war bloß eine aufgeblasene Figur. Was wäre er gewesen ohne seine Generale? Von Stotz würde ihm seine Demütigungen heimzahlen in der Währung, die er verstand: militärischen Erfolgen und Härte gegen die Opfer!

»Pardon wird nicht gegeben!«, hatte Kaiser Wilhelm II. bei der Entsendung seiner Truppen nach China 1900 gesagt. Nun war es eben nicht China, sondern Frankreich, das ihn kennenlernen würde. Und bevor er seine eigene Karriere begrub, würde er lieber ganze französische Städte und Dörfer begraben.

Das Getrampel und die lauten Stimmen ließ er draußen. Er wollte sich diese Augenblicke und dieses Gefühl nicht nehmen lassen. Nach einiger Zeit ergriff er einen Stift und machte sich Notizen für seine Rede bei der Comtesse de Calmant. Ihr Empfang war für heute Abend vorgesehen, und möglicherweise ließen sich nützliche Köpfe für die Besatzungsmacht gewinnen. Andernfalls waren sie ihm nicht mehr wert als ein paar Kugeln.

Er ließ sich Essen bringen, danach warf er sich in seine Gala-Uniform. Selbstverständlich würde er eine halbe Stunde zu spät kommen, wie es dem Kommandeur einer Besatzungsmacht zustand. Der Auftritt musste stimmen, und es musste von Anfang an klar sein, dass die Regeln der höheren französischen Gesellschaft für ihn nicht galten. Er würde seine Pistole am Gürtel tragen. Auch dies würde für die nötige Klarheit zwischen Herr und Untertan sorgen.

Lächelnd kritzelte er ein paar Zeilen nieder an seine Frau und seine beiden kleinen Töchter, die er über alles liebte. Irene hatte sie nicht ihm zum Geschenk gemacht, sondern dem Führer, was er ausdrücklich billigte. Nationalsozialist zu sein bedeutete Selbstaufgabe. Nicht der Einzelne zählte; nein, die Volksgemeinschaft war es, die dem Leben dieses Einzelnen Sinn und Wert gab.

Er klebte den Brief zu, nachdem er noch ein Foto von sich in Gala-Uniform vor dem Eiffelturm beigelegt hatte, und gab ihn in die Feldpost. Die jüngste Meldung des Zuges wurde ihm gereicht. Die berichtete von einem »Angriff feindlicher Kräfte«

auf der Höhe von Solesmes, die allerdings »samt und sonders ausgeschaltet werden konnten«. Man werde nun ungehindert weiterfahren Richtung Le Quesnoy, beabsichtige allerdings wegen Einbruch der Dunkelheit vor der Stadt ein Nachtquartier aufzuschlagen. Von Requirierungen sehe man wegen der offen feindseligen Stimmung in der Bevölkerung ab, da nächtliche Aktionen des Widerstands nicht ausgeschlossen werden konnten.

Was Diebold machte, machte er gründlich, sagte sich von Stotz. Nach Beendigung des Auftrags und nach der vollständigen Wiederherstellung seiner Generalsehre würde er auch an ihn denken.

»Palais von dieser Kalmant!«, herrschte er den Fahrer an, als er am frühen Abend zu dem Empfang aufbrach.

Wie üblich waren die Straßen von Paris menschenleer, bis auf einige Radfahrer, die auf dem Gepäckträger Dinge des Alltagsgebrauchs transportierten. – Meist war es Tauschware, um irgendwie an die knapp gewordenen Lebensmittel zu kommen. Instinktiv zogen die Leute den Kopf ein, wenn der Wagen mit der Hakenkreuzstandarte an ihnen vorbeirollte, und versuchten, so schnell wie möglich nach Hause zu kommen. Die Dunkelheit in Paris war gefährlich, und die Straßenbeleuchtung war ausgeschaltet. Die Scheinwerfer der Okkupanten allerdings konnten ganz unversehens von irgendwoher aufgleißen. In der Regel bedeutete das, dass dann Schüsse fielen und dass Unschuldige starben, denn der Tod war ein Meister aus Deutschland.

»Schau ihn dir nur an!«, sagte Lupin zu Josette, und sie beobachteten, verdeckt vom Vorhang, wie die schwere Limousine vorbeifuhr, eskortiert von knatternden Krädern. »Sicher ist er unterwegs zum Palais dieser Kollaborateurin, dieser …«

»Comtesse de Calmant, meinst du?«

»Genau die. Die träumt tatsächlich davon, dass die Nazis ein Weltreich errichten und dass sie dann in Frankreich eine wichtige Rolle spielen würde. Schließlich war sie dann vom ersten Tag an dabei!« Er schüttelte sich angewidert.

»Warum eigentlich ist man Kollaborateur?«, überlegte Josette leise. »Will sie einfach nur an die Fleischtöpfe?« Sie wurde lauter. »Oder hofft sie auf Macht? Und verrät dabei das eigene Land?«

»Sie reden es sich schön«, knurrte Lupin. »Sie reihen sich ein in etwas ›Größeres‹, damit sie die Niedrigkeit ihres Verhaltens nicht erkennen müssen. Aber noch ist nicht aller Tage Abend!«

Der Wagen stoppte vor dem Chalet der Baronin. Ein Spalier brennender Fackeln begrüßte die Ankömmlinge. Im hell erleuchteten Erdgeschoss konnte man durch die zurückgezogenen Vorhänge eine Reihe festlich gekleideter Menschen erkennen. Von Stotz' Ordonnanz schnellte aus dem Wagen und riss ihm den Schlag auf. Er wartete, bevor er ausstieg, denn so drückte er sein Missfallen darüber aus, dass die Baroness de Calmant nicht bereits an der Tür stand, um ihn standesgemäß zu begrüßen. Doch in dem Moment kam sie schon herangerauscht.

»Bienvenu, mon Général, soyez le bienvenu!«

Von Stotz rümpfte die Nase angesichts ihrer Vertraulichkeiten. Distanziert schüttelte er die dargebotene Hand. »Sehr erfreut, Comtesse!«, antwortete er höflich. Das Personal stand stramm und neigte den Kopf, während sie zu zweit daran vorbeidefilierten. Von draußen ertönten geschriene deutsche Kommandos: Der Sicherungstrupp umstellte das Palais, um den General zu schützen.

Kandelaber voller flackernder weißer Kerzen erleuchteten den Salon. Von Stotz trat einen Schritt vor der Gastgeberin ein, immerhin war *er* der Besatzer! Und wenn das hier nicht so lief, wie er es erwarten konnte, dann gab es am Ende eben eine »Kalmant« weniger.

Umso erstaunter war er, als die rechten Arme der Anwesenden hochschnellten zum deutschen Gruß, dazu riefen viele von ihnen ein gegurgeltes »'eil 'itlerrr!« – Das »h« würden die auch in hundert Jahren noch nicht lernen, dachte er, und es zeigte ihm einmal mehr, welchem Volk die Zukunft und die Weltherrschaft gehören würde. Mit Genugtuung sah er aus den Augenwinkeln, dass auch der rechte Arm der Comtesse schräg aufwärts in die Luft ragte.

»Ich führe Sie herum, mon Général, und stelle Sie unseren Gästen vor.«

»Neinnein!«, zischte er. »Der Kommandant bin *ich*. Die Leute kommen zu *mir*!«

So defilierte eine Schlange unterwürfiger Kollaborateure an ihm vorbei. Die Männer schlugen die Hacken zusammen, riefen »'eil!« und verbeugten sich. Die Damen machten einen eleganten Knicks. Ein älterer Herr, der die Uniform eines Colonels der französischen Armee trug, salutierte zackig und rief: »Vive le Maréchal Pétain!«

Von Stotz hielt nicht viel von diesem Handlanger des Nazi-Regimes. Nützlicher Idiot. Konnte man immer noch beseitigen, wenn man ihn nicht mehr brauchte.

Mit einem Silberlöffel schlug die Comtesse gegen ihr Glas, bis die Gespräche verstummten. Dann begann sie eine Rede, in der sie den Besatzer als Erlöser präsentierte, der sich dem Niedergang ihres Landes mutig entgegenstelle, »um es zu retten vor Kommunisten und Homosexuellen, vor Juden und Demokraten, vor den Intellektuellen, den Perversen und den Kinderschändern«. Nun also entstehe eine neue Ordnung mit Werten, die von französischen Patrioten genauso geteilt würden wie von deutschen. Von Stotz verstand nur einen Teil davon, denn der Armee-Dolmetscher schien nicht besonders befähigt zu sein. Letztlich interessierte ihn ihr Gerede auch nicht: Sie hatte die Zunge, er hatte die Gewehre. Er würde die Fakten schaffen.

Wenn sie und ihre adeligen Kumpane dabei Wasserträger spielen wollten, so konnten sie das ruhig tun. Am Ende stand immer der Nationalsozialismus, und der bedeutete Sieg.

Sie verstummte und bat ihn, einige Worte an die Versammelten zu richten. Von Stotz straffte sich und setzte einen finsteren Blick auf. »Meine Damen und Herren, manche von Ihnen glauben vielleicht, es herrschten finstere Zeiten!«, begann er schneidig. »Aber das Gegenteil ist richtig!«

Und so erklärte er den Anwesenden, welch herrliche und strahlende Zukunft ihr Land erwarte, wenn es sich dem Deutschen Reich unterwerfe. Denn während die Demokraten immer nur stritten und ein Land immer weiter verfallen ließen, sei es der Faschismus, der mit militärischer Disziplin und klaren Vorgaben an das Volk eine Nation auf eine höhere Stufe hebe. Dabei sei es doch selbstverständlich, dass dies nicht ohne Opfer abgehe: »Meine Damen und Herren, natürlich wird ein Teil des französischen Volkes entfernt werden müssen, so wie auch in Deutschland die faulen und zersetzenden Teile unseres Volkes gna-denlos ent-fernt wurden! Und wenn die Geschichte eines Tages ihr Urteil über unseren Führer Adolf Hitler fällen wird, dann doch nicht, weil er unser Volk von dem stinkenden Abschaum getrennt hat! Sondern weil er es von innen heraus erneuert hat, seine völkische Substanz, seinen Geist, seinen Körper, und seine gan-ze Ge-schich-te und seine Zukunft neu erfunden hat! Kein anderer Führer der Welt hat diese gewaltige politische Leistung erbracht! Und wir sind erst am Anfang!«

Den Franzosen, so betonte er, biete sich nun ebenfalls die Gelegenheit, als Teil des Deutschen Reiches auch Teil der deutschen Zukunft zu werden. Und deshalb solle es die stinkenden und verfaulten Teile seines Volkskörpers abwerfen, um unter der Führung Deutschlands als Ganzes gesunden zu können!

Der Applaus der Anwesenden wirkte aufgesetzt, ihre Mienen bedrückt. Mit begeisterten Worten hingegen dankte Comtesse de Calmant dem verehrten Herrn Generalmajor »für diese wundervolle Zukunftsvision zur umfassenden Erneuerung unseres geliebten französischen Vaterlands«. Auch hier applaudierten die Gäste, erneut schnellten die Arme zum »'eil 'itlerrr!« nach vorn, und von Stotz deutete eine Verbeugung an.

Er war mit sich zufrieden. Seine Worte hatten die Macht und die Unbesiegbarkeit des Deutschen Reiches und seiner Wehrmacht über alle Zweifel erhoben, seine Drohungen keine Unklarheit über die deutsche Entschlossenheit gelassen. Ob sie ihm aus Überzeugung folgten oder aus Angst, brauchte ihn nicht zu interessieren. Sie waren Rekrutierungsmasse für seine Besatzungsmacht, und ihr adeliger Status würde sie im Fall der Fälle vor nichts bewahren.

Sorgsam auf Distanz achtend, trank er ein Glas Champagner und dann noch eins, parlierte kurz mit dem einen oder anderen, wobei er selbst sich nicht vom Fleck rührte, sondern klarmachte, dass er Hof hielt, und beäugte jeden der Gäste auf seine Verwendbarkeit für die Ziele des Nationalsozialismus. Wenige dabei, die etwas taugten, fand er.

Nach einer knappen Stunde gab er seinen Abschied bekannt. »Den Wagen!«, befahl er dem begleitenden Offizier. Der schlug die Hacken zusammen und eilte zum Ausgang.

Die Comtesse de Calmant redete halblaut auf von Stotz ein, indem sie seine Ansprache pries, die dem ganzen französischen Volk einen Weg zu Macht und Glorie gezeigt habe. Sie hoffe, dies sei nicht das letzte Mal gewesen, dass er ihre Kreise mit seiner Anwesenheit beehrt habe. Zunehmend ungeduldiger ließ der Generalmajor ihren Wasserfall an Banalitäten über sich ergehen und bedachte sie mit einem eisigen Blick, den sie in ihrem Redeschwall überhaupt nicht bemerkte.

Der Offizier kam zurück, baute sich salutierend neben den beiden auf und trat von einem Bein auf das andere.

»Was ist?«, schnitt von Stotz der Kollaborateurin das Wort ab.

»Melde gehorsamst, Herr General, der Wagen ist bereits weg!«

Der General bemühte sich um Beherrschung. »Ist *was*?«

»Sicherungstrupp teilt mit, Herr General vor dreißig Minuten aus dem Haus getreten und mit Wagen abgefahren!«

Alle Gespräche waren verstummt. Ungläubig legte die Baroness drei Finger an die Lippen.

»Sehen Sie mich an, Mann!«, zischte von Stotz. »Stehe ich hier vor Ihnen oder sitze ich in meinem Wagen?«

»Melde gehorsamst: Herr General sitzen bereits … äh … stehen bereits … also jedenfalls hier vor mir!« Der Mann war rot angelaufen.

»Und-wer-sitzt-dann-in-mei-nem-Wa-gen?!«, brüllte von Stotz.

Unter den Gästen erhob sich Geraune.

»Melde gehorsamst: Sie, Herr General! Jedenfalls nach Auskunft Leiter Sicherungstruppe!«

»Idiot!«, bellte von Stotz und hastete zum Ausgang, gefolgt von der schnatternden Baronesse.

»Wo ist der Wagen!«, herrschte er den Gefreiten am Eingang an.

»Hm!«, sagte der und blickte erstaunt auf von Stotz. »Wenn *Sie* des nicht wissen …?«

Von Stotz schnappte nach Luft.

»Sie sind doch vorher damit wegg'fahren!«, beharrte der Gefreite. »Wo *haben* S' jetzt Ihren Wagen?«

Er konnte sich aufführen, wie er wollte: Die gesamte Sicherungstruppe beharrte darauf, Herr General seien vor dreißig Minuten hastig aus dem Haus gekommen, haben nach dem Wagen gewinkt und seien mit diesem davongerauscht. Eskortiert hätten ihn fünf Kräder.

»Waren das deutsche Kräder?«, herrschte von Stotz den Soldaten an.

»Des haben mir net sehen können. Mir haben ja eine Verdunkelung!«

Von Stotz fuhr auf dem Absatz herum und schrie die Comtesse de Calmant an: »Was haben Sie da eigentlich für Leute eingeladen?«

Hilflos wedelte sie mit den Armen, während ein Kübelwagen vorfuhr, der den schäumenden Kommandeur von Groß-Paris aufnehmen sollte.

»Sie sind ja eine Saboteurin!«, brüllte er. »Ich lasse Sie festnehmen!« Er wandte sich um, um in den Wagen zu steigen.

Panisch rannte sie ihm hinterher und packte ihn am Arm. »Mon Général, Sie dürfen nicht …!« Verärgert versuchte von Stotz sie abzuschütteln, doch sie fasste ihn an der Schulter und schrie auf ihn ein. Eine MP-Salve gellte durch die Nacht und brach sich an fernen Häuserwänden.

Von Stotz drehte sich nicht um nach der edlen Comtesse de Calmant, als sie in einer Blutlache auf dem Boden ihrer Auffahrt lag. Die Leute vom Sicherungstrupp schrien sich gegenseitig Kommandos zu, schon sprangen sie auf ihre Fahrzeuge und rauschten mit lärmenden Motoren davon. Im Losfahren schickte einer ihr noch eine weitere Salve, sodass ihr zerfetzter Körper unter den Geschossen zuckte.

Im Saal hatten die Gäste sich auf den Boden gekauert. Erst als der Lärm der Fahrzeuge sich in der Ferne verlor, wagten sie wieder, sich zu bewegen. Zwei Bedienstete trugen die blutüberströmte Leiche nach drinnen, während die Freunde der Baronesse in alle Richtungen davonstoben.

»Chéri, du bist verrückt!«, schmunzelte Josette, als Lupin in der Verkleidung des Generalmajors ins Haus gehumpelt kam und sich die Maske vom Gesicht riss. »Was sollen wir denn mit den ganzen deutschen Autos?«

»Gibst du mir bitte gleich das Heizkissen?«, ächzte er und warf Maske und Generalsmantel verächtlich zu Boden. Besorgt erkannte sie, dass es ihm nicht gut ging.

»Was ist?«, fragte sie, während er sich auf die Chaiselongue setzte.

Lupin schwieg angewidert. »Es ist zum Kotzen«, kam es tonlos. »Verzeih mir meine Ausdrucksweise! Aber ich könnte wirklich nur noch kotzen.«

So hatte sie ihn in ihrer ganzen Ehe noch niemals reden hören. Betrübt setzte sie sich neben ihn und legte einen Arm um ihn, nachdem sie ihm das Heizkissen hinter den Rücken geschoben hatte. Lupin atmete schwer.

»Oh, mon Dieu! Was habe ich mir nicht für Gedanken gemacht, damit die Aktion auf jeden Fall funktioniert, ohne unseren Landsleuten zu schaden! Mehrfach habe ich unseren Plan wieder umgeworfen, sobald ich auch nur das kleinste Risiko zu erkennen glaubte …«

»Chéri, was ist denn passiert?«

»… aber die Deutschen hinterlassen immer wieder Leichen.« Resigniert stierte er zu Boden. »Lieber Himmel, Josette, was haben die nur in unser Land gebracht?«

Lupin erzählte ihr von der Ermordung der Comtesse und von der ganzen Menschenverachtung in dieser Untat. »Sie war eine Kollaborateurin, aber sie war auch ein Mensch! Gerade noch nützlich, und im nächsten Moment Abfall!« Er schüttelte sich, »Aber die sollen mich jetzt kennenlernen.«

Besorgt nahm Josette ihn in die Arme.

»Wie weit sind wir eigentlich mit der Räubertruppe, die unsere geraubten Kunstwerke zu diesem Monsieur Göring bringen will?«

»Chérie, du bist immer so ungeduldig!«, protestierte Lupin.

»Frankreich wird sich immer zu wehren wissen. Und wir werden Frankreichs Schätze schützen und bewahren!«

Josette löste die Arme von ihm. Sie kannte ihren Arsène. »Du glaubst ja nicht, wie ungeduldig ich darauf warte!«

»Du glaubst ja nicht, wie ungeduldig *wir* darauf warten!« Er richtete sich etwas auf und schlug die Beine übereinander.

»Trotzdem, dieses Mal hat es mich wirklich Nerven gekostet, chérie! Überall Bewaffnete! Ich wusste, wenn jemand hinter meine Maskierung blickt, ist das mein Ende. Aber noch schlimmer: Ich musste den herrischen, schneidigen Gang dieses deutschen Generals imitieren. Und das bei meinem Rücken! Dieser Krieg verlangt uns wirklich alles ab!« Ächzend lehnte er sich zurück an das Heizkissen und presste seine Lenden gegen das heiße Gewebe.

Josette legte ihm die Hand auf den Arm. »Während du weg warst, habe ich wieder einen dieser Geheimsender der Alliierten abgehört, chéri. Ich glaube, sie bereiten etwas vor, aber ich habe noch nicht verstanden, was. Glaubst du, sie würden eine Invasion riskieren?«

»Ich wüsste nicht, wie man diese Verbrecherbande sonst noch aufhalten könnte. Aber die Deutschen werden sich erbittert wehren. Sie werden alles bei uns in Trümmer legen, wenn es je so weit kommt. Und den Rest werden die Alliierten erledigen, wenn sie die Deutschen besiegen wollen. – Mir blutet das Herz, wenn ich an mein geliebtes Frankreich denke.«

»Was wird von uns übrigbleiben?«, sinnierte Josette betrübt. »Aber andererseits … weißt du, Chéri, die Freiheit wird uns mehr wert sein als alles andere. Und wenn die Fliegen verschwunden sind aus unserem Land, werden wir es wieder aufbauen. Ich hoffe nur, dass sie dann überhaupt noch etwas übriggelassen haben. – – Es ist so traurig!«

»Wir müssen sie treffen, wo wir können!« Lupin verweilte noch einige Minuten genüsslich schnurrend bei seinem Heizkissen. »Ach chérie, lass uns für heute zu Bett gehen!« Liebevoll zog er sie an sich.

Noch in derselben Nacht hatte von Stotz im Brüllton eine Untersuchung angeordnet, doch auch als er am frühen Morgen des Folgetages wütend in sein Büro stampfte, konnte niemand ihm sagen, wo sein Dienstwagen war. Der schwere Mercedes mit der Hakenkreuzstandarte blieb ebenso verschwunden wie der Wagen des Ministers Steinhorst.

»Es kann ja wohl nicht sein, dass der Wagen des deutschen Kommandeurs nirgends auffällt?!«

Ein Unteroffizier brachte eine Meldung herein: Danach hatte der Wagen gestern Abend gegen 19.45 Uhr den Militärkontrollpunkt III an der Place Vendôme passiert und war selbstverständlich nicht von den Wachen kontrolliert worden. Aber die Wachen erinnerten sich, dass Generalmajor von Stotz auf der Rückbank gesessen war und kurz die Hand zum Mützenschild gehoben hatte.

»Dass *ich* in meinem eigenen Wagen gesessen bin?«, brüllte von Stotz. »Ja, sind denn hier alle verrückt geworden? – Wo ist der Wagen jetzt?«

Niemand hatte eine Antwort.

In den noblen Kreisen der Comtesse de Calmant diskutierte man inzwischen, wieso Faschisten eine überzeugte Mitfaschistin so ganz beiläufig töteten. Einer von ihnen erinnerte an die Ermordung des SA-Führers Ernst Röhm und seiner Kumpane im Jahr 1934. Konsterniert meinte ein anderer, das sei doch schon so lange her, und natürlich müsse man eine Bewegung ab und zu auch säubern. Aber letztlich würde das ja bedeuten, dass ein überzeugter und treuer Faschist niemals vor den eigenen Leuten sicher war, fand ein untersetzter kleiner Baron mit randloser Brille. Erbost entgegnete eine ältere Duchesse ihm, wer sich der

Bewegung verschreibe, der wisse eben, dass es ohne Opfer nicht abgehe. Man fand zu keiner Einigung und ging nachdenklich auseinander, während im Palais der Comtesse de Calmant alle Vorbereitungen für eine standesgemäße Trauerfeier abgebrochen werden mussten. Die Kommandantur hatte es so befohlen, und so verscharrten Bedienstete die Unglückliche in tiefer Nacht in einer abgelegenen Ecke ihres Grundstücks. Ein Gedenkstein und Grabbepflanzung waren von den Deutschen untersagt worden. Am nächsten Morgen erschien dennoch der Comte de Granville und legte eine Fahne mit der Doppelaxt des Vichy-Regimes auf ihr Grab. Die anderen Teilnehmer des unglückseligen Abendempfangs zogen es vor, sich bedeckt zu halten.

Im Café de Flore hatte sich die Atmosphäre verändert. Zwar kamen Sartre und die Beauvoir weiterhin jeden Tag, um sich nun gemeinsam aufzuwärmen und an ihren Manuskripten zu arbeiten, doch war Paulette nur noch ein Schatten ihrer selbst. Binnen weniger Tage war sie zu einer schlurfenden alten Frau geworden, mit hängendem Kopf und hängenden Schultern, während ihre wässrigen Augen den Blick ihrer Gäste mieden. Auch war Simone de Beauvoir nicht entgangen, dass sie in ihrem Gesicht mehrere Blutergüsse notdürftig überschminkt hatte. Als sie von einem Toilettengang zurückkehrte, erblickte sie Paulette im Halbdunkel einer Abstellkammer. Ihr Rücken wurde von schwerem Schluchzen geschüttelt. Lautlos trat Simone hinter sie und legte die Arme um sie. Als Paulette daraufhin laut weinte, schloss Simone leise die Tür und verzichtete darauf, Licht anzuschalten. So standen beide Frauen im Dunkeln. Simone spürte Paulettes Verzweiflung, mit der sie sich an sie klammerte.

»Was ist, Paulette?«, hauchte sie.

Paulette presste sich schutzsuchend an sie. Immer wieder fragte Simone sie sanft nach der Ursache ihres Kummers.

»Ich kann nicht!«, flüsterte sie dann kaum hörbar.

»Sie müssen reden, Paulette! Niemand kann uns hier sehen oder hören!«

Mehrmals holte die Arme tief Luft, dann brach es heraus aus ihr, und so erzählte sie Simone alles, was geschehen war. Von den Gestapo-Leuten in ihren Ledermänteln, den Wohnungsdurchsuchungen, von den Schlägen und Misshandlungen, dem Gebrüll, den Beleidigungen, den Erniedrigungen, dem Druck, dem Druck, dem Druck …!

»Ich kann nicht mehr«, flüsterte sie. »Ich weiß nicht mehr weiter. Sie beide sind genauso in Gefahr wie ich!«

»Wir müssen Sartre davon erzählen!«, flüsterte Simone bestimmt. »Vielleicht muss er fliehen?« Sie öffnete die Tür einen Spalt, sodass ein wenig Licht hereinfiel.

»Nicht hier!«, antwortete Paulette und putzte sich die Nase mit ihrem von Tränen durchnässten Taschentuch. »Ich bin sicher, sie beobachten uns! Wenn wir drei im Café zusammensitzen, können die da draußen zwei und zwei zusammenzählen.«

»Wie sollen wir dann vorgehen?« Simone war ratlos.

»Sprechen Sie mit ihm unter vier Augen! Ich habe Ihnen alles erzählt, was ich weiß. Wenn Sie beide hier die Köpfe zusammenstecken, ist das nichts Ungewöhnliches!«

Paulette wischte sich nochmals über das Gesicht, öffnete die Tür nun ganz und kehrte in den Gastraum zurück – deutlich aufrechter und kraftvoller als zuvor, so als wäre eine Zentnerlast von ihren Schultern genommen.

Lächelnd kehrte auch Simone in den Gastraum zurück und rieb sich dabei die Hände, als wollte sie Restfeuchte vom Händewaschen loswerden. Dann setzte sie sich dicht zu Sartre, legte einen Arm um ihn und küsste ihn lange. »Wir müssen reden!«, flüsterte sie. Ihr Geliebter verstand sofort; ihm war aufgefallen, dass sie sich nicht an ihren gewohnten Platz gesetzt hatte, sondern mit dem Rücken zum großen Fenster des Cafés, das auf den Boulevard Saint-Germain wies. Er nickte fast unmerklich.

»Meinst du, sie lesen von draußen von den Lippen?«

Sie küsste ihn auf die Wange. »Ich weiß es nicht. Aber jetzt verstehe ich wenigstens, warum dieser abgerissene Clochard, der jeden Tag da draußen steht, mich mit seinen eiskalten, wachen Augen jedes Mal von oben bis unten mustert. Ich habe mich öfter schon gefragt, was mit ihm ist: Er sieht einfach nicht aus wie ein richtiger Clochard.«

»Ich kenne den«, nickte Sartre. »Mir hat er einmal vor die Füße gespuckt. Sein Blick ist selbstsicher und durchdringend. Er kann nicht verbergen, für wen er arbeitet.«

»Sie sitzen überall! Wie die Fliegen!«

»Ich bin fast fertig damit.« Sartre grinste sardonisch und schob seine eng bekritzelten Blätter zusammen.

»Es wäre gut, wenn wir Paulette etwas geben könnten, was sie an die Gestapo weiterleiten kann. Natürlich ohne dass wir uns damit selber schaden!«

»Hmmm … Ich habe hier eine Seite mit Notizen zu dem Stück.« »Vielleicht knülle ich sie zusammen und werfe sie in den Papierkorb. Dann kann Paulette sie wieder herausfischen. Könnte sein, dass ihr das etwas Druck nimmt.«

»Chéri, lies es auf jeden Fall vorher durch!«

»Nicht nötig, das sind alles nur Notizen über Fliegen aus der Encyclopédie Larousse. Die werden sich wundern!« Er grinste breit.

»Paulette hat mir erzählt, dass sie sich eh schon darüber gewundert haben und wissen wollten, ob du auf der Bühne dann Fliegen herumlaufen lässt.«

»Diese Notizen werden ihre Befürchtungen verstärken!«

Simone lachte laut auf. Paulette, die hinter der Theke stand, warf den beiden einen dankbaren Blick zu.

Sartre nahm das vollgekritzelte Blatt und warf es in den Papierkorb hinter der Theke, ohne hinzusehen. Paulette tat, als bemerkte sie es nicht, verstand aber die Botschaft. Während sich die beiden Autoren wieder in ein intensives Gespräch vertieften, nahm sie die zerknüllte Seite an sich. Überraschend kam der Clochard von draußen herein und bestellte einen Café au Lait, den er an der Theke zu sich nahm.

»Gib mir das Papier!«, zischte er und ließ es in seinen Kleidern verschwinden. Paulette starrte in seine eiskalten Augen und hoffte, dass man sie wenigstens heute Abend nicht mehr schlagen würde.

Und richtig – an diesem Abend blieb sie ohne Besuch und schlief erleichtert ein.

Generalmajor von Stotz hingegen saß ein paar Tage später mittags am Schreibtisch und zermarterte sich das Hirn darüber, was mit seinem Wagen geschehen war, als die Ordonnanz ihm meldete, die beiden Soldaten des Kontrollpunkts III seien eingetroffen. Auf seinen Befehl hin traten sie ein und salutierten. Von Stotz ging um sie herum und betrachtete sie, als wollte er sie verspeisen.

»Also?«, zischte er eisig. »Was haben Sie mir zu melden?«

»Zu Befehl!«, sagte der eine von ihnen, sein Blick flackerte unruhig, und er schwieg. Der andere brachte ebenfalls keinen Laut hervor. Von Stotz umrundete sie weiterhin wie ein sehr, sehr hungriger Löwe.

»Wie *lautete* mein Befehl?!«, brüllte er unversehens los.

»Zu Befehl!«, schrie der eine Soldat aufgeregt. »Jedes Kraftfahrzeug, jede Person sind gründlichst zu gratulieren, äh, kontrollieren!«

Der andere schnaufte hektisch.

»Und?«, kam es eisig zischend. »Haben Sie kontrolliert?«

»Zu Befehl, Herr General, selbstverständlich!«

Von Stotz hatte Mühe sich zu beherrschen. »Aha! Jede Person, jedes Kraftfahrzeug?«

Der zweite Soldat schlug die Hacken zusammen. »Zu Befehl, H' General: Es kam nur ein einziges Kraftfahrzeug!«

»Aaaaahhh ja?« Seine Worte fielen herab wie das Beil einer Guillotine. Leise säuselnd fuhr er fort: »Und? Haben Sie es kontrolliert?«

»Nein, H' General!«

Sofort brüllte er wieder los: »Sie haben *nicht* kontrolliert? Entgegen meinem ausdrücklichen Befehl ha-ben-Sie-nicht-kontrolliert?«

»Zu Befehl, H' General. Es war nicht erwünscht.«

Von Stotz fiel die Kinnlade herunter. »Ja dann …«, knurrte er zynisch. »Wer hätte auch mit so etwas rechnen können?! … Wir wollen doch immer zuvorkommend bleiben, nicht wahr?« An seiner Stirn pochte eine Zornesader, die immer weiter anschwoll.

»Herr General, das ist nicht zum Lachen«, sagte der erste Soldat ganz ruhig.

»La-che-ich-etwa?« Von Stotz war außer sich.

»Sie selbst haben uns verboten, Ihren Wagen zu kontrollieren. Und jetzt weisen Sie uns dafür zurecht.«

»Ach, bin ich etwa dringesessen in meinem Wagen?«

»Ja, selbstverständlich!«, sagte der zweite Soldat.

»Wir kennen Sie doch!«, sagte der erste. »Und als wir an den Wagen herangetreten sind, haben Sie uns richtig unfreundlich weggewunken!«

»Dann können wir Sie doch nicht kontrollieren!«, stimmte der zweite zu. »Das wäre ja Befehlsverweigerung!«

»Ja! Der deutsche Soldat darf bei Androhung der sofortigen Erschießung keinen Befehl verweigern!«, rief der erste aufgeregt. »Und schon gar nicht vom Herrn General!«

Eine halbe Minute lang stand von Stotz ungläubig vor den beiden, dann wies er auf die Besucherstühle. »Hinsetzen! – Zweimal Kaffee!«, schrie er durch die geschlossene Tür. »Nein, dreimal!«

Der Kaffee wurde gebracht, und der Kommandant von

Groß-Paris ließ sich alles in Ruhe erzählen, nachdem er den beiden zugesichert hatte, es würde ihnen nichts geschehen. Nach ihrem Bericht lag der Fall eindeutig:

Der Wagen des Generalmajors mit diesem darin war an den Kontrollpunkt herangefahren und hatte mehrmals mit den Scheinwerfern geblinkt. Dennoch hatten beide den Schlagbaum unten gelassen und waren an den Wagen herangetreten. Drinnen saß der Generalmajor von Stotz und befahl ihnen mit einer herrischen Geste, den Schlagbaum anzuheben. Sie taten wie befohlen.

»Und jetzt soll's auf einmal falsch sein«, sagte der zweite. »Da komm ich nicht mehr mit.«

Von Stotz hatte keinen Anlass, seine Untergebenen über die Hintergründe der Ereignisse aufzuklären. So entließ er sie mit deutlich freundlicheren Worten. Doch als die beiden schon in der Tür standen, drehte einer sich nochmals um.

»Zu Befehl, H' General!«

Der Generalmajor zog die Brauen hoch.

»Die Leute sagen … meinen … es könnte dieser Lupeng gewesen sein. Ich weiß nix über ihn, aber der Name wird immer wieder genannt.«

»Interessant!«, sagte von Stotz und winkte beide hinaus. Unsinn! Er schüttelte den Kopf, als die Tür sich hinter ihnen geschlossen hatte.

»Was ist eigentlich mit Diebold und seiner Truppe? Wo sind die jetzt?«, fragte er die Ordonnanz, als diese die Tassen wegräumte.

»Komische Sache, Herr General. Wir versuchen schon den ganzen Vormittag, sie zu erreichen.«

»Was heißt das?«

»Dass wir sie nicht erreichen können.«

»Trottel!«

»Letzte Meldung kam gestern 21 Uhr: Schlagen Lager auf

im Forêt de Mormal. Feldküche bereitet Abendessen vor. Seither kein Funkkontakt mehr.«

»Hmmm, komisch. Schlechte Funkverbindung im Waldgebiet wahrscheinlich. Bleiben Sie dran!«

Eine halbe Stunde später kam die Ordonnanz wieder herein, die Miene angespannt.

»Wir haben jetzt Funkkontakt mit Major Diebold.«

»Und?«

»Ehrlich gesagt, er klingt ziemlich verschlafen. Kein vernünftiges Wort aus ihm rauszukriegen.«

Von Stotz blickte auf seine Armbanduhr. »Verschlafen? Es ist mittags um halb eins!«

»Haben wir ihm auch gesagt.«

Von Stotz sprang auf und hastete zum Funkraum, sodass die anderen zur Seite sprangen.

»Diebold?«, sagte er scharf. »Was ist los bei Ihnen?«

»Ah jaaa …«, kam es träge von der anderen Seite. »Nix passiert, alles in Ordnung …« Er klang eigenartig.

»Diebold, wo sind die anderen?«

»Schlafen alle noch«, kam es verschlafen.

Der Funker, der mithörte, drehte sich mit großen fragenden Augen zu seinem Generalmajor. »Schlafen alle noch?«, formten seine Lippen.

»Wissen Sie, wie viel Uhr es ist?«, fragte der General mit kalter Ruhe.

»Hab keine Uhr. Denk nich', dass hier noch einer 'ne Uhr hat.«

Nach und nach versammelten sich weitere Soldaten um die Funkstation, mit ungläubigen Gesichtern, und lauschten angestrengt.

Von Stotz war verwirrt. »Major Diebold, ich befehle Ihnen, sofort in Ihre Fahrzeuge zu steigen und Ihren Transport fortzusetzen!«

»Haha!«, kam es müde. »Welche Fahrzeuge denn?«

Die Umstehenden schnappten nach Luft. Noch niemals hatte jemand Diebold so erlebt.

»Ihre Fahrzeuge, Mannnnn!«, bellte von Stotz. »Steigen Sie ein und fahren Sie weiter. Sofort!«

»Mal sehen … Hier is nix mit Fahrzeuge und so …«

»Und die Wachen?«

»Liegen rum und pennen.«

Ganz, ganz langsam stieg in von Stotz ein furchtbarer Verdacht hoch. »Sie sagen mir allen Ernstes, dass bei Ihnen alle schlafend am Boden liegen und die Lastwagen und Begleitfahrzeuge verschwunden sind?«

»Feldküche steht noch rum hier … Hoffentlich is noch was drin …«

Von Stotz knallte das Mikrofon auf den Tisch. »Meine Herren, hat jemand von Ihnen eine Erklärung dafür?«

Die Umstehenden reagierten mit Unverständnis und Panik.

»Dreitausendzwohundert beschlagnahmte Kunstwerke! Sollen einfach verschwunden sein?«

»Mit Lastwagen und Krädern und unseren MGs.«

Von Stotz hatte das Gefühl, als würde sich der Boden unter ihm auftun.

»Und alle schlafen noch!«, sagte einer. »Da stimmt doch was nicht!«

»Was Sie nicht sagen!«, bellte von Stotz.

»Major Diebold ist nicht so einer«, sagte ein Hauptmann. »Der ist zuverlässig und pflichtbewusst bis jenseits aller Grenzen. – Ich hab den überhaupt noch nie so sprechen hören.«

»Der opfert lieber sein Leben als seine Aufgabe.«

»Herr General, darf ich eine Vermutung äußern?«, fragte ein Feldwebel.

Von Stotz nickte blass. Vor seinem geistigen Auge sah er sich schon vor dem Kriegsgericht. Oder, falls er Glück hatte, irgendwo an der Ostfront. »Sprechen Sie!«, antwortete er gepresst.

»Major Diebold schläft, die Wachen schlafen, alle anderen schlafen auch, und inzwischen haben wir fast dreizehn Uhr. Alles ist verschwunden, nur die Gulaschkanone nicht. Und Major Diebold ist sogar um diese Tageszeit noch so benommen, dass er nichts Vernünftiges rauskriegt.« Die anderen nickten zustimmend. »Das kann doch nur heißen, dass man denen was ins Essen gerührt hat, damit sie schlafen!«

»Und dann hauen die Ganoven mit dem gesamten Transport ab.«

»Kann dann ja nur die Gulaschkanone gewesen sein.« Der Hauptmann nickte nachdenklich. »Vermutlich die Résistance.«

»Wenn die es gewesen wären, dann wären alle unsere Leute jetzt tot«, presste von Stotz zwischen den Lippen hervor.

»Ja, aber wer denn sonst?«

Von Stotz fühlte sich, als würden von überall her starke Scheinwerfer in den Raum strahlen.

»Lupeng!«, keuchte er. »Das muss dieser Lupeng gewesen sein, von dem diese Franzosen immer reden!«

»Zu Befehl, Herr General, was machen wir denn jetzt mit unseren Leuten?«

»Das ist jetzt mein geringstes Problem«, seufzte von Stotz und eilte zurück in sein Büro. »Helmfried, das war's für dich!«, sagte er leise, als er kraftlos in seinen Sessel plumpste. »Aus, aus, aus, vorbei!«

Die Ordonnanz kam herein. »Herr General, die sitzen zweihundertdreißig Kilometer von uns allein im Wald, ohne ihre Waffen. Anscheinend können die nicht mal richtig denken. Und ihre Uhren sind auch geklaut. Wir müssen unbedingt etwas unternehmen!«

»Schicken Sie einen schwer bewaffneten Zug los, sofort! Alle abholen, und dann sofort mit den Verhören beginnen. – Und jetzt sagen *Sie* mir, wie ich diese Scheiße nach Berlin melden soll …«

Von Stotz hörte den Motorenlärm, als der Zug sich in Bewegung setzte, um die Verlorenen heim ins Reich zu holen. Er fühlte sich so einsam wie noch nie in seinem Leben. Keitel würde ihn nicht nur zusammenstauchen, er würde ihn auch als Kommandanten von Groß-Paris absetzen. Zusammen mit Steinhorst würden sie über ihn herfallen und ihm die Haut abziehen. Falls man ihn überhaupt am Leben ließ, dann nur, um ihn als Kanonenfutter an der Ostfront zu verheizen. Er grübelte. Letztlich würde ihm widerfahren, was er selbst mit zahllosen Unschuldigen gemacht hatte, im Auftrag eines »höheren Ziels«, dessen Methoden keine Menschlichkeit kannten. Dabei hatte er den Gedanken weggeschoben, dass ein Krieg gegen die halbe Welt kaum zu gewinnen war. Wie konnte Hitler so wahnsinnig sein, Amerika den Krieg zu erklären? Wie konnte irgendjemand ernsthaft glauben, dass das riesige Russland, an dem schon Napoleon krachend gescheitert war, für die deutsche Wehrmacht zu einem billigen Happen werden könnte? Der Fortschritt in den ersten Monaten des Russlandfeldzugs 1941 war ja überzeugend gewesen. Aber dann war die Schlammperiode gekommen, und schließlich der russische Winter. Die Panzerspitzen waren vor Moskau und Leningrad steckengeblieben, die Verluste waren verheerend. Im Frühjahr hatte man die Russen noch einmal überraschen und jetzt bis in die Region Stalingrad und zum Kaukasus vorstoßen können. Aber die Schlachten hatten wieder beträchtliche Verluste an Menschen und Material gekostet – ganz abgesehen von hunderttausenden Toten in der regionalen Zivilbevölkerung.

Jetzt, wo er selber dabei war, vom Täter seines Regimes zum Opfer zu werden, hämmerte eine Frage in seinem Kopf: Wem diente er da eigentlich? Wo war seine Soldatenehre geblieben, angesichts der begangenen Grausamkeiten?

Generalmajor Helmfried von Stotz spürte, wie die Angst in ihm hochstieg, die er so vielen seiner Opfer eingeflößt hatte.

Er nahm seinen Stift und begann den Text seiner Meldung an Keitel zu entwerfen.

Immer wieder setzte er an, und immer wieder verwarf er seine Zeilen. Er mochte es drehen und wenden, wie er wollte, es ließ sich nicht mehr leugnen: Er hatte einen Gegner völlig unterschätzt. Arsène Lupin war nicht der aufgeblasene Spinner, für den er ihn stets gehalten hatte, sondern ein Phantom, das im Dunkeln wirkte und das seine gesamte militärische Existenz untergraben hatte. – Dieser verrückte alte Knacker?

Unwillig über die eigenen Gedanken straffte er sich und entsann sich seiner Pflicht als Militär. Er musste den Kerl zu fassen kriegen. Wenn er schon selber untergehen sollte, dann wollte er sich wenigstens noch das Vergnügen gönnen, diesem Hundsfott in die Augen zu sehen, wenn er ihm eine Kugel in die Stirn jagte.

Vielleicht war es das Letzte, was er als Kommandant von Groß-Paris tun würde.

Es klopfte und die Ordonnanz trat ein. »Herr General, Seine Exzellenz, der schwedische Generalkonsul, Herr Knut Lindström, möchte Sie sprechen.«

»Ich lasse bitten.« Erstaunt blickte von Stotz auf.

Der Generalkonsul, ein beleibter Herr in den Sechzigern, trat ein. Er trug einen grauen Anzug mit Weste und Silberkrawatte, dazu einen Gehstock mit silbernem Knauf, der seine Körperfülle stützen sollte. Von Stotz erhob sich und begrüßte ihn mit Handschlag.

»Exzellenz, bitte nehmen Sie Platz!«

Der Konsul, schwer schnaufend, und offenkundig Hochdruckpatient, sank in den Besucherstuhl.

»Ich sollte wirklich abnehmen!«, sagte er keuchend. »Aber

sagen Sie mir einmal, wie ein Mensch in Frankreich abnehmen soll?«

»Was führt Sie zu mir, Exzellenz?«, überging von Stotz den Versuch des Schweden, einen persönlichen Kontakt herzustellen.

»Nun«, sagte der, »die Angelegenheit ist alles andere als einfach.«

»Meine Zeit ist begrenzt«, erwiderte von Stotz kühl. Der Konsul musterte ihn durchdringend. Offenbar war er nicht so leicht einzuschüchtern.

»Ich spreche zu Ihnen im Auftrag der Regierung des schwedischen Königreichs …«

»Davon gehe ich aus«, versuchte von Stotz ihn aus dem Konzept zu bringen, wenngleich erfolglos.

»Die Regierung seiner Majestät wünscht Ihnen ihre Besorgnis auszudrücken über das Verhalten Ihrer Truppen in Paris und Umgebung. Wir haben Informationen erhalten über besondere Grausamkeiten, die unsere Regierung als unmenschlich und unnötig betrachtet.«

»Ach?« Von Stotz' Stimme durchschnitt den Raum. Seine Selbstzweifel waren wie weggeblasen.

Lindström sah ihn unverwandt an. »Dies ist der Standpunkt der schwedischen Regierung.«

Von Stotz straffte sich. »Teilen Sie Ihrer Regierung mit, dass ich Ihre Mitteilungen mit großem Interesse entgegengenommen habe. Zu einer Änderung unseres Vorgehens sehe ich allerdings keinen Anlass.«

»Herr General, auch dieser Krieg wird nicht ewig dauern. Und vielleicht werden Sie sich einmal verantworten müssen.«

»Ich führe nur Befehle des Generalstabs aus«, antwortete der Generalmajor süffisant.

»Und eines Tages stehen Sie vielleicht einem höheren Richter …«

»Wie meinen Sie das?«, zischte von Stotz eisig.

»Unsere Regierung betrachtet mehrere Aktionen unter Ihrem Kommando als Kriegsverbrechen an der französischen Bevölkerung.«

Von Stotz schoss in die Höhe. »Exzellenz, es hat mich gefreut, Ihre Bekanntschaft zu machen. Ich darf Sie bitten, nun zu gehen.«

Der Konsul blieb ungerührt sitzen. »Wie ich höre, werden bereits internationale Gespräche zur Einrichtung eines Kriegsverbrechertribunals vorbereitet – für die Aburteilung der Schuldigen nach der zu erwartenden Niederlage des Deutschen Reiches …«

»Raus!«, brüllte von Stotz. Konsul Lindström erhob sich langsam, streifte von Stotz mit einem Blick voller Verachtung und verschwand mit seinem Gehstock ohne ein weiteres Wort.

Von Stotz war außer sich. Ohne es zu wissen, hatte der Konsul seinen wunden Punkt getroffen, denn kurz zuvor noch hatten seine Gedanken sich genau darum gedreht: um die stets unterdrückten Zweifel, ob das »Tausendjährige Reich« wirklich noch länger halten würde als ein paar Jahre. Die Frage, ob andere Nationen und Rassen wirklich Untermenschen waren oder vielleicht nur Ausdruck einer Ideologie, die sich restlos im Größenwahn verstiegen hatte. Und auch die Frage, ob Ströme von Blut und Berge von Leichen jemals die Errichtung einer »höheren Ordnung« bewirken konnten. Gerade deshalb hatten die Worte des Konsuls ihn so erregt.

Er zündete sich eine Zigarette an, nervöser, als er sich selbst eingestehen wollte. Genau gesehen befand er sich im Schraubstock. Einerseits würden Keitel und Minister Steinhorst ihn nach allen Regeln der Kunst fertigmachen; andererseits – selbst wenn er diesen Terror überlebte, musste er damit rechnen, sich irgendwann vor den Siegern zu verantworten. Denn der deutschen Abwehr war nicht entgangen, dass Amerikaner und Kanadier ihre Truppen an der englischen Südküste sammeln wollten. Man konnte das besetzte Frankreich mittels Terror im Würgegriff halten; ob man es damit aber wirklich gewinnen konnte, stand auf einem anderen Blatt.

Einmal losgelassen, wurden die Zweifel des Generalmajors immer lauter. Er mochte sich schmücken mit seinen militärischen Erfolgen, doch war ihm bewusst, dass Hitler und seine Spießgesellen auch vor hochverdienten militärischen Führern nicht zurückschreckten, wenn die ihren Intrigen und ihrer Machtgier im Wege standen. Die einen verhafteten sie, die anderen schickten sie auf aussichtslose Missionen, um sie anschließend öffentlich zu demütigen, und wieder andere zwangen sie zum »ehrenhaften« Selbstmord, den sie nach außen mit einem pompösen Begräbnis als »Heldentod« verschleierten.

Der Teufel sollte ihn holen, er würde Keitel jetzt melden, was passiert war!

Transport Carinhall auf Nachtlager bei Le Quesnoy überfallen von Unbekannten, verm. Résistance. Fahrzeuge und Ladung verschwunden. Sofort umfangreiche Suchaktion eingeleitet. Mannschaft offenbar mit Schlafmittel außer Gefecht gesetzt. Werde weitere Entwicklung berichten.
Von Stotz, GM

»Geben Sie das durch ans OKW!«, befahl er seiner Ordonnanz. Dann berief er eine Offiziersrunde ein, die über Suchmaßnahmen befinden sollte. Vielleicht war für ihn doch noch etwas zu retten, auch wenn er selber schon nicht mehr richtig daran glaubte.

Erst nach Mitternacht traf die Mannschaft des verschwundenen Transports ein. Diebold saß vor ihm wie ein völlig verkaterter Quartalssäufer und starrte ihn aus verquollenen Augen an. Nach den militärischen Vorschriften hatte er seine Meldung im Stehen zu machen, doch schienen seine Knie so weich zu sein, dass selbst von Stotz Erbarmen mit ihm hatte. Er hing in seinem Sessel, als würde er jeden Moment herunterrutschen. Seine Sprache war schleppend und verwaschen. Von Stotz erkannte auf den ersten Blick, dass etwas die gesamte Truppe buchstäblich umgehauen hatte.

»Ich weiß nich' …«, stammelte Diebold, »eigentlich ist alles ganz normal verlaufen. Wir haben Lager aufgeschlagen, Wachen aufgestellt, MG-Nester besetzt. Feldküche hat Essen zubereitet, Schweinebraten mit Soße und Nudeln. – Das ist das Letzte, woran sich die gesamte Truppe erinnert, mich eingeschlossen.«

Von Stotz runzelte die Stirn. »Waren die Lebensmittel denn ordnungsgemäß weggeschlossen, die Gulaschkanone in einwandfreiem Zustand?«

»Nach bestem Wissen ja, H' General. Die Männer schlafen immer noch wie Murmeltiere, und ich werd' auch schon … wieder … müdeee …« Sprach's, gähnte und schlief ein.

Von Stotz starrte ihn fassungslos an. Er konnte seine Situation verbessern, wenn er Diebold wegen Nachlässigkeit im Dienst an die Wand stellen ließ. Nur, dann musste er die anderen fünfzig genauso an die Wand stellen, denn sonst würden sie reden, und der Aufruhr würde bald schon in Berlin landen. Dort würde er die massenhafte Aburteilung eigener Leute nicht erklären können.

Er ging hinaus zu den Truppentransportern, in denen ein Großteil der Mannschaft immer noch tief schlafend lag.

»Wir wollten ihnen Kaffee geben, aber die sind sogar zu müde zum Trinken!«, erklärte ihm ein Feldwebel. »Sowas hab ich noch nicht gesehen!«

Planlos irrte von Stotz zwischen den Fahrzeugen herum. Es war nicht zu übersehen: Niemand von denen war wach, kein Einziger. Das konnte nur bedeuten, dass die Feldküche mit einem sehr starken Wirkstoff präpariert worden war. – Da alle das Gleiche gegessen hatten, konnte das Schlafmittel nur über die Mahlzeit in die Männer gelangt sein. Man hatte sie so gründlich ausgeschaltet, dass sie nichts mehr bemerkt hatten: Nicht, dass man ihnen ihre Waffen wegnahm. Nicht, dass man ihnen ihre Armbanduhren abnahm. Nicht, dass man zehn voll beladene Lastwagen und einen Tankwagen stahl. Am Morgen waren sie kurz wach geworden, hatten festgestellt, dass man sie ausgeraubt hatte, und hatten einfach weitergeschlafen, anstatt militärische Meldung zu machen.

Von Stotz blickte auf eine Ladefläche. Drei Mann in Uniform lagen dort und schnorchelten. Dem widerlichen Geruch nach hatten welche von ihnen unter sich gelassen.

Allenfalls ab Mittag konnte man damit rechnen, dass die Ersten befragt werden konnten. – Falls sie sich überhaupt an irgendetwas erinnerten. Er fragte sich, was er Keitel berichten sollte. Die Kunstwerke waren nun einmal verschwunden.

Zermürbt zog er sich zurück und versuchte etwas Schlaf zu finden. Doch schon nach ein paar Stunden unruhigen Wälzens war er wieder auf den Beinen. Er ließ sich Kaffee bringen, aber nach dem ersten Schluck rebellierte sein Magen so stark, dass er sich beinahe übergeben hätte. – Generalmajor Helmfried von Stotz, der als mitleidloser Haudegen galt, hatte Angst. Eine Angst, die tief ging und die mit jedem Atemzug größer wurde.

Auf seinem Schreibtisch lagen mehrere Meldungen, seltsamerweise keine aus dem OKW. Er begriff sofort: Keitel wollte ihn grillen. Wahrscheinlich würde er ihn tagelang zwischen Himmel und Hölle baumeln lassen, bevor er ihm den Todesstoß versetzte. Andererseits, vielleicht war genau das die Zeitspanne, die es ihm ermöglichte, die verschwundenen Schätze wieder aufzuspüren. – Wo bitte versteckte jemand einen kompletten Transportzug der Deutschen Wehrmacht, mitsamt Bewaffnung?

Im Laufe des Tages waren seine fünfzig Leute wieder ansprechbar. Die Essensreste aus der Feldküche und weitere Reste, die man im Blechgeschirr gefunden hatte, waren in einem Labor untersucht worden. Neben einer hohen Konzentration von Barbituraten fand man verschiedene chemische Substanzen, die sich mit den beschränkten Mitteln eines Militärlabors nicht bestimmen ließen. Doch wie war das Zeug ins Essen gekommen? Die Chemiker vermuteten, dass der Kessel der Gulaschkanone schon bei Fahrtantritt mit der Mixtur bestrichen und dann mit dem Essen erhitzt und umgerührt wurde. Jede andere Möglichkeit war auszuschließen.

Aber das bedeutete doch, dass das Schlafmittel schon vor Fahrtantritt in den Rührkessel eingebracht worden war? – Es musste hier im Hauptquartier einen Saboteur geben. Einen, der mit der Résistance gemeinsame Sache machte. – Und dessen Blut und Hirn schon bald über die Exekutionswand spritzen würden.

Die Vernehmung der Truppe erbrachte nichts. Die Männer erinnerten sich kaum noch daran, dass sie angehalten und ihr Nachtlager aufgeschlagen hatten. Nur einer von ihnen wusste zu berichten, dass der Feldkoch das Essen im Dunkeln zubereitet hatte, denn Beleuchtung wäre zu gefährlich gewesen. Falls sich etwas in dem Kessel befunden hatte, war es jedenfalls unsichtbar geblieben.

Eine Handvoll der Leute hatten Kreislaufprobleme. Doch das interessierte von Stotz nicht. Ihn beschäftigte ausschließlich, ob er seinen Kopf aus der Schlinge ziehen konnte, wenn er einen Schuldigen fand, den er exekutieren und damit zum Schweigen bringen konnte.

Die Männer erholten sich in den folgenden zwei Tagen; das Schweigen aus Berlin hingegen war ohrenbetäubend. Die Suchaktion der Wehrmacht erbrachte nicht den leisesten Hinweis auf den Verbleib der geraubten Kunstwerke, der Fahrzeuge, der Waffen, der Armbanduhren. Als hätte Frankreichs Boden sie verschluckt. Nur eine einsame Feldküche stand herum, und die Männer machten instinktiv einen Bogen darum.

»Chéri, wie wäre es mit einem Glas Portwein?«, fragte Josette. »Du musst doch müde sein nach den langen Tagen?«

Lupin nahm es gern entgegen. Sie stießen miteinander an.

»Auf das größte Ding, das wir jemals zusammen gedreht haben, ma belle!«

»Sie suchen überall! Sogar in Mausoleen!«

»Da können sie lange suchen!« Lupin lachte spitzbübisch. »Bis sie unsere Mine finden, wird selbst dieser Krieg zu Ende sein!«

»Wie hast du denn alles da hineinbekommen?«

»Wir mussten drinnen eine Mauer sprengen, um tiefer hineinzukommen. Militärfahrzeuge fahren ja Gott sei Dank auch über Schutt. Die Mauer haben wir hinterher wieder hochgezogen, und den Mineneingang hinter Büschen und Bäumen verborgen.«

»Beim nächsten Mal will ich unbedingt wieder dabei sein! – Was werden wir mit den ganzen Schätzen jetzt anfangen?«

Lupin runzelte besorgt die Stirn. »In diesen Zeiten will ich mich nicht an meinem Land bereichern. – Ausrauben Ja, immer gern! Aber von den Untaten der braunen Schlächter profitieren?«

»Arsène, wir müssen auch hier unsere Ansprüche wahren! Lass uns doch einfach die Armeeausrüstung behalten, die könnte uns wirklich nützlich sein! Die Kunstschätze lagern wir ein, bis uns hoffentlich irgendwann die Alliierten befreien.«

»Nun ja, so ein-zwei-drei schöne Stücke …«, überlegte Lupin sehnsuchtsvoll.

»Darüber können wir reden, wenn es so weit ist«, stimmte

Josette ihm zu. »Wir wollen unseren Beruf ja schließlich nicht ganz aufgeben.«

»Das erleichtert mich sehr!«, seufzte Lupin. »So ganz ohne Beute …?«

»Du-hast-Beute-genug!«, wies Josette ihn zurecht. »Einen kompletten Wehrmachtszug!«

»Nur dass du mir nicht auf die Idee kommst, wir sollten den auch weggeben … Ein Raub ohne Trophäe, das ist einfach nichts für mich.«

»Aber chéri, jetzt wein' doch nicht gleich!« Sie nahm ihn tröstend in die Arme. Seit er älter wurde, zeigte er bisweilen seltsame Reaktionen.

Doch gleich hatte er sich wieder gefasst. »Ich überlege, chérie, ob wir nicht Monsieur Morlaix aufsuchen sollten. Ich möchte ihm die vier MGs der Deutschen schenken. Auf sein Gesicht freue ich mich schon jetzt! Damit kann er diese Schmeißfliegen noch etwas mehr drangsalieren.«

»Und wo finden wir ihn?«

»Das weiß ich längst! Wir werden den Wagen des Generalmajors nehmen und uns beide in Offiziersuniformen stecken.«

»Oh, wie toll! Das wird sicher ein sehr interessanter Abend!«

Für Generalmajor von Stotz wurde es das allerdings kein interessanter Abend, denn am späten Nachmittag kam der Anruf von Keitel.

»Stotz?«

»Zu Befehl, Herr Generalfeldmarschall!« Sein Magen krampfte sich zusammen.

In der Leitung war es still. Sehr lange war es still.

»Stotz?«, kam es nicht weniger eisig als zuvor. Diesmal schwieg von Stotz.

»Was haben Sie sich eigentlich dabei gedacht? Sind Sie denn von allen guten Geistern verlassen?«

»Herr Generalfeldmarschall, ich verbitte mir diesen Ton.« Jetzt war es sowieso schon egal, fand er.

»Sie verbitten sich *was*?«, brüllte Keitel los. »Sie kleiner Schisser wollen sich etwas verbitten? Ich kann Sie schon in den nächsten zehn Minuten an die Wand stellen lassen!«

»Ich werde dabei Ihre Hand halten!« Von Stotz wurde wütend.

Keitel brüllte weiter. Er beschimpfte von Stotz mit den unflätigsten Ausdrücken, aber er sagte nicht, wie man das Desaster hätte verhindern können. »Seien Sie bloß froh, dass ich nicht in Paris bin! Was glauben Sie eigentlich, wie Göring sich darauf freut, Sie in die Finger zu kriegen?«

»Ich würde Ihnen sehr gern Paris zeigen«, antwortete von Stotz süffisant. »Das ist eine Stadt, die man unbedingt erobert haben muss.«

»Noch ein Wort, und ich bringe Sie vor den Volksgerichtshof. Für Freisler ist einer wie Sie doch ein gefundenes Fressen!«

»Herr Generalfeldmarschall, noch sind unsere Suchmaßnahmen im Gange. Schlaue Belehrungen aus Berlin brauchen wir hier nicht.« – Er hörte, wie Keitel der Atem stockte. »Und jetzt wünsche ich Ihnen einen guten Abend.« Er legte auf.

Es klopfte, und Diebold wurde hereingerufen.

»Was bringen Sie für Nachrichten, Diebold?«

»H' General: Umfangreiche Suche, bisher keine Ergebnisse.«

»Das ist doch nicht zu fassen!«

»Spuren unserer Fahrzeuge auf Landstraße Richtung Le Quesnoy. Dort keine weiteren Spuren. Setzen Suche fort.«

»Überprüfen Sie, ob es in der Gegend Tunnel oder aufgelassene Minen gibt!«

»Z' Befehl, H' General: Überprüfung schon durchgeführt. Keine Ergebnisse.«

»Echt zum Kotzen!«

»H' General, erlaube mir zuzustimmen!« Er schlug die Hacken zusammen. »Erlauben H' General mir eine persönliche Frage?«

Von Stotz deutete ein Nicken an.

»Was wird nun aus H' General?«

Der lehnte sich zurück und musterte seinen Diebold. »Die schönen Tage in Paris sind vorbei, Diebold. Sie werden uns nach Russland schicken.«

»Wo auch immer, H' General, bitte um Erlaubnis, Sie begleiten zu dürfen.«

In einem Moment der Rührung hatte von Stotz Mühe, an sich zu halten.

»Halten Sie mich auf dem Laufenden, Diebold. Ich werde heute Abend lange hier sein.«

Diebold salutierte und verschwand.

Von Stotz schenkte sich einen Cognac ein, da brachte ihm jemand die druckfrische Ausgabe des *Combat*. Die geheime Zeitung der Résistance berichtete in großen Lettern von dem brutalen Raubzug der Wehrmacht in Chantilly und vom Verschwinden des Transportkonvois bei Le Quesnoy. Die Freude der Verfasser war nicht zu übersehen, und auch nicht der Aufruf, die Deutschen zu schlagen, wo immer man sie traf. Wütend legte von Stotz sie zur Seite.

Keitels Gebrüll ging ihm durch den Kopf. – Was machten sie hier eigentlich? Warum raubten sie den Franzosen ihren nationalen Stolz, damit ein verfressener Fettwanst wie Göring sich seine Räuberhöhle dekorieren konnte? Wo war er eigentlich hingekommen? Er war Soldat, es gab keine Grausamkeit, die er nicht schon befohlen oder selbst begangen hatte. Und jetzt würde er die Besitztümer einer stolzen Nation klauen, nicht anders als ein Hühnerdieb?

Vorsicht, von Stotz, ermahnte er sich, *du bist dabei, dich auf die Seite deiner Opfer zu stellen!*

Die Stunden zogen sich hin, bis es Nacht war. Draußen schnarrten die Meldungen, die über Sprechfunk eingingen. Da hatte jemand die Tür zum Funkraum nicht geschlossen! Von Stotz machte Anstalten, sich zu erheben und dort eine barsche Ansage zu machen, doch dann ließ er sich wieder zurückfallen auf seinen Stuhl. Er fühlte sich seltsam erhoben und wusste nicht warum.

Immer noch aufgewühlt verließ er das Gebäude und wandelte einsam über den Hof. Gedankenverloren strichen seine Finger über die Planen der Lastwagen. Wie viel Tod hatten sie gebracht? Paris war still, längst herrschte Ausgangssperre. Die Lichtglocke einer nächtlichen Großstadt, sie war in sich zusammengefallen wie eine bombardierte Kuppel, der Nachthimmel war klar und sternenübersät. – Wenn dieser Wahnsinnige erst einmal die ganze Welt in Schutt und Asche gelegt hatte, würde er als Nächstes dann die Nachbarplaneten überfallen?

Der Orion stand senkrecht am Firmament, der alte Himmelsjäger. Jedenfalls herrschte dort oben wohl der Frieden, den die Menschen nicht zustandebrachten.

Was würden Keitel, Steinhorst, Göring nun mit ihm anstellen? Noch während er sich schaudernd damit beschäftigte, erschreckte ihn ein markerschütternder Schrei. Dann noch einer. Dann ein unirdisches Heulen. Menschliche Laute, die er viele Male gehört hatte, ohne dass sie seinem Herzen jemals nahegekommen waren. Diesmal aber war es anders. Er wollte wissen, was hier vor sich ging. Mit schnellem Schritt eilte er dorthin, wo die Verhörzimmer der SS lagen. Er brauchte nur den Schmerzensschreien zu folgen, um zur richtigen Tür zu gelangen.

Eine junge Frau war mit Händen und Füßen auf einem Holzstuhl festgezurrt. Ihr Gesicht war verschwollen bis zur Unkenntlichkeit, die Augen tränenüberströmt, ihre zerrissene Bluse blutdurchtränkt, die rechte Brust war entblößt. Unten herum war sie nackt. Ein SS-Scherge schob ihr immer wieder den Holzstiel eines Handbesens zwischen die Beine. Die Frau wimmerte. Angewidert musterte von Stotz den Schänder mit seiner Totenkopfkokarde auf der Mütze. Die junge Frau brachte keinen Ton mehr heraus, nur ihre Augen blickten von Stotz flehentlich an. Ihrem Blick vermochte er nicht mehr auszuweichen. Etwas Lautloses passierte zwischen ihnen in diesem Augenblick.

»Was wird das hier?«, fragte von Stotz eisig.

»Ich spiel mich noch ein bisschen mit ihr«, antwortete der SSler wie beiläufig. »Ist schließlich nur 'ne Französin. – Hinterher knall ich sie ab, genau wie die andern …«

»Aha!«, schnitt von Stotz' eisige Stimme durch den Raum. »Bisschen Zeitvertreib am Abend sozusagen?«

Der SS-Mann schien verunsichert zu sein. Er hielt inne und ließ die Hand mit dem Besen unschlüssig hängen. »Ist doch nur 'ne Franzosenschlampe. Mal bisschen ihre Fotze dehnen, hehehe …«

»Anlass der Festnahme?«, hörte von Stotz sich bellen.

»Ähhhmmm … nix Besonderes. Ist uns halt übern Weg gelaufen, eine mehr, eine weniger …«

»Sie binden sie augenblicklich los!«, brüllte von Stotz.

»Ja, aber …?«

»Au-gen-blick-lich!«

Die junge Frau sah ihn voller Verzweiflung an. Er ignorierte ihren Blick. Der SSler kniete vor dem Stuhl nieder und durchschnitt die Seile, mit denen er sie gefesselt hatte. Die junge Französin brach in ein lautes Weinen aus. Sie blutete aus der Vagina.

»Sie bringen sie augenblicklich zum Feldarzt! Danach Meldung bei mir!«

»Was soll der mit ihr machen?«, fragte der Scherge ungläubig.

»Versorgen, Sie Idiot!«, brüllte der Generalmajor von Stotz und erkannte sich selbst nicht wieder. Die junge Frau blickte voller Angst um sich, als der Uniformierte sie aus dem Raum führte.

Fünfundvierzig Minuten später wurde ihm der Stabsarzt gemeldet, begleitet von dem SS-Mann.

»Und?«, fragte von Stotz barsch.

»Ganz versteh' ich das hier nicht, aber wir haben sie medizinisch so gut versorgt, wie wir konnten. Jetzt liegt sie noch im Behandlungszimmer. Ich hab ihr etwas gegeben, damit sie schläft.«

»Sie brauchen nichts zu verstehen«, blaffte von Stotz. »Sie befolgen meine Befehle!«

»Zu Befehl, H' General!«, der Stabsarzt schlug die Hacken zusammen.

»Wie ist ihr Zustand?«

»Der hier«, er nickte zu dem SS-Mann, »hat sie ziemlich hart rangenommen. Normalerweise gehört sie eine Woche in die Klinik. Kinder wird sie keine mehr kriegen können.«

Von Stotz überlegte. »Ist sie transportfähig?«

»Sie ist soweit stabil, ja.«

»Gut, dann fährt der hier«, er nickte angewidert zu dem SS-Mann, »sie nach Hause. Sie fahren mit, um sie medizinisch zu betreuen. Sie sind mir dafür verantwortlich, dass ihr nichts geschieht!«

Beide starrten ihn ungläubig an.

»Ähmmm … verstehe ich richtig, dass …?«

»Ja, Sie verstehen richtig!«, brüllte von Stotz, und beide zuckten zusammen. »Gnade Ihnen Gott, der Frau passiert etwas! Wegtreten!«

»Zu Befehl!«, antworteten beide und schlugen die Hacken zusammen. Sie wandten sich zur Tür.

»Was ist denn mit dem los?«, hörte er halblaut die Stimme des SS-Manns, während die Tür sich schloss.

Keitel würde es wohl als Hochverrat werten, überlegte von Stotz und spürte seine Distanz zu den Ereignissen der jüngsten Tage. Seltsam, seine Angst war verschwunden. Und er erinnerte sich daran, dass in dem Schweizer Elite-Internat, auf das seine Eltern ihn einst geschickt hatten, ein junger Franzose sein bester Freund gewesen war, und eine schwarzhaarige Französin zwei Klassen über ihm sein erster großer Schwarm. Auch wenn er vor lauter Schüchternheit niemals auch nur ein Wort mit ihr gesprochen hatte.

Zerstreut beschäftigte er sich mit den Unterlagen, die man ihm auf den Schreibtisch gelegt hatte, unterzeichnete Marschbefehle, unterschrieb eine Anordnung, mit der die Pariser praktisch vollständig von Benzin und Heizmaterial abgeschnitten wurden, und fragte sich im gleichen Augenblick, welcher Sinn hinter diesen Maßnahmen stand. Urplötzlich erkannte er sich selbst als Rädchen in einem gewaltigen Apparat: Genau genommen hatte er nie etwas zu sagen gehabt. Die Maschine lief, zerstörte, verbrannte, plünderte, raubte, tötete – einfach, weil sie nun einmal in Gang gesetzt war. Und auch er, Helmfried von Stotz, hatte seinen Jugendfreund und seinen Schülerschwarm vergessen. Stattdessen hatte er das gemacht, was die Maschine von ihm verlangte: Tod, Zerstörung, Plünderung, Schändung. Er überlegte, wie viele Leben unter seinem Kommando bisher ausgelöscht worden waren. Und auf einmal kam ihm das ziemlich sinnlos vor. – Offiziersehre? Im Wesentlichen bedeutete es, mitzumachen, ohne nachzudenken.

Es klopfte, und die Ordonnanz trat mit betretenem Gesicht ein.

»Telegramm, Herr General!« Er schlug die Hacken zusammen.

»Ah, da ist es ja!«, sagte von Stotz höhnisch. »Wegtreten!«

»Als Oberkommandierender der Deutschen Wehrmacht setze ich Sie mit sofortiger Wirkung als Kommandant von Groß-Paris ab. Nachfolger Generaloberst Andernach trifft morgen

Abend per Luft ein. Sie übergeben Kommando und reisen nach Berlin. Meldung bei OKW übermorgen 08:00 h. Keitel, Generalfeldmarschall«

Von Stotz brach in ein hysterisches Lachen aus, das durch die geschlossene Tür auch draußen zu hören war. Und er lachte und lachte und lachte. Dann war es minutenlang wieder still. Vor der Tür schüttelten einige besorgt den Kopf, doch die Stille dauerte an. Erst als ein peitschender Knall aus dem Büro des Kommandanten drang, wagten sie es, hineinzustürzen, und fanden von Stotz' Gehirn verspritzt über Schränke und Regale. Der zerfetzte Rest seines Kopfes lag blutig auf dem Schreibtisch, während die Arme leblos herabhingen. Die Männer erstarrten.

Es tat einen dumpfen Schlag, als die Leiche des Generalmajors von Stotz auf den Boden schlug, direkt über die Luger 08, die seinem Leben ein Ende gesetzt hatte.

Paulettes Gesicht erholte sich, und auch ihr Gang war wieder fester als in den letzten Tagen, denn sie war nicht mehr geschlagen worden: Die beiden Gestapo-Leute zeigten sich sehr zufrieden mit ihr. Sie hatten ihre Besuche auf zweimal pro Woche beschränkt, und jedes Mal versorgte Paulette sie mit Geschriebenem. Sartre hatte gemeint, er habe so viele belanglose Notizen zu Hause, dass er ihr problemlos jedes Mal ein, zwei Seiten davon zuspielen könne. Die Deutschen, denen der Fleiß, mit dem sie auch selbst jede Aufgabe angingen, seit jeher heilig war, fanden Paulettes Eifer daher umso beeindruckender. – Bei ihrem letzten Besuch hatten sie ihr sogar eine Flasche »4711 Eau de Cologne« mitgebracht. Paulette war sprachlos gewesen, auch wenn sie den Duft nicht mochte.

»Wissen Sie, Paulette, unser Führer Adolf Hitler hat diesen ganzen Dreck von entarteter Kunst in Deutschland ausgemerzt, deshalb finden wir die hier so komisch. Wer bei uns schreiben, malen oder Musik machen will, der muss sich registrieren bei der Reichskulturkammer. Wir nehmen da noch längst nicht jeden! Ohne Ariernachweis und Treue zur nationalsozialistischen Bewegung geht gar nix, und nur dann darf einer bei uns an die Öffentlichkeit. Der Führer hat für Ordnung gesorgt! Einer wie dieser Sartre, der würde bei uns schon längst in Dachau sitzen oder in Flossenbürg.«

Paulette kannte diese beiden Orte nicht, doch sie wagte auch nicht, nachzufragen.

»Ja«, sagte der andere. »Ein Theaterstück über Fliegen, sowas will mir überhaupt nicht in den Kopf! Habt ihr hier auch Theaterstücke über Frösche oder Kaulquappen?« Die beiden lachten höhnisch.

Auch wenn sie deutlich weniger brutal geworden waren, Paulette fühlte sich stets sehr unbehaglich in ihrer Gegenwart und war froh, als sie wieder draußen waren. Ob Sartre Kontakte zur Résistance hatte, wollten sie immer wieder wissen.

»Der interessiert sich nur fürs Schreiben!«, hatte sie erwidert. »Ich habe den noch nie über etwas anderes reden hören als darüber. Und über Philosophie natürlich, aber das verstehen wir einfachen Leute sowieso nicht!«

Sie hatte selbst den Kontakt zur Résistance gesucht und berichtete dort regelmäßig über die Besuche der Schergen.

»Findest du nicht, chéri, dass das gefährlich ist?«

»Wir nehmen den Wagen von von Stotz, ich fahre als von Stotz, und du fährst mich als SS-Standartenjunker mit Schnauzbart. Die Kontrollen werden salutieren, sonst passiert gar nichts!«

»D'accord, chéri, aber ich dachte mehr an die Résistance. Wenn wir unangekündigt bei ihnen auftauchen, könnten sie auf uns schießen.«

»Ach was, das ist nur der erste Moment, dann gebe ich mich Morlaix zu erkennen! Da passiert gar nichts!«

»Chéri, ich habe kein gutes Gefühl!«

Er küsste ihre Hand. »Ich habe alles an Gefühl, was ein Mann nur haben kann, wenn ich dich sehe!«

Josette verzog verärgert den Mund. »Manchmal sind deine Komplimente völlig fehl am Platz!«

Lupin strich ihr über den Kopf. »Du wirst sehen, alles wird gut.«

»Überzeug mich!«, erwiderte Josette schärfer, als sie beabsichtigt hatte. »Mir gefällt dieser Plan gar nicht!«

»Sollen wir eine Maschinenpistole einpacken, Josette?«

»Zwei!«, blaffte sie, und Lupin wunderte sich.

Auch als sie sich kostümierten, besserte sich Josettes Stimmung nicht.

Lupin informierte seine Bediensteten, dass er vorhabe, bis in die späte Nacht unterwegs zu sein, ohne ihnen Genaueres mitzuteilen. Ihre Mienen verfinsterten sich, und einer der Pagen bat ihn, es nicht zu tun, doch Lupin, der bereits den herrischen Schritt und die Sprechweise von von Stotz' angenommen hatte, ließ sich nicht beirren und befahl, die 4 MGs aus ihrem Versteck zu holen und in den Kofferraum des Wehrmachtswagens zu laden. Die Bediensteten, von denen drei über eigene Erfahrungen in der französischen Armee verfügten, taten wie befohlen. Josette legte ihre MP auf den Beifahrersitz. Lupin nahm rechts hinten im Fond Platz und legte die seine neben sich. Beide trugen sie zwei gefüllte Zusatzmagazine am Gürtel.

»Wohin, Herr General?«, fragte Josette in perfektem Deutsch.

»Fahren Sie – Place de la Concorde, Pont de la Concorde, Boulevard St. Germain!«

»Aber chéri, das ist doch ein Riesenumweg«, kam es auf Französisch zurück.

Lupin verschluckte sich. »Sprechen wir hier neuerdings Französisch, mein Herr?«

»Ja, aber …?«

»Chérie, das ist nicht der Zeitpunkt zu streiten, wer von uns beiden recht hat! Von Stotz residiert im Hotel Le Meurice in der Rue de Rivoli! Also müssen wir die Seine dort in der Nähe überqueren, wenn wir nicht auffallen wollen! – Können wir ab jetzt bitte nur Deutsch sprechen?«

»Zu Befehl, Herr General!«, bellte Josette. Trotzdem war nicht zu überhören, dass sie eingeschnappt war.

Sie fuhren wie besprochen und wurden von drei Militärkontrollen problemlos durchgewinkt. Dann fuhren sie über den Pont de la Concorde und weiter Richtung Süden. Die Straßen waren menschenleer, und es war wie eine Fahrt durch einen dunklen Wald, bis eine hin und her geschwenkte Laterne ihnen den nächsten Kontrollposten ankündigte. Der Soldat machte keine Anstalten, den Schlagbaum zu öffnen.

»Fahr langsam heran!«, sagte Lupin mit von Stotz' schnarrender Stimme. Josette verlangsamte auf Schritttempo und stoppte schließlich. Der Posten trat an Josettes Fenster heran, sie kurbelte es herunter.

Lupin schoss vor und kam in den Lichtstrahl der Lampe, die die vorderen Sitze ausleuchtete.

»Was fällt Ihnen ein? Öffnen Sie sofort den Schlagbaum!«, schrie er ihn an. »Unverschämt!«

Der Posten erblickte ihn, riss den Schlagbaum nach oben und starrte mit schreckgeweiteten Augen auf von Stotz, der ihn mit einem vernichtenden Blick bedachte. Dann stürzte er in sein Postenhäuschen und griff zum Feldtelefon. – Von Stotz hatte ihn angeschrien, dabei hatten sie ihm im Quartier erzählt, er sei tot!

»Jetzt immer den Boulevard Raspail hinunter, bis zum Eingang der Katakomben an der Place Denfert-Rochereau. In der

Mitte finden Sie eine Baumgruppe und ein Gebäude mit dem Eingang zu den Katakomben. Dort fahren Sie vorsichtig und laaang-sam hinein!«

Wenige Minuten später waren sie dort. Die Place war dunkel, obwohl es erst gegen neun Uhr abends sein konnte. Josette blendete die Scheinwerfer auf und fuhr langsam in die Baumgruppe hinein, bis sie vor dem einzelnen Gebäude dort zu stehen kamen.

»Motor aus, Scheinwerfer aus!«, befahl Lupin, und schon standen sie in tiefster Nacht,

als hätten sie sich irgendwo im Urwald verfahren. So tief. So dunkel. So schwarz. – Nur die Stille passte nicht dazu.

»Chéri, mir ist unheimlich!«, flüsterte Josette.

»Him-mel-noch-mal!«, schnarrte Lupin.

In dem Moment leuchteten Taschenlampen in den Wagen, Rufe ertönten, die Türen wurden aufgerissen, grobe Hände zerrten Lupin und Josette aus dem Wagen. »Auf den Boden!«, ertönte es mehrmals auf Französisch, und schon wurden sie grob in den Schmutz gestoßen, um im gleichen Moment Gewehrläufe im Nacken, im Rücken und an den Schläfen zu spüren.

»Was fällt Ihnen ein! Ich bin General von Stotz!«, brüllte Lupin.

»Wir haben den Boche! Wir haben den Boche!«, schrien aufgeregte französische Männerstimmen.

»Chéri, du bist ein Idiot!«, schimpfte Josette, »Das ist die Résistance!«

Man zerrte sie auf die Beine. »Stellt die Schweine doch gleich an die Wand!«, schrie jemand. Stattdessen wurden sie in das Gebäude geschleift, und immer wieder bekamen sie Faustschläge ins Gesicht und Tritte gegen die Beine. Josette heulte schmerzvoll auf.

»Ist das etwa 'ne Frau?«, rief jemand. »Sehen wir drinnen!«, antwortete eine andere Stimme.

Die Lampen waren schnell wieder ausgegangen, und in der tiefschwarzen Dunkelheit vermochte Lupin nicht zu erkennen, wie viele Männer ihn und Josette gefangen genommen hatten. Eine Handvoll wahrscheinlich, jedoch hart und kalt und brutal, wie der Krieg die Menschen nun einmal werden ließ.

Man fesselte sie auf zwei Stühle, die Hände hinter der Rückenlehne verknotet. Die Fenster des Raums waren verdunkelt, sodass der müde Schein dreier Kerzen nicht nach draußen dringen konnte. Wieder landeten Faustschläge in ihren Gesichtern. Lupins Brille ging zu Bruch.

»Chériiii!«, heulte Josette.

»Aaahhh, eine Deutschen-Schlampe! Dich bringen wir auf jeden Fall um!«

»Chériiii, warum sagst du nichts?!«

Doch Lupin hing benommen auf seinem Stuhl und brachte seinen zugeschwollenen Mund nicht mehr auf.

»Nicht umbringen!«, ertönte eine harte Männerstimme. »Die können gut sein für ein Tauschgeschäft. Damit bekommen wir einige unserer Leute frei! Und vorher haben wir noch unseren Spaß mit dem Wehrmachtsflittchen!« Er drückte Josettes Knie auseinander.

Josette begann voller Angst zu schreien, bis ihr aus dem Dunkeln jemand brutal auf den Mund schlug.

»Wartet! – Informiert zuerst Morlaix!«, presste Lupin hervor.

»Gott sei Dank!«, flüsterte Josette.

Es dauerte geraume Zeit, bis Morlaix auftauchte. Im Halbdunkel erkannte er die beiden Gefangenen offenbar nicht.

»Wir haben von Stotz und seine Schnalle!«, sagte die harte Stimme.

»Von Stotz?«, erklang Morlaix' verwunderte Stimme. »Heute Morgen lief über die Enigma, dass er tot ist. – Wen habt ihr denn da wirklich?«

Erstauntes Raunen setzte ein.

»Anleuchten!«, befahl Morlaix und deutete auf Josettes Gesicht. Ihre Maske war zerrissen, ihr langes brünettes Haar schien darunter hervor. Grob riss er sie ihr herunter.

»Um Himmels willen, Madame!«, rief Morlaix, während Josette nun endlich die Tränen kamen.

Aufgeregt wandte er sich an Lupin. »Das ist nie im Leben von Stotz!« Vorsichtig lockerte er auch dessen Maske. »Das ist Arsène Lupin! Von dem haben wir die Enigma! – Oh, ihr Wahnsinnigen!«

Betretenes Schweigen breitete sich aus.

»Wir haben vier deutsche MGs im Kofferraum, die wir Ihnen extra bringen wollten.« Josettes Stimme war kaum mehr als ein Flüstern. »Und zum Dank misshandeln Sie uns!«

»Merde!«, erklang es aus dem Dunkel.

Morlaix blickte auf den immer noch benommenen Lupin. »Gebt ihm Riechsalz!«

Lupin stieß ein verärgertes Prusten aus, als man es ihm unter die Nase hielt. Einer der Männer begann ihn im Gesicht zu verarzten.

»Ich bin Oberarzt Professor …«

»Keine Namen!«, bellte Morlaix.

Von draußen wurden Motorengeräusche hörbar. Ein ganzer Konvoi der Deutschen schien unterwegs zu sein. Keine Minute darauf jagte ein weiterer Konvoi vorbei, dann noch einer.

»Oh, mon Dieu, Morlaix!«, brachte Lupin schließlich heraus.

»Ganz tolle Idee, chéri!«, blaffte Josette giftig.

»Sie haben tatsächlich vier deutsche MGs im Kofferraum«, sagte die harte Stimme. Metallische Geräusche ertönten, als man die Waffen auf den Boden legte.

»Wir wollten sie Ihnen persönlich übergeben, genau wie die Enigma. Natürlich können wir nicht als Franzosen im Peugeot daherkommen …«

Lupin hustete.

»Je suis désolé! Vraiment désolé, Monsieur Lupin«, sagte die harte Stimme aus dem Dunkel.

Morlaix' Stimme war ein wütendes Zischen. »Vielleicht schlagt ihr ja künftig erst zu, wenn ihr wisst, wen ihr habt!«

Inzwischen kümmerte sich der namenlose Professor auch um Josettes Gesicht. Das sah nicht weniger mitgenommen aus.

»Hätten Sie mich wirklich vergewaltigt?«, schluchzte Josette.

»Madame, vergessen Sie es! Am besten, Sie haben es nie gehört.«

Was macht der Krieg aus uns Menschen, fragte sich Josette. Ist unser Hass irgendwann so groß, dass es egal ist, wen wir töten? Hauptsache, wir töten? Sie zog es vor, ihre Gedanken für sich zu behalten.

Die Freude über die deutschen Waffen war gedämpft nach dem grausamen Überfall. Im Schein der Lampen sah Lupin, dass alle Gesichter schwarz maskiert waren. Längst hatte man sie losgebunden, seine Handgelenke schmerzten, und die Hände waren taub. Josette hatte sich beruhigt und hing genauso mitgenommen auf ihrem Stuhl wie Arsène.

»Monsieur-dame, ich kann Ihnen gar nicht sagen, wie tief ich es bedaure, dass wir ausgerechnet unsere beiden Wohltäter so brutal behandelt haben. Ohne Ihre Hilfe würden wir viel schlechter dastehen! Wir haben befürchtet, dass die Deutschen unser Versteck entdeckt haben, und wir haben entsprechend reagiert, weil wir darin unsere einzige Chance sahen, zu überleben.« Die harte Stimme war weicher geworden.

»Mein Gatte hat mir gesagt, wir seien unterwegs sicher, wenn wir in dieser Aufmachung zu Ihnen fahren. – Aber darüber werden wir zu Hause sprechen!«

»Heute nicht mehr! Chérie, ich bitte dich!«

Eine halbe Stunde saßen sie noch zusammen, bis Lupin und Josette sich so weit gefasst hatten, dass sie an die Rückfahrt denken konnten. Auf dem Rücksitz hatten sie eine Tasche mit Ersatzkleidung verstaut, für alle Fälle, und nun zogen sie sich um.

»Die beiden MPs sind Ihre?«, fragte Morlaix höflich.

»Ich bitte darum, sie im Wagen zu lassen. Es kann sein, dass wir sie auf der Rückfahrt brauchen.«

»Gebe Gott, dass nicht!«, ertönte die harte Stimme.

»Aber nur zur Sicherheit: Kann es sein, dass die Konvois nach Ihnen suchen?«, fragte Morlaix.

»Warum sollten sie?«, fragte Lupin kraftlos.

»Weil Sie als von Stotz herumfahren, obwohl der seit gestern Abend tot ist.«

»Das ist ja unglaublich, chéri!« Josette war wütend.

Sie überließen der Résistance ihre Uniformen, und man gab ihnen Cognac, um sie wieder auf die Beine zu bringen. Unter vielfachen Entschuldigungen der anderen machten sie sich auf den Heimweg.

Josette war in besserer Verfassung als er, und so setzte sie sich ans Steuer. Lupin, dessen lebenslange Zähigkeit auch ihn wieder einigermaßen auf die Beine gebracht hatte, nahm neben ihr Platz, nachdem er beide MPs durchgeladen und gesichert hatte. Eine davon legte er in den Fußraum vor sich, die andere lag auf seinem Schoß.

»Oh, mon Dieu, was für ein herzlicher Empfang!«, stöhnte er.

»Wir sprechen uns noch!« Josette war so geladen, wie er sie noch nie erlebt hatte.

Vorsichtig verließ sie die Place Denfert-Rochereau, fuhr ein kurzes Stück über den Boulevard Raspail und bog dann ab in schmale Seitenstraßen, um die Kontrollpunkte zu umfahren. Gespenstisch huschten Häuserfassaden vorbei, kleine, eng beieinanderstehende Bürgerhäuser mit verdunkelten Fenstern. Werbetafeln mit emaillierten Botschaften warfen schwache Lichtstrahlen aus einer anderen Zeit zurück: Cynar, Fernet-Branca, Cinzano, Moutarde de Meaux, Gauloises und Gitanes, es war wie eine nächtliche Fahrt durch eine Ladenstraße. Bevor Josette in ein weiteres Gässchen einbog, hielt sie kurz an und peilte, ob irgendwo deutsches Militär zu sehen war. So arbeiteten sie sich Stück für Stück voran.

»Wie geht es dir, ma belle?«, fragte Lupin müde.

»Sprich-mich-nicht-an!«, zischte Josette, giftig wie eine Cobra.

Lupin schwieg, er fühlte sich schuldig. Josette blinkte kurz mit dem Fernlicht auf, um die vor ihr liegende Straße auszuleuchten. »Welche Brücke sollen wir nehmen?«, fragte er schließlich vorsichtig.

»Du weißt doch sonst alles besser!«

»Chérie, bitte! Ich flehe um Vergebung!«

»Fleh zuhause, falls wir jemals dort ankommen!«

Das, in der Tat, war noch lange nicht sicher, denn gewiss kontrollierten die Deutschen jede Passage über die Seine. So wie es aussah, saßen sie in der Falle, und beide wussten es. Besorgt stellte Lupin fest, dass das Benzin ausging. Es würde nicht reichen, um die ganze Nacht herumzufahren.

»Wir könnten versuchen, am Port de l'Arsenal ein Boot zu stehlen und damit …«

»Da-zu-müs-sen-wir-erst-über-eine-Brücke!«, keifte Josette los und begann zu schluchzen. »Siehst du jetzt endlich, wo du uns hingebracht hast?«

»Merde!«, brachte er nur noch hervor. Josette blinkte kurz auf und bog dann wieder in eine der schmalen Gassen, von denen es in Paris unendlich viele gab.

»Bis zum Palais sind es noch gut zwanzig Kilometer. Wenn wir Glück haben, reicht unser Benzin noch für dreißig, fünfunddreißig Kilometer. Sollte etwas dazwischenkommen, sind wir verloren.« Sie schluchzte. »So habe ich mir den Abend mit dir wirklich nicht vorgestellt!«

Lupin wusste keine Antwort, denn ihm war klar, dass sie recht hatte.

Aus der Nähe hörten sie das Rattern eines Kettenfahrzeugs. »Fahr lieber rechts ran und schalt den Motor aus!«, sagte Lupin.

»Halt-den-Mund!«, schrie sie, dann begann sie zu wimmern, denn ihr zerschlagenes Gesicht schmerzte sie unentwegt.

Lupin zuckte zusammen, während sie weiterhin mehr tastend als fahrend dahinrollten. Es war

nicht zu übersehen, dass auch Josette nach einiger Zeit wirkte, als hätte sie die Orientierung verloren.

»Und jetzt? Wo sind wir?«, sagte sie halblaut.

»Im Handschuhfach ist eine Karte. Aber dafür bräuchten wir Licht. Und meine Brille, aber die haben sie mir kaputtgeschlagen.«

Gerade als sie die Innenbeleuchtung anschalten wollten, hörten sie dröhnenden Lastwagenlärm, dann kam ein Wehrmachtsfahrzeug aus der nächsten Querstraße und war schon wieder verschwunden.

»Nichts wie weg!«, rief Lupin. »Wenn die uns im Scheinwerferlicht gesehen haben, können sie zwei und zwei zusammenzählen!«

Josette stieß zurück, wendete panisch und rauschte in die Gegenrichtung davon. Da sie nun viel schneller fuhr, musste sie die Scheinwerfer anschalten. Nach mehreren Hundert Metern bog sie rechts auf einen kleinen baumbestandenen Platz ein und hielt an.

»Chéri, war es das für uns?«, fragte sie mit bebender Stimme.

»Warum sollte es nicht auch uns treffen? Warum immer nur die anderen?«, antwortete Lupin gefasst. »Komm, chérie, gib mir deine Hand!«

Er reichte sie ihr.

»Verzeih mir, ich war sehr garstig zu dir!«

Statt einer Antwort küsste er ihre Hand.

»Meinst du, wir sterben hier, chéri?«

»Wir sind die Lupins!«, antwortete Arsène, doch klang es nicht so überzeugt wie sonst.

»Jedenfalls geben die Lupins nicht einfach auf«, stimmte Josette ihm zu. »Wir werden versuchen, uns nach Hause durchzuschlagen, bis wir kein Benzin mehr haben, und dann eben notfalls zu Fuß.«

»So zusammengedroschen wie wir sind, werden wir damit weit kommen«, lachte Lupin gallig.

Der Wagen setzte sich erneut in Bewegung. Josette hatte das Licht wieder ausgeschaltet und fuhr tastend weiter. Dann, unerwartet, hatten sie eine breite Straße vor sich.

»Rue Cauchy?« Lupin hatte ein Straßenschild erkannt, das vom Mond angeleuchtet wurde. »Wo zum Teufel sind wir hier?«

»Jedenfalls nicht weit von der Seine«, antwortete Josette, denn gerade fuhr dort ein hell erleuchteter Lastkahn entlang. Die Schiffer hatten Anweisung zu voller Beleuchtung, andernfalls würde man Granatwerfer gegen sie einsetzen.

»Und jetzt?«, überlegte Lupin. »Chérie, was immer wir jetzt tun, lass es uns gemeinsam entscheiden!«

Josette war weitergefahren und hatte inzwischen fast das Seine-Ufer erreicht.

»Wir müssen eine Entscheidung treffen, bevor wir den Wagen trocken fahren, Arsène! Ich schlage vor, wir fahren mit angeschalteten Scheinwerfern bis zum Pont Mirabeau und versuchen, durch die Militärkontrolle zu brechen. Eine andere Möglichkeit haben wir nicht.«

»Ich habe mir immer gewünscht, mit dir zusammen zu sterben, chérie!«

»Noch nicht! Halt deine Maschinenpistole bereit!«

Wortlos entsicherte Lupin die Waffe. »Willst du deine auf den Schoß nehmen?«

»Gib her!«, antwortete Josette, während sie nach rechts abbog und mit eingeschalteten Scheinwerfern in Richtung der Brücke fuhr. Lupin legte ihr die linke Hand auf den Arm, während sie links abfuhr auf den dunkel daliegenden Pont Mirabeau.

»Behalte deine Hand an der Waffe!«, zischte sie streng und zog ihren Arm weg.

»Der Wagen hat Blaulicht an der Kühlerfront. Ich schalte es an.« Lupin legte einen Schalter um, schon spiegelte sich das Blaulicht auf der Fahrbahn wider. Josette gab Vollgas.

Die Hakenkreuzstandarte links vorn auf dem Kühler flatterte wild. Zum Zerreißen gespannt umklammerte Josette das Lenkrad. Dann schwenkte jemand weit vorn eine Laterne; dort also befand sich der deutsche Posten.

»Nicht langsamer werden!« Lupin war nicht weniger angespannt als sie. »Zum Teufel, wir kriegen sie!« Der Posten winkte hektisch.

»Ich werde langsamer werden, damit er glaubt, wir halten an.« Sie nahm den Fuß vom Gas.

»Danach halb links auf die Rue Mirabeau?«, fragte Lupin, nur um irgendetwas zu sagen.

Der Posten ließ seine Laterne sinken und stellte sich vor sein Häuschen.

»Der Schlagbaum dürfte aus Holz sein«, murmelte Lupin; auch für ihn war die Anspannung unerträglich. Nun fuhren sie fast Schritttempo. Josette kurbelte das Fenster herunter und lehnte sich zurück. Als der Soldat an den Wagen herantrat, feuerte Lupin, vorbei an seiner Frau, eine Garbe hinaus, und Josette gab Vollgas, obwohl sie das Gefühl hatte, ihr Kopf sei soeben geplatzt. Es krachte splitternd, als der hölzerne Schlagbaum aus seiner Verankerung gerissen wurde. Zugleich hörten sie das Bersten der Scheinwerfer, und jetzt war ihr Licht endgültig aus. Nur das blaue Blinklicht funktionierte noch. Von irgendwoher ertönte das Knattern einer MP.

»Fahr! Fahr! Fahr! Fahr!«, schrie Lupin, doch das war gar nicht so einfach, weil nur noch der Mond die Umgebung beleuchtete. Lupin verlor fast die Beherrschung, als Josette unvermittelt scharf abbremste und dann eine Kehre machte, zurück zum Posten. Neben seiner Leiche lag die Laterne und brannte noch.

»Schnell, spring raus und hol sie!«, schrie Josette.

Lupin sprang aus dem Wagen, ergriff sie und war im Nu wieder auf seinem Sitz. Hastig zog er die Tür zu. Mit quietschenden Reifen wendete der Wagen abermals und raste Richtung Zentrum.

»Sacré, deine Nerven möcht' ich haben!«, schrie er.

»Schau lieber, dass du mir leuchtest!«, schrie sie zurück.

Lupin hielt die Lampe vor die Windschutzscheibe, und im Schein der Funzel und unter dem Flackern des Blaulichts rasten sie über die Brücke und bogen halblinks ab in die Rue Mirabeau.

»Du bist die tollste Frau der Welt!«, schrie Lupin gegen den Motorenlärm an.

»Noch sind wir nicht zu Hause, Arsène!«

Josette riskierte nun alles und raste mit Vollgas die Rue Mirabeau hinunter. »Lieber sterbe ich im Auto als durch die Kugeln der Deutschen!«

Hinter ihnen wurden Autoscheinwerfer sichtbar. Es musste ein Kübelwagen der Wehrmacht sein. Mit Höllengeschwindigkeit raste Josette halblinks in die Rue Chardon-Lagache.

»Schalt das Blaulicht aus! Es verrät uns!«

»Und die Bremslichter?«

»Wir bremsen nicht!«

Wo weit vorn die Avenue de Versailles kreuzte, erkannten sie die Lichter dreier Armeelastwagen, die die Straße blockierten.

»Rechts ab! Rechts ab!«, brüllte Lupin mit sich überschlagender Stimme, denn die Scheinwerfer des Kübelwagens blieben hinter ihnen. Dann ertönte eine MG-Salve. Sie hörten die Einschläge im Kofferraumdeckel, doch Gott sei Dank war der Wagen eines deutschen Generals gepanzert.

»Die brauchen nur höher zu halten, dann erwischen sie uns beide!«, schrie Lupin.

»Chéri. Ich liebe dich! Je t'aime!«, schrie Josette verzweifelt, während sie Mühe hatte, den ausbrechenden Wagen abzufangen.

»Rue Charles Marie Widor, sagt dir das etwas?«, stieß Lupin hervor, doch bevor Josette antworten konnte, waren sie bereits in der Rue Claude Lorrain.

»Chéri, ich kenne mich hier nicht aus!«, schrie Josette schrill. »Wo sind wir?« Sie nahm einen Moment den Fuß vom Gas.

»Das werden die da vorn uns gleich erklären«, antwortete Lupin trocken.

Von der Rue Michel Ange her bogen gerade zwei deutsche Kübelwagen in die Rue Claude Lorrain ein.

»Deckung!«, brüllte Josette, denn die Scheinwerfer des hinteren Wagens beleuchteten den MG-Schützen auf dem vorderen. Sie riss das Steuer nach links und krachte mit dem Kühler in ein drei Meter hohes schmiedeeisernes Tor, während die ersten MG-Geschosse den Motorraum seitlich durchbohrten. Das Tor flog krachend auf, und der Wagen rollte einen schmalen Sandweg entlang. Der Motor war ausgegangen unter dem Hagel der Einschläge.

»Raus, raus, raus!«, schrie Josette, und während der Wagen noch ausrollte, ließen beide sich hinausfallen. In dem Moment säbelte die nächste MG-Salve durch das Heckfenster und ging durch die Frontscheibe wieder hinaus.

Alles um sie herum war stockdunkel, doch fanden sie sich und kauerten zitternd zwischen zwei hohen Steinsäulen.

»Wo zum Teufel sind wir?«, knurrte Lupin. Die Frontleuchten der eintreffenden Kübelwagen gaben ihnen die Antwort: Sie

befanden sich zwischen zwei Reihen von Grabmälern. Blitzschnell huschten sie tiefer in die Reihen und duckten sich hinter
ein Gebüsch, denn schon fielen Scheinwerferstrahlen auf das
Areal und beleuchteten einen Grabstein.

»Oh, Monsieur Adrien-Marie Legendre! Ein großer Mathe-
matiker seiner Zeit, chérie!«, rief Lupin aus.

»Sag mal, spinnst du?«

»Jetzt weiß ich, wo wir sind: auf der Cimetière d'Auteuil!
Dort hat er seine letzte Ruhestätte.«

»Wir bald auch!«, zischte Josette. »Wo zum Teufel hast du
deine MP?«

»Verzeih, chérie, ich habe sie im Wagen vergessen.«

Josette umfasste die ihre umso fester, während die Deutschen
sich Kommandos zuriefen.

»Ausschwärmen!«, schrie jemand. »Lasst sie nicht entkommen! Tot oder lebendig!«

»Das könnte euch so passen!«, zischte Josette und nahm ihre
Waffe in Anschlag. »Wir wissen, wo ihr seid, aber ihr wisst nicht,
wo wir sind!«

In diesem Augenblick war Lupin voller Bewunderung für
seine Frau. Durch die Zweige des Gebüsches erkannte er, dass
drei Uniformierte in ihre Richtung liefen, die Waffe in der Rechten, und sich nach allen Seiten umblickten, als eine Garbe aus
Josettes MP sie niederstreckte. Der Kommandierende brüllte
gellend auf und sprang in Deckung.

»Mon Dieu, chérie, wir haben wieder getötet!«

»Nicht zum letzten Mal!«, zischte Josette und sandte eine
weitere Garbe in Richtung des Kübelwagens. Sie hörten einen
lang gezogenen Schrei, dann war Stille.

»Scheinwerfer aus!«, schrie jemand, und es wurde dunkel.
Lupin und Josette kauerten Schulter an Schulter.

»Was bist du für ein Teufelsbraten …!«, zischte Lupin.

Als Antwort sandte Josette zwei weitere kurze Garben in die

Richtung, warf das leere Magazin weg und steckte das Ersatzmagazin in die Waffe.

»Der Wagen ist zerschossen! Rückzug, Rückzug!«, hörten sie jemanden rufen. Dann wurde es still.

»Darauf falle ich nicht herein!«, zischte Josette voller Hass.

»Lass uns ein paar Grabreihen tiefer hineingehen!«, flüsterte Lupin. »Dann haben wir mehr Abstand und sie sehen uns nicht. Wir können sie überraschen.«

So schlichen sie zwischen mehreren Gräberreihen hindurch, irgendwann stolperte Josette über eine Grabeinfassung und verschoss dabei versehentlich eine Garbe, sodass das Sirren der umherfliegenden Querschläger gut zu hören war. Augenblicklich sandte jemand eine lange MG-Garbe in den Friedhof hinein. Der Feuerstoß war höllisch laut. Man hörte das Bersten von Grabsteinen.

Lupin und Josette richteten sich erst auf, nachdem sie einen etwas breiteren Weg erreicht hatten, und marschierten leise in Richtung des Hauptwegs. Dort angekommen, erkannten sie mehrere leblos daliegende Körper und zerschossene Autos im Einfahrtsbereich. Zwei Soldaten standen, nur vom Mondlicht beschienen, hinter den Wracks und diskutierten anscheinend, wie sie weiter vorgehen sollten.

»Gib mir die Waffe, chérie!«, flüsterte Lupin.

»Oh non, Monsieur, das erledige ich selbst!« Mit einer weiteren langen Garbe tötete sie die zwei. »In meinem ganzen Leben hätte ich mir niemals vorstellen können, dass ich zu so etwas fähig bin.«

»Ich auch nicht, Josette«, erwiderte Lupin und pirschte weiter Richtung Eingang.

»Wo willst du hin?«

»Ich hole meine Waffe.«

»Jetzt?!«, rief Josette fassungslos aus. »Das fällt dir ja wirklich früh ein!«

Sie standen zwischen Leichen und Autowracks. »Ich überlege gerade, ob wir unsere Situation jetzt wirklich verbessert haben«, sagte Lupin, während er sich den Gurt seiner MP über die rechte Schulter hängte.

»Wie meinst du das?«

»Jetzt haben wir kein Auto mehr, und die Deutschen werden wohl auch bald da sein.«

»Und wenn sie uns kriegen, nehmen wir so viele von ihnen mit wie möglich!«

»Ma belle …«, antwortete Lupin besorgt. »Du bekommst ja geradezu Freude am Töten.«

Mit einem Seufzer sackte Josette in diesem Moment unerwartet in sich zusammen.

Lupin vergaß alle Vorsicht. Er kniete sich neben sie, tätschelte ihr Gesicht und redete auf sie ein. Zwar bewegte sie den Kopf ein wenig, doch blieb sie ansonsten ohne Reaktion. Minutenlang bemühte er sich, sie ins Bewusstsein zurückzuholen – ohne Erfolg.

Jeden Moment mussten die Deutschen da sein. Lupin bettete den Oberkörper seiner Frau in seine Arme und wiegte sie sanft. Auch er war am Ende seiner Kraft. Sollte nun kommen, was kommen wolle, er würde es einfach geschehen lassen. Wenigstens starben sie gemeinsam.

Lupin spürte, wie warme Männertränen sein Gesicht herabrollten. Zärtlich redete er auf Josette ein wie auf ein Kind, das man schlafen legt, und bald versank er so sehr in die letzten Momente mit ihr, dass er erst zu spät mitbekam, wie ein deutscher Wehrmachtswagen im Leerlauf zum Eingang rollte.

Als drei Maskierte heraussprangen und Josette und ihn geräuschlos in ihren Wagen zerrten, einen beschlagnahmten Renault 104, den die Deutschen grau umgespritzt und militärisch markiert hatten, da war ihm alles egal. Sie hatten ein Spezialkommando geschickt, klar. Er kauerte sich auf den Rücksitz und legte seinen Oberkörper schützend über Josette. Sollten sie sie foltern wollen, würde er sie töten müssen, um sie zu beschützen. – Ihm graute bei dem Gedanken.

Einer der Maskierten öffnete den Kofferraum und schien einige deutsche Waffen hineinzuwerfen, dann sah Lupin, wie er sich über die zerschossenen Kübelwagen beugte und irgendwelche Teile herausholte. Hastig sprang der Mann auf den Beifahrersitz und schloss behutsam die Tür.

»Cochons allemands, ich wusste, sie haben Nachtsichtgeräte!«, sagte er zufrieden. Lupin war wie von einem Hammer getroffen. Erst jetzt fiel ihm auf, dass man ihnen die Waffen gelassen hatte.

»Wie geht es Ihnen und Madame, Monsieur Lupin?«

Madame schien gerade ins Leben zurückzukehren, und Monsieur brachte den Mund nicht mehr zu.

»Raymond?«, fragte er ungläubig. Es war der Page, der ihnen von dem Unterfangen abgeraten hatte.

»Chéri, wo sind wir?«, sagte Josette leise.

»Es könnte gerade nicht besser sein!«, antwortete Lupin, und dann lachte er und hörte überhaupt nicht mehr auf.

»Chéri, sind wir in Sicherheit?« Josette klammerte sich an seine Schulter.

»Jedenfalls sind wir in bester Gesellschaft!«, lachte Lupin.

»Monsieur«, sagte Raymond, »Sie glauben doch nicht ernsthaft, dass wir Sie jemals im Stich lassen würden!«

»Raymond? Jetzt verstehe ich gar nichts mehr!«, murmelte Josette.

»Josette, ma belle, wir erklären dir das alles, wenn wir zu Hause sind.«

Der Fahrer raste mit Höchstgeschwindigkeit die Rue Michel-Ange hinunter. Dann bog er unvermittelt in eine schmale Querstraße ab und fuhr durch das Straßengewirr, als hätte er nie etwas anderes gemacht.

»Woher kennen Sie sich so gut aus, Monsieur?«

Der Fahrer lachte. »Monsieur Lupin, ich bin seit über fünfundzwanzig Jahren Taxifahrer!«

Eine Zeitlang fuhren sie schweigend dahin, unbehelligt von allen deutschen Patrouillen.

»Jetzt sagen Sie uns um Himmels willen, Raymond, wie Sie gewusst haben, wo Sie uns finden!«, Josette schien wieder bei klaren Sinnen zu sein.

»Ach Madame Lupin, das war einfach!«

»Einf…«, staunte Lupin.

»Von Stotz' Wagen hatte ja Militärfunk, und als wir die vier MGs aus dem Keller geholt haben, war mir klar, was Monsieur heute Abend unternehmen würde. Also habe ich zuerst eine Funkfrequenz eingestellt, die die Deutschen nicht finden würden, und unser Empfangsgerät entsprechend präpariert. Danach habe ich Ihr Mikrofon im Wagen auf Dauerbetrieb gestellt. – Wir haben alles mitbekommen.«

»Alles?« Beide kriegten den Mund nicht mehr zu.

»Die Deutschen haben ja überall ihre Sendemasten, ist doch einfach! Ihre Fahrt zur Résistance, Ihre Festnahme, Ihre Schreie, die Verfolgung auf Ihrer Rückfahrt – wir waren sozusagen immer dabei. Wir brauchten dafür ja keine Enigma.«

»Und dann haben Sie …?«

»Monsieur haben von der Rue Cauchy gesprochen. Das Letzte, was wir dann von Ihnen gehört haben, war: ‚Chérie, das ist ein Friedhofstor!‘ Danach gab es nur noch Schüsse und Schreie. Da wussten wir, wir mussten los.«

Die ganze Rückfahrt über fragten Josette und Arsène ihren Raymond aus.

»So, da wären wir!«, sagte der Taxifahrer.

»Was … äh … sind wir schuldig …?«, fragte Lupin verwirrt, und der ganze Wagen lachte.

»Bevor wir aussteigen, Monsieur, wie ist Ihr Name?«, fragte Josette.

»Je suis désolé, Madame, den darf ich Ihnen nicht sagen.«

»Und wo haben Sie diesen Wagen her?«

»Pardon, Madame, auch die Résistance weiß, wie man Autos klaut!«

Als sie im Haus waren, kümmerte sich das Personal um ihre Verletzungen.

»Für dich auch einen Sherry, mon cœur?«, fragte Josette.

Diese Nacht schliefen sie zum ersten Mal nach langer Zeit wieder miteinander. Danach verlangte Lupin nach seinem Heizkissen.

Die Suchmaßnahmen nach den geraubten Kunstwerken waren erfolglos. Diebold, dem von Stotz vor seinem Tod noch die Leitung der Aktion übertragen hatte, war mit Feuereifer dabei, denn er hatte den Ehrgeiz, diese Scharte wieder auszuwetzen. Dem alten Fahnder-Prinzip folgend, dass erst einmal jeder verdächtig war, gingen seine Leute zuallererst gegen die ahnungslosen Museumskräfte im Musée Condé vor, die sie nach der alten Nazimethode behandelten: Solange schlagen, bis irgendwas herauskommt! – In diesem Fall waren es viel Tod und Blut und Erbrochenes und so gut wie keine Informationen. Die Geschosseinschläge in den Wänden würden noch lange davon erzählen, dass hier Menschen für nichts und wieder nichts gestorben waren.

Aber Diebold hatte auch noch einen anderen Grund, mit solcher Brutalität vorzugehen: Mit dem Tod des Generals von Stotz war sein Mentor gestorben, auf dessen Gunst und Schutz er sich immer hatte verlassen können. Er hatte es sich nicht nehmen lassen, den Sarg selbst zu versiegeln und die Reichsflagge darüberzubreiten, bevor man diesen in das Flugzeug lud, um ihn nach Berlin zu bringen. – Da der Selbstmord eines deutschen Generals in der Propaganda der Nazis nicht vorgesehen war, würde man das Problem wohl mittels Heldentod und einem pompösen Staatsbegräbnis lösen. Wohlweislich hatten sich die anderen deutschen Generäle, die von Stotz noch kurz zuvor befehligt hatte, von der Verladung ferngehalten, um an höherer Stelle nicht missverstanden zu werden.

Diebold galt nun natürlich als »von Stotz' Mann« und war damit diskreditiert. Wollte er verhindern, dass man ihn in Russland zu Kanonenfutter machte oder ihn wegen der verschwundenen Kunstwerke vor das Militärgericht und danach an die Wand stellte, dann musste er sich als harter Hund profilieren. – Was kümmerten ihn da schon ein paar Franzmänner? Obwohl er zugeben musste, dass er ihre Frauen betörend fand und sie gerade deshalb gerne festnahm und misshandelte. Kaum eine Französin war bereit, sich mit einem Deutschen einzulassen, aber wenigstens so kam er auf seine Kosten.

Generaloberst Paul Andernach landete mit dem Flugzeug aus Berlin am späten Nachmittag und wurde von einem Ehrenspalier der gleichen deutschen Generäle empfangen, die zuvor von Stotz den Rücken zugekehrt hatten. Er hatte sich großen Ruhm in der Wehrmacht erworben, weil er bei der Besetzung Griechenlands erst kürzlich in Kalavyrta siebenhundert unbewaffnete männliche Bewohner hatte erschießen lassen, was in seinen Kreisen als hervorragender Beweis seiner Treue zum Führer bewundert wurde. Umso mehr Hoffnung setzte Berlin nun darauf, dass er sich mit gleicher Entschiedenheit um die Befriedung von Paris kümmern würde. Was für die Bewohner das Schlimmste befürchten ließ.

Andernach absolvierte das übliche militärische Begrüßungszeremoniell, bevor er sich zu seinem Wagen geleiten ließ, einem normalen Kübelwagen diesmal.

»Ist *das* etwa der Dienstwagen von von Stotz?«, fragte er kalt.

Man erklärte ihm, der Wagen von von Stotz sei verschwunden gewesen, und bis gestern Nacht unauffindbar.

»Gut, dann fahren Sie den nachher bei mir vor.«

Die Männer schluckten, und keiner wagte es, ihn genauer zu informieren. – Ein zerschossenes Wrack auf einem Friedhof zwischen Soldatenleichen war nichts, was die Stimmung des neuen Kommandanten heben würde. Der nahm nun seinen Platz in der Kommandantur ein und bezog das Büro seines Vorgängers, nachdem man es von dessen Gehirnfetzen und Schädelsplittern gesäubert hatte.

»Vierzehn Uhr Generalsbesprechung. Erwarte Berichte. Aktueller Zustand, Probleme, Vorschläge. – Ab jetzt wird hier gearbeitet!«

Die Ordonnanz salutierte und verschwand.

»Der Kerl ist so kalt, bei dem frieren glatt die Türklinken ein!«, raunte er einem anderen Soldaten zu.

Über von Stotz wurde nur noch abfällig geredet. Schon um bei dem neuen Kommandeur nicht ungünstig aufzufallen.

In der Generalsrunde ließ Andernach keinen Zweifel daran, dass Keitel ihm befohlen hatte, Paris endgültig »und notfalls mit letzter Brutalität« zu unterwerfen. – Nichts anderes hatte von Stotz bereits geäußert, doch nun hatte keiner von ihnen den Mut, gleich am Anfang durch kritische Bemerkungen unangenehm aufzufallen. Andernach ließ sich Bericht erstatten über Besatzungsziele, Besatzungsmaßnahmen, Geheimdiensterkenntnisse, Widerstandsführer, Widerstandsnester und dergleichen. Als der Gestapovertreter an der Reihe war, schilderte er eine ganze Reihe von Vorkommnissen und verwies am Ende auch auf Paulettes Berichte über Jean-Paul Sartre.

Andernach wirkte unwillig. »Und was für Erkenntnisse haben wir aus dieser Operation gewonnen?«

Die Luft schien zu gefrieren.

»Wir wissen Bescheid, was er vorhat!«, kam es schneidig.

»Aha! Und was hat er vor?«

»Er schreibt ein Theaterstück.«

»Nochmal! Ich glaube, ich habe nicht richtig gehört.«

»Er … ähm … schreibt ein Theaterst…«

»Was-Sie-nicht-sagen!«, brüllte Andernach. »Und worüber schreibt er?«

»Ich … ähm … er schreibt über Fliegen …«

»Das ist ja militärisch hoch bedeutsam! Haben Sie nicht noch einen, der einen Roman über Fußpilz schreibt? Das ist wenigstens ein echtes Problem in der Armee.«

»Ich …«

»Augenblicklich ziehen Sie Ihre Leute von dem Idioten ab! Seien Sie froh, wenn ich Sie nicht wegen Sabotage vors Kriegsgericht stelle!«

»Zu Bef…«

»Raus!«

Die anderen in der Runde blickten starr vor sich hin.

»Ab heute weht hier ein anderer Wind!«

Tags darauf bemerkte Simone, dass der falsche Clochard nicht mehr da war. Er sollte nie wieder auftauchen, und Paulette erholte sich jeden Tag mehr von ihrem Schrecken. Mit einem feinen Lächeln überreichte Sartre ihr noch einen Packen bekritzelter Seiten. »Für alle Fälle.«

»Lieber nicht!«, entgegnete Paulette und schüttelte sich.

Im Palais der Lupins war die Stimmung sehr gedämpft, und Lupins Vertrauter, der Arzt Dr. Patrick Canaro, musste mehrmals diskret erscheinen, um die Verletzungen der beiden und eine nachfolgende Kreislaufschwäche zu behandeln, die ihnen ihre Begegnung mit der Résistance eingebracht hatte. Die Nachricht von dem Feuergefecht auf dem Friedhof hatte sich in Windeseile in Paris verbreitet. Auch wenn niemand die Hintergründe der Ereignisse kannte, so war es doch etwas, was den Parisern

Mut machte und ihre Widerstandskraft stärkte. Lupin und Josette hingegen waren von einer Stärkung noch weit entfernt. – Nicht nur, dass ihre überanstrengten und misshandelten Körper in einen Zustand tagelanger Erschöpfung gefallen waren, nachdem sie allen Gefahren entronnen waren. Auch ihre Seelen bluteten, als hätten sie Schwerthiebe empfangen.

»Chérie, wir haben getötet«, seufzte Lupin kraftlos. »In meinem ganzen Leben hätte ich mir das niemals vorstellen können!«

»Arsène, über all die Jahrzehnte hatten wir uns immer geschworen, keine Gewalt anzuwenden ...« Josette drückte sich einen Eisbeutel gegen die geschwollene Wange. »Mon Dieu, warum tut das immer noch so weh?«

Sie schwiegen.

»Noch nie vorher habe ich eine Waffe auf einen Menschen gerichtet«, grübelte Josette schließlich. »Immer noch sehe ich das erstaunte Gesicht des Postens vor mir, als er die Mündung meiner MP erblickt hat. Es war ein junger Kerl, Arsène, noch keine zwanzig. Er hätte unser Sohn sein können.«

Josette begann zu schluchzen.

»Mitleid mit dem Feind, Josette, mein Liebling?«

Sie schüttelte den Kopf. »Mitleid mit dem jungen Leben. – Wie werden wir jetzt weiterleben mit dem, was wir getan haben?«

»Chérie, es ist Krieg. Wenn wir es tun, werden wir schuldig; wenn wir es nicht tun, verraten wir unser Land.« Auch Lupin rollten nun Tränen übers Gesicht. »Ich habe keine Antwort.«

»Die waren wie Schakale auf einer Hetzjagd.« Josette schüttelte sich und hatte Gänsehaut. »Wir waren nur mehr Beute für sie!«

»Wenn jemand dich behandelt wie ein Tier, dann wirst du zum Tier«, stellte Arsène nüchtern fest. »So einfach ist das, und doch so schwierig.« Zärtlich nahm er seine Frau in die Arme.

Noch mehrere Tage saßen sie so beieinander und versuchten, das Erlebte gemeinsam zu verarbeiten.

»Ich glaube«, meinte sie zum Ende eines Gesprächs hin, »wir sind ab jetzt Gezeichnete vor uns selbst. Und wir müssen es akzeptieren. – Ob die Deutschen sich auch so viele Gedanken machen wie wir?«

In der Tat machten die Deutschen sich Gedanken, wenngleich anderer Art: Gerüchte über eine bevorstehende alliierte Invasion waren allerorts zu hören, und auch Berlin hatte einen General an den Atlantikwall entsandt, um die dortigen Verteidigungsanlagen zu inspizieren. Im Norden, bei Calais, war der besonders stark, denn man rechnete mit einem Angriff an der engsten Stelle zwischen dem deutschen Gebiet und Großbritannien.

Auch Lupin war informiert und beriet sich mit seiner Josette. »Ich weiß nicht, wann sie kommen wollen, aber wenn es so weit ist, sollten wir alles tun, um die deutsche Verteidigung zu schwächen, ma belle.«

»Hast du denn schon einen Plan?«

»Wir werden gemeinsam daran arbeiten, Josette!«

In den folgenden Tagen erholten sie sich weiter. Doktor Canaro hatte bei Josette ein angebrochenes Jochbein diagnostiziert, bei dem eh nur Geduld angesagt war. Lupins Haut war übersät gewesen mit Blutergüssen, die von Tritten und Hieben herstammten. Doch nach einer guten Woche waren beide ins Leben zurückgekehrt.

Das allerdings änderte nichts an ihrem Zorn auf die Besatzer. Sie waren entschlossen, ab jetzt der Wehrmacht zu trotzen, wo sie nur konnten. Die zündende Idee allerdings kam von Josette, und Lupin war so fasziniert, dass sie sich sofort an die Umsetzung machten. Sie diskutierten bis in die Nacht hinein, am Ende umarmten sie sich begeistert.

»Ma belle, das wird ein Donnerschlag!«

Josette sprühte vor Energie. »Chéri, sie werden toben!«

Lupin strahlte.

»Hoffentlich kostet es nicht wieder Menschenleben!«

»Egal, was wir tun, am Ende bringen sie uns doch um. Bis dahin kämpfen wir!«

Am nächsten Tag schickte Lupin eine verschlüsselte Nachricht an Morlaix und bat um dessen Besuch. Kaum eine Stunde später stand Morlaix mit einem Transportfahrrad vor der Tür, einen Korb mit frisch gebügelter Bettwäsche auf dem Arm. Wegen des angeklebten buschigen Schnauzbarts, der zerrissenen Hose und der Schiebermütze erkannte der Hausdiener ihn anfangs gar nicht und wollte ihn zunächst nicht hereinlassen.

»Einen Sherry, Monsieur Morlaix?«, fragte Josette zuckersüß, nachdem Morlaix auf einem Sessel Platz genommen hatte, obwohl ihr bei seinem Anblick sehr unbehaglich wurde. Als hätte er es geahnt, zog Morlaix einen wunderschönen siebenarmigen Kerzenleuchter unter dem Wäschestapel in dem Korb hervor – eine jüdische Menora.

»Ich weiß, Madame, dieses Geschenk kann nichts ungeschehen machen, was Ihnen als Frau und als Französin angetan wurde. Aber ich bitte Sie trotzdem, es anzunehmen. – Es ist ein Symbol des Schmerzes und der Hoffnung gleichermaßen.«

Josettes Finger strichen über das edel gearbeitete Stück, es war über einen halben Meter hoch.

»Monsieur, woher stammt es denn?«

Morlaix atmete tief durch. »Es stammt aus der Wohnung der Familie Teitelbaum.« Seine Züge verfinsterten sich. »Man hat sie gestern abgeholt – Monsieur, Madame und die beiden halbwüchsigen Söhne. Sie hatten fünf Minuten Zeit.«

Josette starrte ihn entsetzt an. »Aber dann gehört es doch

ihnen! Dann kann ich es doch nur aufbewahren bis zu ihrer Rückkehr!«

Morlaix blickte Lupin an, der schüttelte den Kopf. »Chérie, sie kommen nicht zurück. Wen die SS abholt, der kommt nie mehr zurück.«

Verstört drückte Josette die Menora an ihr Herz. »Oh mein Gott!«

»Es ist ein jüdisches Heiligtum. Einer der Bediensteten ist bei uns in der Résistance und hat es gerettet, bevor die Nazis anfingen, die Wohnung auszuplündern. – Es steht besser bei Ihnen als bei einem der braunen Bonzen.«

Einen Moment lang blitzte nackter Hass in Josettes Gesicht auf. »Ich werde diesem Stück einen Ehrenplatz geben. Die Teitelbaums sollen nicht vergessen sein!«

»Du darfst es nicht ans Fenster stellen, chérie.« Lupin legte die Hand auf ihre. »Durch einen dummen Zufall könnte jemand es von draußen sehen, und dann holen sie uns auch ab, nicht wahr, Monsieur Morlaix?«

Der nickte düster.

Josette bedankte sich nochmals gequält, stand auf und räumte einen Platz auf dem Kaminsims frei, wo sie den Leuchter hinstellte. Endlich stellte Morlaix seinen Wäschekorb ab. »Monsieur-dame, Sie wollten mich sprechen?«

»Oui, Morlaix!« Lupin richtete sich auf der Chaiselongue auf. Das Heizkissen rutschte heraus.

Morlaix blickte ihn fragend an.

»Wissen Sie, was die Deutschen über ihre Soldaten in Paris nach Hause gemeldet haben?«

Der Résistance-Führer hob fragend die Hände.

»Ich will es Ihnen zitieren: ›*Was hier gehurt und gesoffen wird, ist beachtlich.*‹«

»Monsieur Lupin, mit Verlaub ... ich verstehe nicht ganz, was uns das ...?«

»Wissen Sie, warum die das machen? Stellen Sie sich vor, Sie selbst wären ein deutscher Soldat!«

Morlaix hob fragend die Brauen.

Lupin schaute ihn durchdringend an. »Sie wissen, die Invasion steht bevor. Sie wissen, sie werden sterben. *Darum* machen sie es!«

»Hmmm …«, machte Lupin, »… also, ich weiß nicht.«

»Dann zitiere ich mal aus der Meldung ans Oberkommando der Wehrmacht: ‚*Diese Leute haben zum Großteil noch nie etwas vom Feind gesehen. Sie haben Angst und suchen für ihre zukünftige Feigheit schon jetzt Entschuldigungsgründe. Sie sehen sich schon als Leichen.*‘ – Enigma sei Dank, es ist auch bei uns gelandet!«

Josette nickte verständnisinnig.

»Die Unsicherheit der deutschen Soldateska, mein lieber Morlaix, ist schon viel größer, als wir angenommen haben! Deshalb müssen wir sie unbedingt noch steigern. Sie dürfen einfach nicht mehr wissen, wem sie glauben können! Das geht auf jeden Fall auf die Kampfmoral.«

»Monsieur Lupin, Ihre Gerissenheit ist in Paris legendär, aber jetzt sagen Sie mir bitte, worauf Sie hinauswollen!«

»Wie erreichen wir so etwas?«, dozierte Lupin mit erhobenem Zeigefinger.

»Ach, chéri, nun spann’ den armen Mann doch nicht so auf die Folter!«

Lupin fühlte sich um den Höhepunkt seines Auftritts gebracht und warf ihr einen vernichtenden Blick zu. Morlaix bemerkte es und lächelte belustigt.

»Jeder Deutsche mit Verstand«, begann Josette, »weiß, dass sie diesen Krieg nicht mehr gewinnen können. Sie haben sich mit viel zu vielen gleichzeitig angelegt. Diese unterschwellige Einsicht schleppen sie mit sich herum. Und wir werden sie nach besten Kräften fördern.«

»Die letzten Tage, mein lieber Morlaix, haben Josette und

ich einen kompletten Sendeplan ausgearbeitet. Wir gründen einen deutschen Soldatensender!«

Morlaix brachte den Mund nicht mehr zu.

»Jeden Tag senden wir ein deutsches Unterhaltungsprogramm. Die Hörer müssen glauben, wir sind ein Nazi-Sender. Wir spielen deutsche Schlager und bringen deutsche Nachrichten, Sport und so weiter.« Josette sprudelte förmlich.

»Mhmmm …?«

»Die Deutschen und die Soldaten hier müssen glauben, wir seien ein Sprachrohr von Goebbels. Und wenn sie es erst einmal glauben, dann streuen wir immer wieder Meldungen ein, die ihre Moral untergraben. – Über korrupte oder feige Nazi-Führer und so.«

Morlaix' Gesicht hellte sich auf. »Mon Dieu, was für eine Idee!«

Lupin strich sich zufrieden über das Kinn. »Den offiziellen deutschen Sendern glaubt eh niemand mehr auch nur ein Wort. Wenn wir immer wieder Mitteilungen einbauen, die von den Deutschen verschwiegen werden, dann gelingt uns eine Mund-zu-Mund-Propaganda, mit der wir ihr ganzes System untergraben!«

Morlaix hatte seine anfängliche Zurückhaltung verloren. Fasziniert lauschte er dem Projekt, das ihm abwechselnd von Lupin und Josette erläutert wurde: Sie würden von der englischen Ostküste aus senden. Dort in Crowborough stand Europas stärkster Mittelwellensender, den die Engländer extra eingerichtet hatten, um weite Teile des europäischen Festlands zu erreichen.

»Aber wohin setzen Sie die Redaktion, Monsieur-dame? Wenn wir sie in Frankreich unterhalten, dann werden die Deutschen sie schnell finden und alle töten.«

Lupin schmunzelte. »Mit dem Segen der britischen Regierung richten wir dort gerade eine komplette Rundfunkredaktion ein. Sie sitzt in Milton Bryan, einem winzigen Kaff, hundert Meilen von der Sendestation entfernt.«

»Sagenhaft, Monsieur! Sagenhaft!«

Josette ergänzte, unter den deutschen Kriegsgefangenen in England befänden sich viele Nazi-Gegner mit journalistischer Ausbildung, die darauf brannten, etwas gegen Hitler zu unternehmen. Sogar ehemalige Rundfunksprecher seien dabei.

»Und wer koordiniert das Ganze?«

»Sagt Ihnen Sefton Delmer etwas?«

Morlaix schüttelte den Kopf.

»Ein britischer Journalist, aufgewachsen in Berlin. War danach beim Daily Express und ging für diesen nach Berlin. Er hat als erster britischer Journalist ein Interview mit Adolf Hitler geführt, danach war er bei der New York Times und bei der BBC. Jetzt koordiniert er unseren Senderaufbau.«

»Monsieur-dame, wie haben Sie das alles geschafft?«

Lupin blickte etwas verstimmt drein. »Seit diesem kleinen Zwischenfall neulich habe ich auf den verschiedensten Funkfrequenzen meine britischen Kontakte angesprochen. Ich bin meinem langjährigen Freund Lord Beaverbrook sehr dankbar, dass er Mr Delmer für uns freigestellt hat. – Allerdings waren die Gespräche sehr schwierig, da man mich anfangs aufgrund meines verschwollenen Gesichts kaum verstanden hat.« Strafend blickte er auf Morlaix, der verlegen in sich zusammensank.

»Je suis désolé, Monsieur! Vraiment désolé!«

Lupin überhörte es. »Mit einigen meiner Leute habe ich ein Verschlüsselungsgerät für Sprechfunk entwickelt. Wir können also nach Belieben Meldungen an die Redaktion senden, ohne dass die Deutschen sie entschlüsseln können.«

Josette straffte stolz die Brust. »In zwei Wochen gehen wir auf Sendung!«

Lupin nickte und Morlaix staunte.

»Würden Sie für uns verschlüsselte Nachrichten verbreiten?«

»Pas de problème, Morlaix. Sie müssen nur immer aktuell sein.«

Morlaix war an sich ein düsterer, verschlossener Mann. Ob der Hass auf die Deutschen oder seine Verantwortung für die Résistance ihn so hatte werden lassen, wusste wohl nur er selbst. Jetzt aber leuchtete er. Die Verabschiedung dieses Mal war herzlich, und er radelte mit seinem Wäschepacken davon.

Inzwischen hatte Andernach im Hauptquartier ein Regiment aufgezogen, das von Stotz als Vertreter einer fremden sanftmütigen Spezies erscheinen ließ. Egal wann und wie man die Kommandantur betrat, man hörte ihn von irgendwoher brüllen. Bald schon erzählte man sich verstört, er habe einen begriffsstutzigen Soldaten, der seinen Befehl falsch verstanden hatte, an den Haaren hinausgezerrt auf den Hof und ihn dort eigenhändig erschossen. Die Leiche ließ er vierundzwanzig Stunden lang nicht bergen, als warnendes Beispiel für die anderen.

Vor von Stotz hatten sie noch gekuscht, Andernach hingegen lernten sie bald zu hassen. Sie verstanden sein dahinterliegendes Kalkül nicht: Je grausamer sie behandelt wurden, desto grausamer würden sie mit den Franzosen umgehen. Tatsächlich gingen die unteren Ränge der SS ab da noch viel erbarmungsloser vor, denn keiner von ihnen wollte der Nächste sein, an dem die anderen vierundzwanzig Stunden lang vorbeilaufen mussten.

Die Gestapo meldete ihm Gerüchte der Franzosen, dass General de Gaulle die Rückeroberung Frankreichs plane. Andernach ließ zwei Franzosen öffentlich erschießen, doch verstärkte dies nur die Wut der Pariser. Erstmalig gab es sogar Schmährufe aus der Menge gegen die Besatzer.

In seiner Generalsrunde wurde heftig diskutiert. Um die Lage unter Kontrolle zu behalten, wollte man die Zusammenarbeit mit Kollaborateuren aus der Führungselite verstärken.

»Das wird nur mit Geld gehen!«, schnitt Andernachs Stimme durch die Runde. »Am besten, wir eröffnen ihnen Geschäftsfelder: Truppenversorgung, gesellschaftliche Ereignisse, Aufwertung durch Aufmerksamkeit. Wir brauchen eine loyale Kerntruppe für die Übernahme des Landes durch uns. Pétain ist ja nur ein nützlicher Idiot. Wir sollten so bald wie möglich einen großen Ball geben, zu dem wir Geschäftemacher und Kriegsgewinnler einladen, um sie noch stärker von uns abhängig zu machen.«

Sie bestimmten einen Panzergeneral für die Aufgabe. Es war, als wollte man einen Gewichtheber zum Ameisenforscher machen, fanden manche. Umso erstaunter waren sie, als das große Ereignis zwei Wochen später tatsächlich stattfand.

Wehrmacht und SS, die ihren Vorgesetzten inzwischen mehr fürchteten als den Feind, hatten keine Mittel gescheut, ein großes und opulentes Fest zu inszenieren. Da einer der prominentesten Regisseure infolge der Besetzung Frankreichs arbeitslos geworden war und dringend Geld brauchte, bedurfte es nur eines sanften Zwangs, um ihn an Bord zu holen. Er war gut vernetzt mit Frankreichs wichtigsten Künstlern, von denen viele nicht nur nach Einkünften hungerten, sondern auch nach dem Applaus und dem Zuspruch des Publikums. So erschienen Artisten, Tänzerinnen, Sänger und Musiker. Besonders die populäre Schauspielerin und Sängerin Lucienne leGentil, in der Öffentlichkeit nur »Lucy« genannt, feierte einen Riesenerfolg und war so begeistert, dass sie hinterher in die Loge von Andernach stürmte, der ihrer Schönheit nicht abgeneigt war. Dass sie das deutsche Hauptquartier erst am späten Vormittag verließ und von der SS nach Hause gebracht wurde, übersah man dort diskret.

Auch in der nachmittäglichen Generalsrunde wurde das Thema totgeschwiegen. Man würdigte das Fest und die vielen Kontakte, die sich daraus ergeben hatten. Mehrere Großindustrielle waren erschienen und hatten die Deutschen mit erwartungsvoller Freundlichkeit überschüttet, desgleichen Hochschullehrer und Vertreter des französischen Hochadels, denen die Idee eines autoritär geführten Staates sehr zusagte. Die Künstler waren ohnehin berauscht von sich selbst und hatten kein anderes Interesse als ihr Fortkommen. Nicht zuletzt aber hatte alle das überraschende Erscheinen des vatikanischen Nuntius, des Erzbischofs Grégoire Mandrel, zutiefst beeindruckt. In fließendem Deutsch überbrachte er Andernach die Grüße und Segenswünsche des Heiligen Stuhls, und selbst der Generaloberst wirkte tief bewegt von dieser unerwarteten Geste und versicherte ihm, er habe jederzeit freien Zutritt zu ihm und sei stets mit allen Anliegen willkommen. Obwohl eigentlich zur Neutralität verpflichtet, bekreuzigten sich die anwesenden Generäle und SS-Schergen höflich und beteten mit ihm das Vaterunser. – Lupin erzählte begeistert davon, nachdem er zu Hause seinen Ornat abgelegt und nach dem Heizkissen verlangt hatte.

Andernach wiederum genoss den Zauber von Paris, der sich ihm in Gestalt von Lucy willig öffnete, wenngleich seine Untergebenen sich halblaut beklagten, dass er seither noch deutlich schärfer war. Man vermutete, er wolle seine unübersehbare Schwäche für eine Angehörige des Beutevolkes damit ausgleichen, wagte allerdings nicht, dies laut auszusprechen. Da Lucys neue Verbindung sich schnell herumsprach, erhielt sie von einem Tag auf den anderen eine Vielzahl neuer Buchungen für ihre Auftritte, denn die Menschen erhofften sich davon einen Vorteil oder zumindest einen wichtigen Kontakt für alle Fälle. Doch auch ihr deutscher Verehrer verwöhnte sie mit Gold und exquisiten Kunstgegenständen, die er in den Wohnungen verschleppter Juden beschlagnahmen ließ. Lucy, die seit dem Einmarsch eine schwere berufliche Durststrecke hinter sich gebracht hatte, öffnete ihm willig ihre Schenkel. »Mon taureau allemand«, nannte sie ihn – mein deutscher Stier.

Lupins deutscher Soldatensender, der weit bis nach Pommern zu empfangen war, hatte mit rasender Geschwindigkeit an Zuhörern gewonnen, womit er sogar seine Erfinder überraschte.

Tatsächlich war das Programm so hervorragend gemacht, dass die Hörer es als neuen deutschen Sender betrachteten, weil es die üblichen Frontmeldungen brachte und auch alle möglichen Sportmeldungen. Das Musikprogramm war bestimmt von deutschen Künstlern, doch auch die Schwedin Zarah Leander hatte ihren festen Platz: »Ich weiß, es wird einmal ein Wunder gescheh'n …!«, schmetterte ihr unverwechselbarer Bariton. – Gedacht war es als Durchhaltelied, doch schien es mehr und mehr eine ganz neue Bedeutung zu bekommen.

»Freunde, Volksgenossen!« Es war der übliche Beginn einer Meldung. »Unsere Soldaten liegen im Dreck an der Westfront. Und wenn sie nicht schon jetzt krepieren, dann fürchten sie sich vor der Invasion der Alliierten! Aber der Kommandant von Groß-Paris, Generaloberst Paul Andernach, feiert ein riesiges Fest in Paris und geht seither mit einer französischen Singschnepfe ins Bett!« Und schon setzte der Badenweiler Marsch ein, das Renommierstück der NSDAP.

Lupin und Josette quietschten vor Vergnügen, als sie es hörten. Im Hotel Meurice hingegen war die Stimmung nicht ganz so ausgelassen. Einige SS-Leute hatten beim Bier gesessen und das neuartige *Radio Calais* gehört, als die Meldung über Andernach kam. Alle saßen da wie versteinert.

»Das müssen wir dem Alten sagen«, sagte einer von ihnen gepresst.

»Ich nicht!«, kam es einstimmig. »Glaubst du, ich will auch auf dem Hof liegen? Der ist glatt imstande zu sowas!«

»Ja, aber …?«

»Komisch, dass die sowas im Programm haben.«

»Die sagen wenigstens mal, was hier wirklich los ist! Um uns Kleine kümmert sich doch sonst kein Schwein!«

Eine Weile noch ging die Diskussion hin. Sefton Delmer, der alte Fuchs, hatte Lupins Meldungen umgehend eingebaut. Und sie zündeten.

Der ahnungslose Generaloberst Andernach wiederum beendete gerade ein Gespräch mit einem Major, der zackig abmarschierte und froh war, noch einmal heil davongekommen zu sein. Er freute sich auf seinen Abend mit Lucy. Er würde ihr die Kleider herunterreißen und sie ihm seine Uniform. Dann würden sie sich aufeinanderstürzen wie zwei ausgehungerte Raubtiere. Lucys leidenschaftliche Schreie mussten den Wachen längst aufgefallen sein, doch das war ihm egal. Er war in kurzer Zeit süchtig geworden nach ihr. In den Nächten mit ihr verschwand der Geschützlärm aus seinen Träumen, die Schreie der Gefolterten und die zerfetzten Leiber. Andernach hatte niemals Mitleid gekannt, doch holten die Erinnerungen ihn jede Nacht ein, auch wenn er mit niemandem darüber sprach. Schwäche war lebensunwert, so war stets seine Überzeugung gewesen.

Wenigstens für kurze Zeit übertönte Lucys Stöhnen das Schreien und Heulen der anderen.

Schon nach einer Woche war es allgemeines Gerede im Hauptquartier, dass der Alte »nix anbrennen ließ bei der«. Für Andernach konnte es gefährlich werden, denn wenn Keitel ihm übelwollte, dann hatte er jetzt etwas in der Hand gegen ihn. – Falls er schon davon wusste. Andererseits, er selber galt als beinharter Hund, und er wurde gebraucht hier, das gab ihm Freiheiten. Seine Frau und sein kleiner Sohn waren weitab des Kriegsgeschehens und würden ahnungslos bleiben. Wenn hier endlich einmal alles vorbei war, dann würde er das kleine Flittchen in die Wüste schicken. Falls sie dann herumzickte, fing sie sich eben eine Kugel ein, wie so viele andere vor ihr. Das OKW war erst einmal weit.

Er verscheuchte die finsteren Gedanken und konzentrierte sich auf seine Aufgaben.

Bisher hatten alle Anstrengungen seiner Männer versagt, Lupin ausfindig zu machen. Er entschloss sich, dem nun absoluten Vorrang einzuräumen, und freute sich darauf, diesem Gespenst eines Tages persönlich gegenüberzutreten. Nach dem, was man ihm berichtet hatte, trank er gern Sherry. Er würde ihn formvollendet auf ein Glas in seinem Büro einladen, bevor er ihn der SS übergab. Voller Grimm blickte er auf den Besuchersessel, wo er ihn gastfreundlich platzieren würde, bevor ihn sein Schicksal ereilte. Vorsorglich befahl er, eine Flasche besten Sherry neben den Cognac zu stellen.

»Zu Befehl, Herr General: Seine Exzellenz, der schwedische Generalkonsul Lindström bittet darum, empfangen zu werden.«

Andernach zögerte einen Moment, dann ließ er ihn hereinbitten.

Der Generalkonsul trat ein. Er trug den gleichen grauen Anzug mit Weste und Silberkrawatte wie bei von Stotz, dazu seinen Gehstock mit Silberknauf, mit dem er sich schwerfällig bewegte. Andernach beäugte ihn interessiert und bat ihn, Platz zu nehmen.

Der Konsul sank in den für Lupin reservierten Besucherstuhl.

»Ich sollte wirklich abnehmen!«, schnaufte er. »Aber sagen Sie mir einmal, wie ein Mensch in Frankreich abnehmen soll?«

Andernach, inzwischen selbst eingenommen von den Reizen Frankreichs, schmunzelte. »Ich sehe, Sie sind Connaisseur, Exzellenz!«

»Krieg oder nicht, Herr General, dieses Land ist wunderbar:

Seine Landschaft, seine Menschen, seine Frauen …« Lindström warf ihm einen listigen Blick zu, den Andernach sofort begriff. Vorsichtiger geworden neigte er den Kopf.

»Frankreich, Exzellenz, mag ja seine Vorzüge haben. Aber Deutsche, Schweden und Norweger sind reinrassige Arier und sollten unverbrüchlich zueinanderstehen. Gerade die Neutralität Schwedens im Kampf gegen den zionistischen und bolschewistischen Feind hat uns mehr als einmal unangenehm berührt, verstehen Sie?«

Lindström blieb ohne Reaktion. Nach einer Weile zog er die Brauen hoch. »Herr General, meine Regierung hat Informationen erhalten über öffentliche Erschießungen unschuldiger französischer Bürger. Sie hat mich beauftragt, Sie mit allem Nachdruck um die Einhaltung der Genfer Konvention zu ersuchen. Dies nicht nur im Hinblick auf die hiesige Bevölkerung, sondern auch im Hinblick auf die Behandlung britischer Kriegsgefangener, die von Ihrer Regierung entweder völkerrechtswidrig ermordet werden oder in deutschen Konzentrationslagern landen, die keine Kriegsgefangenenlager im Sinne der Genfer Konvention sind.«

Andernach blickte von oben herab auf den Schweden. »Und was gedenkt Ihre Regierung dagegen und insbesondere gegen mich zu unternehmen?«

»Meine Regierung sammelt alle Unterlagen über Kriegsverbrechen, die von deutschen Truppen in Frankreich begangen werden.«

»Da werden Sie viel zu tun haben. Aber das kümmert uns nicht.«

Beide kreuzten die Blicke. Obwohl Lindström äußerlich freundlich und zuvorkommend wirkte, erkannte Andernach, dass er einem starken Gegner gegenübersaß.

Dennoch nahm er sich die Zeit für einen Gedankenaustausch. Starke Gegner imponierten ihm, und dazu konnte er vielleicht an neue Informationen gelangen. Lindström war erfreut über die respektvolle Behandlung, die im starken Gegensatz zu von Stotz' cholerischem Verhalten stand. Beide tasteten sich sozusagen ab.

»Der Führer trifft die Entscheidungen, und wir führen sie aus. Hier gibt es nichts zu diskutieren.«

Lindström löste den Blick nicht von ihm. »Ja«, sagte er, »das tut er wohl. Dennoch möchte ich Sie bitten, meinen Worten Aufmerksamkeit zu schenken. Die Zukunft Ihres Führers ist ungewiss. Möglicherweise stehen Sie bald nackt da.«

Sie unterhielten sich eine geraume Weile, und Andernach fand Vergnügen an Lindström als geistvollem Gegner. In der Sache allerdings ließ er keine Annäherung zu, denn seine Treue zum Führer blieb unantastbar. Dennoch verabschiedeten sie sich respektvoll voneinander.

»Ach, übrigens«, Lindström drehte sich in der Tür nochmals um, »wie steht Berlin denn zu Liebesaffären deutscher Soldaten mit Französinnen?«

»Sind unerwünscht«, schnarrte Andernach, fast auf dem falschen Fuß erwischt.

»Na, dann kann ja nichts passieren.« Lindström lächelte hintergründig und schloss die Tür.

Über den Hof hallten die Schreie der Gefolterten, denn Andernach wollte Lupin, und Diebold folgte seinem neuen Herrn widerspruchslos und verbreitete Angst und Schrecken. Nur bekamen sie nichts heraus, denn Lupin war sein Leben lang ein Gespenst geblieben. Menschen, die man auf der Straße aufgriff, mochten ihn als Legende verehren – als Informationsquelle waren sie wertlos und starben umsonst. »Besser zu viel Angst als zu wenig!«, hatte Andernach als Parole ausgegeben. Diebold hatte folgsam genickt und sich auf neue Untaten gefreut.

Dazu sollte er reichlich Gelegenheit bekommen, doch so bar-

barisch seine Leute sich auch benahmen, Lupin blieb unsichtbar und musste doch mitten im Herzen von Paris zu finden sein. – Nur, Paris hatte vier Millionen Einwohner, man konnte sie nicht alle foltern.

Lupins Miene war sorgenzerfurcht, als er am nächsten Vormittag von der Enigma zurückkehrte. »Schlechte Nachrichten, ma belle!«

»Wieder einmal?« Josette blickte auf von ihre Brioche. »Ich gebe die Hoffnung nicht auf, mon chéri, dass wir eines Tages auch wieder gute Zeiten erleben dürfen!«

»Erst einmal nicht!«, seufzte Lupin. »Die Boches ziehen achthundert Leute zusammen, um übermorgen unser gesamtes Viertel zu durchkämmen. Jedes Haus, jeder Raum in jedem Haus, jeder Dachziegel, alles soll auf den Kopf gestellt werden, um uns beide zu finden.«

»Das ist ja entsetzlich!« Josette schrak zusammen. »Wir haben doch nur unsere beiden Waffen!«

»Auf keinen Fall Waffen, ma chérie! Damit sind wir von vornherein unterlegen. Aber wir müssen unbedingt unsere Flucht planen, am besten mit mehreren Optionen.«

»Du meinst, sie kommen zu uns ins Palais?«

»Ich halte es für wahrscheinlich.«

»Sollten wir uns dann nicht in der Krypta verstecken? Das haben wir doch schon einmal …«

»Diese Typen werfen ohne Hemmungen ein, zwei Handgranaten hinein. Dann möchte ich nicht dort drin sein.«

Sie beratschlagten eine volle Stunde, dann baten sie Raymond dazu und besprachen sich eine weitere Stunde mit ihm.

Zwei Tage später schreckte um fünf Uhr morgens der Lärm von Militärfahrzeugen und Panzerketten die Anwohner des Viertels aus dem Schlaf. Es war von den Truppen vollständig eingeschlossen, keine Maus kam mehr hinein oder heraus. Schon rollten die ersten Einheiten an die Portale der noblen Anwesen. Sie rüttelten an den schmiedeeisernen Zugangstoren, doch da diese meist versperrt waren, wurden sie von Lastwagen niedergewalzt. Man hämmerte gegen die Eingangstür. Wurde diese nicht augenblicklich geöffnet, feuerte man eine MP-Salve auf das Türschloss und stürmte ins Gebäude.

Bewohner, die sich den Eindringlingen entgegenstellten oder auch nur nach dem Grund des Überfalls zu fragen wagten, wurden mit Gewehrkolben zusammengeschlagen, bis sie sich nicht mehr rührten. Dann stürmte der Trupp in die Anwesen und drehte sie von oben nach unten. Türen wurden eingetreten, Schränke umgeworfen auf der Suche nach Geheimtüren, kostbare alte Tapeten heruntergerissen und antike Kunstwerke zerstört. Der schwerkranke Vater des Duc de Clairmont wurde aus dem Bett gezerrt, und als er sich widersetzte, einfach niedergemäht. Zahllose weitere Todesopfer sollten im Verlauf der kommenden Stunden folgen, darunter auch der greise Abbé de Morgant, den sie mitten in seiner Morgenandacht durchsiebten. Entsetzen herrschte überall, und Schüsse und Schreie erfüllten den Morgen, noch bevor die Sonne den Horizont erleuchtete.

Ein Dutzend Bewaffnete stürmte auf das Lupin'sche Anwesen, nachdem ein gepanzertes Fahrzeug das Tor und einen Teil der Mauer zerstört hatte. Der treue Raymond, der in einem Seitenflügel im Erdgeschoss schlief, eilte im Nachthemd herbei und hatte schon nach wenigen Augenblicken keine Zähne mehr im Mund. Die anderen Bediensteten, alle noch im Nachtkleid wurden in einen Raum getrieben und gezwungen sich mit dem Gesicht nach unten auf den Boden zu legen. Zwei Mann bewachten sie. Madame Dubonnet, die alte Köchin, nässte sich ein vor Angst, und Gérard, der sich um den Fuhrpark kümmerte, kotete sich aus Furcht ein. Die anderen begannen nun, das Haus systematisch zu durchforsten. Josettes Lieblingsstück, einen Plattenspieler der Marke »His Master's Voice«, ließen sie zuallererst mitgehen. Mit Gewehrkolben klopften sie Böden, Decken und Wände ab, ohne etwas zu finden. Schließlich entdeckten sie den verborgenen Zugang zum Enigma-Raum unter dem Dach und brachen die Tür auf, nur um gleich wieder würgend und japsend den Rückzug anzutreten, angesichts des furchtbaren Gestanks und den Millionen Fliegenlarven, die den von einer Funzel erleuchteten Raum in ein gespenstisches Schmatzen tauchten.

Schnell knallten sie die Tür zu, doch sofort wurde ihnen befohlen, den Raum erneut zu betreten. Der Verwesungsgestank des Schweinekadavers und einiger toter Fische breitete sich über das ganze Gebäude aus. Zwei der Soldaten erbrachen sich und taumelten wieder hinaus. Die anderen mühten sich angeekelt, fanden jedoch nichts und baten flehentlich um die Erlaubnis, den Raum wieder verlassen zu dürfen.

»Was zum Teufel ist das hier?«, bellte ein genervter SS-Obergruppenführer.

»Monsieur Lagarde ist seit langen Jahren begeisterter Angler«, sagte Alain, der Gärtner, mit zitternder Stimme. »Deshalb produziert er für sich selbst und die anderen dreihundert Mitglieder der Association des Pêcheurs eine besonders schmackhafte Madenart ...«

»Schmackhaft?«

»... für die Fische natürlich, Monsieur, für die Fische ... ähmmmm, wir selber essen so etwas nicht ...«

»Man muss wahrscheinlich Franzose sein, um das zu verstehen!«, bellte der SS-Obergruppenführer und stolzierte hackenden Schrittes davon, während die Maden weiterschmatzten, als ginge sie das alles gar nichts an. Aber es ging sie ja auch gar nichts an.

In seinem Büro saß der Generaloberst Andernach und brütete vor sich hin. Bisher hatte er noch keinerlei Erfolgsmeldung von seinen Truppen erhalten, obwohl ein Großteil der Anwesen bereits durchsucht war. »Notfalls prügeln Sie es aus denen raus!«, hatte er seinen Leuten mitgegeben. »Aber ich will wissen, wo der Kerl ist! Ihr bringt ihn mir lebend oder tot! Lieber lebend, damit ich ihn selber erschießen kann!«

So setzten seine Truppen alles daran, den verhassten Gegner endlich ausfindig zu machen und ihn auszuschalten. Im Quartier der Lupins würden sie wohl auch noch Jahrzehnte später von diesem Tag des Grauens reden, doch wieder schien der Gesuchte einfach unsichtbar geworden zu sein. Da in den herrschaftlichen Anwesen die erlesensten Brände und Liköre gelagert waren, rissen die Eindringlinge sich die eine oder andere Flasche unter den Nagel, was weder ihrer Konzentration zugutekam noch dem Ziel ihrer Suche. Einer der SS-Leute stürzte volltrunken die herrschaftliche Treppe im Hause des Comte de Carandache hinunter und war darüber so erzürnt, dass er das ganze Anwesen in Brand setzen wollte. Da dies dem Befehl Andernachs entgegenstand, wurde er mit Mühe davon abgehalten, wenngleich belobigt für seinen unbedingten Einsatzwillen, was er jedoch nur noch verschleiert zur Kenntnis nahm.

In der Zwischenzeit meldete die Ordonnanz Andernach einen unerwarteten Besucher.

»H' General, da ist der päpstliche Nuntius und möchte Sie sprechen.«

Ebenso erstaunt wie erfreut blickte Andernach auf. »Die hohe Geistlichkeit! Ich lasse bitten!«

Und schon schritt der päpstliche Nuntius in seinem Kardinalsornat in den Raum, in der rechten Hand einen großen hölzernen Kasten.

»Unser Herr Jesus Christus sei mit Ihnen, Herr General, und

er segne Ihre frommen Werke!«, lispelte er andächtig auf Deutsch und nahm Platz auf dem angebotenen Stuhl.

»Eure Eminenz, welche Freude! Es ist mir ein großes Privileg, im Kampf gegen den jüdischen Bolschewismus Rom an meiner Seite zu wissen! – Darf ich Ihnen einen Cognac anbieten?«

»Ich sehe, Sie haben Sherry, mein Sohn, den würde ich bevorzugen!«

Auf Andernachs Wink hin schenkte die Ordonnanz zwei große Gläser ein. Die beiden Herren stießen höflich miteinander an.

»Herr General, ich habe den ausdrücklichen Auftrag des Heiligen Vaters, Ihnen diese historische Schnitzerei zu überreichen.« Er entnahm dem Kasten das Werk, einer Weihnachtskrippe nicht unähnlich. »Es ist eine Darstellung des Heiligen Achatius von Armenien, des Schutzpatrons aller Soldaten. Mir ist die große Gnade zuteilgeworden, Ihnen mitzuteilen, dass der Heilige Vater diese wertvolle Reliquie persönlich für Sie gesegnet hat, um den Schutz unseres allmächtigen Herrn für Sie zu erflehen.«

Andernach, dem die kirchliche Welt zutiefst fremd war, verstand, dass er eine ganz besondere Geste erfuhr. »Herr Kardinal, ich verneige mich vor dieser wunderbaren Auszeichnung! – Doch wozu ist dieser elektrische Stecker?«

Der Nuntius stellte das Geschenk so auf Andernachs Aktenschrank, dass es sich ihm zuwandte, und steckte es ein. Kleine Lichter leuchteten auf, und als er einen versteckten Schalter umlegte, machte der rechte Arm des Heiligen Achatius segnende Bewegungen. »Es ist der besondere Wunsch des Heiligen Vaters, Sie stets im Segen der heiligen katholischen Kirche zu wissen, Herr General. Diese Ehre ist bisher nur ganz wenigen zuteilgeworden!«

Andernach fand es hübsch. In harten Zeiten wie diesen würde das Geschenk ihn stets daran erinnern, dass er auf der richtigen Seite der Geschichte stand. Als sein Sohn Hermann klein gewesen war, hatte ihn eine ähnlich aussehende Weihnachtskrippe so verzückt, dass er vor Glück geweint hatte.

»Eminenz, ich bin tief gerührt. Bitte richten Sie dem Heiligen Vater meinen herzlichen Dank aus und versichern Sie ihm, dass dieses wunderbare Geschenk hier stets einen ganz besonderen Platz einnehmen wird.«

Lächelnd neigte der Nuntius sein Haupt.

»Eure Eminenz, was ist Ihr Anliegen? Es wird bei mir ein offenes Ohr finden.«

»Ach, lassen Sie uns doch erst in aller Ruhe diesen köstlichen Sherry austrinken! Es ist der gleiche, den wir zu H… äh, in der päpstlichen Residenz schon oft genossen haben.«

Mit Bedacht leerten sie ihre Gläser.

»Wir hören, mon Général, dass Sie großen Wert darauf legen, Arsène Lupins habhaft zu werden. Möglicherweise kann die Kirche hier von Nutzen sein.«

Andernach horchte auf. »In welcher Weise, Eminenz?«

»Nun …«, der Nuntius blickte betrübt auf sein leeres Glas, … die Gebote unseres Herrn Jesus …«, er bekreuzigte sich, »… erlauben uns nicht, ihn an Sie auszuliefern. Doch könnten wir ihn mit sanftem Druck dazu bewegen, in ein römisches Kirchenasyl zu gehen, um dort Kontemplation, Einkehr und Buße zu halten.«

Andernach verhehlte seinen Unwillen nicht. »Bei allem Respekt, Eminenz, das kann nicht Ihr Ernst sein!«

»Herr General, die Kirche scherzt niemals. Es ist unser Angebot an Sie, um Ihnen den Druck der Fahndungsaufgabe zu nehmen. Damit hätten Sie endlich wieder Ihre militärischen Kräfte frei für Ihren segensreichen Kampf gegen den Bolschewismus! Dieser liegt sehr im Interesse des Heiligen Stuhls. Wir sind bereit, über andere Dinge hinwegzusehen.«

Andernach zögerte.

»Und Sie bräuchten nicht zu befürchten, dass Sie weiterer Kunstschätze und Fahrzeuge verlustig gehen.«

»Das ist geheime Kommandosache! Woher wissen Sie das?«

»Mein Sohn, die Heilige Kirche hat tausend Ohren. Und sie denkt in Jahrhunderten und nicht in Jahren wie die deutsche Wehrmacht.«

Der Generaloberst schluckte angesichts dieser unüberhörbaren Anmaßung. Andererseits, die Beziehungen zu Rom waren ohnehin schon angespannt, auch wenn sie dort die Verhaftung katholischer deutscher Priester und deren Verschleppung in die Konzentrationslager mit frommem Schweigen ignoriert hatten.

»Also … nehmen wir an, wir würden auf Ihren Vorschlag eingehen, obwohl ich den Hund liebend gerne selber erschießen würde …«

Seine Eminenz räusperte sich vernehmlich.

»Ich nehme an, Sie erwarten eine Gegenleistung dafür, dass wir diese Ratte loswerden …?«

Der Nuntius beugte sich vor, in seinen Augen die Erfahrung von Jahrhunderten. »Die Kirche ist dem Frieden und der Nächstenliebe verpflichtet. Wir sehen mit großem Schmerz, dass unsere christlichen Brüder in einem bestimmten gehobenen Viertel dieser Stadt heute nachgerade biblischen Qualen ausgesetzt sind …«

»Sie werden mir kaum verbieten wollen, diesen Schweinehund zu finden!«

Abermals räusperte sich der Nuntius. »Es sind die besten und nobelsten Familien von Paris, und von Frankreich, denen Sie Tod und Verderben, Zerstörung und unendliches Leid bringen – ohne dass Sie Ihr gotteslästerliches Ziel jemals erreichen werden.« Seine Stimme hatte an Schärfe zugenommen. »Die edelsten Häuser Frankreichs werden sinnlos zerstört! Ihre Mitglieder gedemütigt und ermordet! Für nichts und wieder nichts!«

»Also, mein lieber Kardinal …!«

»Herr General Rom hat ein langes Gedächtnis!«

Andernach blieb der Mund offenstehen.

»Und auch Sie, Herr General, werden eines Tages vor Ihrem Richter stehen, und Ihre Bataillone werden Ihnen nicht mehr helfen können!«

»Ich fasse es nicht …!«, stieß Andernach hervor.

»Sie werden Lupin dort niemals finden! Er ist längst im Schoß der Heiligen Mutter Kirche, und noch hat kein irdischer Herrscher je gewagt, sich an dieser zu vergreifen!«

Stimmte zwar nicht ganz, dachte Andernach, aber ihm wurde auch klar, dass die heutigen Maßnahmen ihn eher blamieren würden, als zu seinem militärischen Ruhm beizutragen.

Mehrmals holte er tief Luft. »Also, der ganze Kuhhandel – möchten Sie noch einen Sherry? – sieht so aus: Wir hören auf, nach diesem Hochverräter Lupin zu suchen, und Sie schaffen ihn dafür außer Landes, damit wir endlich unsere Ruhe haben.«

»Herr General, er *ist* bereits außer Landes, doch bin ich nicht befugt, Ihnen zu sagen, wo er sich in diesem Moment befindet.« Er neigte den Kopf und bekreuzigte sich.

»Ja, leck mich doch am Arsch!« entfuhr es Andernach, während der Nuntius genüsslich an seinem zweiten Sherry nippte.

»Die Kirche küsst das Haupt Gottes, aber keine Körperteile der Sterblichen.«

»Gut«, knurrte Andernach, »dann machen wir das so.«

»Habe ich Ihr Wort?«

»Sie haben das Wort eines Generalobersts der Deutschen Wehrmacht.«

Der Nuntius erhob sich und schritt zur Tür. »Gott segne Sie, mein Sohn!«

»Heil unserem Führer!«

»Der braucht es dringender denn je!«, antwortete der Geistliche höhnisch und verschwand.

140

Andernach rief seine Ordonnanz und befahl, die laufende Aktion unverzüglich abzubrechen.

»Möchtest du einen Sherry, Arsène?«, fragte Josette, als Lupin wieder in der verborgenen Gruft unter einem riesigen Verschlag mit Grünabfall angekommen war.

»Merci, chérie, ich hatte schon zwei recht ordentliche und bin immer noch benebelt davon, sonst hätte ich bei Andernach den Schnabel nicht dermaßen weit aufgerissen. – Geh, hilf mir doch bitte, aus diesem Ornat herauszukommen!«

»Aber vorher sprichst du mich selig!«, lachte Josette und nahm ihm seine Stola ab.

So blitzartig wie die Schlächter in das Lupin'sche Anwesen eingedrungen waren, zogen sie auch wieder ab. Die Bediensteten schickten zu Dr. Canaro, der sich um den zerschlagenen Raymond und die anderen Opfer der Barbarei im Haus kümmerte. Es war eine Krankenstation, die Arsène und Josette vorfanden, und sie mühten sich nach Kräften, behilflich zu sein. Der ruhige kleine Mann mit der Glatze und dem Kinnbart untersuchte und verarztete eine ganze Reihe von Lupins Bediensteten.

»Was hat es auf sich mit dieser ‚Association des Pêcheurs'? Das ist doch ein neues Schild da draußen, oder?«, wollte er wissen.

Trotz der Situation lachten einige. »Wenn die Deutschen etwas Schriftliches sehen, dann glauben sie es leichter!«

Dr. Canaro schmunzelte. »Ich bin mir nicht sicher, dass alle von denen lesen können.«

Die wenigen Leichtverletzten hatten eine Stuhlreihe zusammengestellt, auf der die Verarzteten nacheinander platziert wurden. Lupins Mund verzerrte sich vor Wut. Besonders Raymonds übler Zustand besorgte ihn zutiefst.

»Monsieur-dame«, sagte Dr. Canaro ernst, »wir können Raymond nicht in eine Klinik bringen, das ist viel zu gefährlich. Die

SS durchkämmt sie täglich nach Verwundeten. Bitte lassen Sie mir ein Zimmer herrichten, wo ich die heutige Nacht verbringen kann. Es würde sich morgen dann auch gut als Behandlungszimmer eignen.« – Josette kümmerte sich sofort darum, und Dr. Canaro erhielt einen Schlafraum, dazu ein behelfsmäßiges Behandlungszimmer nebenan. Die ganze Nacht lang würde er kaum zur Ruhe kommen, und immer wieder hatte er seine Patienten zu versorgen.

Auch Lupin und Josette schliefen kaum. Dennoch halfen sie frühmorgens mit, das ehemalige Enigma-Zimmer von Maden und Kadavern zu reinigen. Die nächsten zwei, drei Jahre würde man es nicht mehr betreten können, doch hatte es seinen Zweck perfekt erfüllt: Die Geheimtür in den Nebenraum war unentdeckt geblieben, und Lupin packte dort zufrieden seine Enigma wieder aus, nebst verschiedener anderer Utensilien.

Paris atmete tief durch. Auch wenn alles sich morgen schon wieder ändern konnte, so waren es doch wenigstens ein paar Tage – ohne Grausamkeiten und ohne Leichen, die auf den Straßen lagen. Es gab der Stadt Zeit, Kräften zu sammeln. Denn unter der Oberfläche einer Metropole, die man in Tausenden von Gedichten und Liedern besungen hatte, brodelte der Hass immer stärker, und auch die Entschlossenheit nahm zu mit jedem Tag, mit jedem Mord, mit jeder Geschändeten, mit jeder Kugel, die ihr mörderisches Handwerk verrichtete – und sei es nur, dass sie ein Loch in eine Fassade schlug. Die Pariser waren es satt, so satt.

Als damals, im Juni 1940, Adolf Hitler sich durch die Stadt hatte fahren lassen, in einer Parade der Anmaßung, die jede französische Lebensart zutiefst beleidigte, da hinterließ dies Wunden und Narben in der Seele eines Volkes, die für Generationen nicht mehr heilen würden. Nun aber schrieben sie das Jahr 1943, längst war der Terror zum Alltag geworden, Maréchal Pétain sein williger Handlanger. Aus dem besetzten Frankreich hatten die Deutschen 76.000 Juden deportiert und über das Lager Drancy bei Paris in ihre osteuropäischen Vernichtungslager geschickt, darunter viele emigrierte deutsche Juden. Pétain hatte so getan, als wüsste er von nichts, doch in den Pariser Quartiers taten sich immer mehr Lücken auf, wo zuvor noch vertrautes Leben geherrscht hatte.

Lupins Geheimsender *Radio Calais* hatte inzwischen einen festen Platz erobert bei den Soldaten der Deutschen Wehrmacht. Es gefiel ihnen, dass man auf diesem Programm auch einmal wider den Stachel löckte und viel von dem erfuhr, was Goebbels' Propagandaorgane verschwiegen. Aber es verunsicherte auch und es steigerte hier vor Ort die Wut »auf die da oben in Berlin«. Nur, wer nicht aufzumucken wagt, der duckt sich vor der Autorität und lässt seinen Zorn an den Schwächeren aus. Noch waren die Pariser die Schwächeren. In der Ferne jedoch sammelten sich Schiffe.

»Ist Jean-Paul noch nicht da?«, fragte Simone de Beauvoir voller Sorge, als sie das Café de Flore betrat. Die wenigen Gäste blickten kurz auf, doch Paulette hinter der Theke zuckte mit den Schultern. »Heute noch nicht gesehen.«

Simone war unruhig. »Ich war mit dem Fahrrad im Zentrum, es ist alles so bedrückend, so gespenstisch ruhig, eine richtige Grabesstille!«

»Nicht zum ersten Mal und bestimmt nicht zum letzten Mal«, brummte Paulette und bereitete Simone den gewohnheitsmäßigen ersten Espresso zu. »Sie haben Paris zum Grab gemacht. Und auf Friedhöfen herrscht Stille.« Routiniert reichte sie Simone den Espresso. »Anschreiben wie üblich, ma chère?«

Dankbar blickte Simone sie an. »Wenn es Ihnen wirklich nichts ausmacht?«

»Irgendwann ist auch dieser Krieg vorbei. Und dann werden Sie schon wieder mal etwas verdienen.« Paulette lächelte nachsichtig.

»Sie sind ein Engel, Paulette!«

Die Tür öffnete sich, und Sartre trat ein, die obligatorische Aktentasche unter dem Arm, auf dem Kopf seine Baskenmütze. Er lächelte spitzbübisch und schüttelte den Kopf, bevor er Simone in die Arme nahm und sie lange küsste.

Beide nahmen sie am Tresen Platz.

»Was ist denn so lustig in diesen traurigen Zeiten?«, wollte Paulette wissen.

Auch Simone sah ihn neugierig an.

»Oh Gott, oh Gott, oh Gott, diese Boches!« Er prustete los, es steckte die beiden Frauen an.

Schließlich fing er sich wieder. »Ich war mit dem neuen Stück bei der Zensurbehörde.« Abermals begann er loszulachen. »Das Volk der Dichter und Denker, ich sage euch …«

»Ja, was denn nun?«, Paulette blickte verwirrt auf.

»Haben die dir Schwierigkeiten gemacht?«, fragte Simone.

Sartre prustete erneut los. »Im Gegenteil, die haben es ohne jede Beanstandung durchgewunken!«

»So dämlich sind die?«, lachte nun auch Simone.

»Noch viel dämlicher! Sie haben es mir zurückgegeben und gesagt: Sowas Verdrehtes kann kein Mensch lesen. Wenn irgendwelche Dummköpfe ein Stück über Fliegen aufführen wollen, dann sollen sie ruhig.«

Nun lachten auch Simone und Paulette.

»Und dann sagt der Deutsche doch glatt noch: ›Vielleicht schauen wir es uns auch einmal an und bringen ein paar Maikäfer mit. – Die haben nichts kapiert! Gar nichts!«

Paulette schmunzelte. »Die sind sogar zu dumm, es zu verbieten. Dass sie selbst mit den Fliegen gemeint sind, der Gedanke kommt ihnen wohl nicht. – Darauf einen Pastis für uns drei!« – Es war eine große Ausnahme, dass Paulette einmal mit ihren Gästen trank.

»Ende Juni ist Premiere im Théâtre Sarah-Bernhardt.« Versonnen schwenkte Sartre seinen Pastis. »Auch wenn sie's jetzt arisiert haben in Théâtre de la Cité.«

»Die Pariser jedenfalls werden verstehen, was du ihnen sagen willst, mon amour.« Simone legte den Kopf auf seine Schulter.

»Da bin ich mir nicht ganz sicher.« Sartre zog an seiner Zigarette. »Wir Intellektuellen sind in jedem Land eine ignorierte Minderheit.«

Aber erst einmal feierten sie die Freigabe durch die deutsche Zensur bis in den Abend.

Schmetternde Fanfaren kündeten die üblichen Falschmeldungen an, mit denen die Nazis einen Sieg vortäuschten, der längst unmöglich geworden war.

»Deutsche Soldaten, deutsche Kämpfer! Hier eine aktuelle Meldung von unserem Oberkommandierenden in der Stadt Paris: Generaloberst Andernach hat es aufgegeben, nach Arsène Lupin zu suchen. – Arsène Lupin war einfach zu schlau für ihn!« Die gleichen Fanfaren wie vorher.

Der Funker, der den Spruch abgehört hatte, stürzte verwirrt in Andernachs Büro und meldete den Vorfall.

»War das dieser Pfaffe, dieser Nuntius?«, fragte der mit Schaum vor dem Mund.

»Zu Befehl, H' Generalmajor, die katholische Kirche ist eigentlich immer sehr verschwiegen. Wahrscheinlich, weil sie selber so viel Dreck am Stecken haben.«

»Dann muss es ja einer von unseren eigenen Leuten gewesen sein! Was für ein Hundsfott!«

Der Funker zog sich vorsichtshalber zurück. Doch draußen redeten sie untereinander, was das zu bedeuten hatte.

»Gott sei Dank, dass wir diesen Sender haben, sonst würden wir ja nie was erfahren!«, sagte der Schütze Fink.

»Ja, Schorsch, das ist wirklich ein Segen!«, stimmte Oberfeldwebel Röttenbacher ihm zu.

»Aber wieso lassen die das überhaupt zu, dass der Sender solche Meldungen bringt?« Schorsch Fink rieb sich nachdenklich am Ohr. »Sowas zersetzt uns doch!«

Lupins giftige Saat begann aufzugehen. Sein »Soldatensender Calais« war inzwischen populärer als die echten deutschen Propagandastationen.

Die Verbindungen, die sein Vorgänger von Stotz ins Leben gerufen hatte, waren nahezu alle wieder eingeschlafen. Andernach war sich sicher, dass dessen unverfrorene Offensichtlichkeit dem Projekt zum Verhängnis geworden war, denn die Résistance schlief nicht. Seine Gestapo hatte ihm gemeldet, dass mehrere der bei seinem damaligen Fest Anwesenden unerwarteten Besuch oder Drohbotschaften erhalten hatten, sich nicht mit den Deutschen einzulassen. So waren die Gespräche verstummt, bevor sie richtig begonnen hatten. Dazu hatte gewiss beigetragen, dass man kürzlich den Lebensmittelgrossisten Charles Leblanc mit einem Kopfschuss und herausgeschnittener Zunge aus der Seine gezogen hatte. Auch erhielt er geheime Meldungen, denen zufolge die Résistance inzwischen ein bewaffnetes Netzwerk aufgebaut hatte, mit dem sie eines Tages losschlagen wollte.

Für Andernach bedeutete das, dass die Situation unübersichtlich zu werden begann. Umso wichtiger war ihm, dass Lupin verschwunden blieb, auch wenn er ihn so gern in die Finger bekommen hätte. – Der Pfaffe hatte recht gehabt: Jüngste Geheimdienstberichte deuteten verstärkt darauf hin, dass an der Westfront bald etwas geschehen würde. Offenbar hatten die Briten es verstanden, den US-Präsidenten Franklin D. Roosevelt für eine Invasion zu gewinnen. Jüngste Berichte deuteten an, der britische Premier Winston Churchill wolle ihn demnächst in den USA besuchen, um die Einzelheiten eines Großangriffs auf das Deutsche Reich zu erörtern. – Bis auf Tunesien hatten sie Nordafrika bereits vollständig von den Deutschen befreit.

Ihm war klar, dass der große Schlag der Alliierten kommen würde, und er gab nicht mehr viel auf Deutschlands militärische Zukunft. Doch Andernach war auch Soldat, und er fühlte sich gebunden an den militärischen Auftrag und damit auch an die Pflicht zur Selbstaufopferung. Wiederholt hatte Hitler »Verteidigung bis zum letzten Mann!« gefordert. Andernachs militärisches Ehrverständnis beruhte darauf, diesen Befehlen zu folgen und sie notfalls mit äußerster Konsequenz und Grausamkeit durchzusetzen. Dennoch konnte er nicht mehr umhin, in seinen letzten Gedanken vor dem Einschlafen an das zu denken, was ihm und seinem Land nach seiner festen Überzeugung bevorstand.

Aber ein Eid auf den Führer war ein Eid auf den Führer.

Die Nacht wurde kurz für Andernach, denn gegen Mitternacht wurde er von seiner Ordonnanz aus dem Schlaf geholt: Es hatte einen Zwischenfall gegeben am Bois de Boulogne. An der Route de la Grande Cascade war ein Zug der Wehrmacht, bestehend aus einem Kübelwagen und zwei Lastwagen, in einen Hinterhalt der Résistance geraten. Insgesamt achtzehn deutsche Soldaten waren getötet worden, die Fahrzeuge brannten aus. Der Überfall war so schnell geschehen, dass nicht einmal Zeit gewesen war, ihn per Funk an die Kommandantur zu melden. Erst eine nächtliche Streife, die durch den Feuerschein aufmerksam geworden war, war an den Ort des Geschehens gekommen und hatte sofort nach Verstärkung gefunkt. Eine Menge deutscher Soldaten traf ein, doch fanden sie nur noch die entwaffneten und verkohlten

Leichen ihrer Kameraden vor. Zwar schwärmten sie aus im Park und in den umgebenden Vierteln, doch war mit einem Erfolg nicht mehr zu rechnen: Es war viel zu viel Zeit vergangen, und die Résistance-Kämpfer, die ohnehin die besseren Schleichwege kannten, hatten sich in nichts aufgelöst. Nicht einmal die Hunde fanden noch eine Spur.

Darüber hinaus waren die Wehrmachtssoldaten nicht sonderlich erpicht darauf, in rabenschwarzer Nacht durch den Park zu pirschen, um vielleicht plötzlich von hinten eine Garotte um den Hals zu kriegen und zuckend ihr Leben auszuhauchen. Zwar wurden Handscheinwerfer ausgegeben, doch auch deren Schein zeigte nur totes Unterholz und Gestrüpp. Andernach erhielt Meldung und befahl den Rückzug. Diebold, der in einer der Verhörzellen gerade einen jungen Mann zu Brei schlug, half beim Abladen der Leichen. »Schwarze Arbeit« nannten sie es, im Gegensatz zur »Roten Arbeit« in den Verhörzellen.

Am Tag darauf erschien Morlaix unangemeldet bei den Lupins.

»Gute Arbeit, Morlaix!«, nickte Lupin anerkennend und bot ihm einen Sessel an.

Morlaix nahm dankend Platz. Er gab sich ahnungslos.

Lupin lächelte. »Sie werden die Boches damit nicht vertreiben können, aber jedenfalls verunsichern Sie sie mit diesen Aktionen. Die wissen nicht mehr, wann es sie erwischt. Wirklich sehr gute Arbeit.«

Morlaix nahm das Kompliment mit einem hintergründigen Lächeln entgegen.

»Monsieur Lupin, Frankreich braucht Ihre Hilfe.«

»Sie meinen, *Sie* brauchen meine Hilfe!«

»C'est ça«, gestand Morlaix. »Wir brauchen den Meisterdieb, sonst scheitern wir.«

»Vergessen Sie nicht die Meisterdiebin an meiner Seite!« Er warf Josette eine Kusshand zu.

148

»Wir brauchen Sie beide.«

Josette war ganz Dame und blickte freundlich auf Morlaix. Der nahm den angebotenen Sherry gerne an.

»Also, Morlaix, was haben Sie auf dem Herzen?«

»Sagen wir so: Ohne Ihre wunderbare Enigma wüssten wir nie, was die Deutschen gerade vorhaben. Doch weil wir sie nutzen können, haben wir etwas in Erfahrung gebracht: Hitler persönlich hat angeordnet, Karl nach Paris zu bringen. Das müssen wir mit allen Mitteln verhindern, sonst sind wir verloren.«

»Pardon, Monsieur Morlaix, wer bitte ist dieser *Karl?*« Josette beugte sich interessiert vor.

»Ich fürchte, ich ahne es …« Lupin zog die Brauen hoch. »Nicht gut, das! Gar nicht gut!«

»Madame …«, Morlaix deutete in seinem Sessel eine Verbeugung an, »Karl ist der Name eines deutschen Mörsers mit entsetzlicher Sprengkraft. Er verschießt Geschosse von sechzig Zentimetern Durchmesser und einem Gewicht von über zwei Tonnen. Damit schlägt er durch dreieinhalb Meter Beton!«

Lupin nickte. »Hitler hat Befehl gegeben, dieses teuflische Gerät hierherzubringen. Damit können Sie ein ganzes Stadtviertel in Schutt und Asche legen. Niemand wird überleben.«

Josette zog hörbar die Luft ein. »Diese Teufel!«

»Ich verstehe nur nicht, warum sie uns das Gerät schicken. Wohl einfach wieder eine fixe Idee von ihrem verrückten Führer. – Chérie, holst du mir bitte mein Heizkissen?«

Es lag auf einem Beistelltisch, und Josette schaltete es an und reichte es ihm. Lupin gab ein zufriedenes »Aaah!« von sich.

»Karl darf hier auf keinen Fall hier ankommen«, stellte Josette nüchtern fest.

»Eh bien, Madame, Sie haben ja so recht!«

»Allmählich verstehe ich.« Lupins Augen wurden zu schmalen Schlitzen. »Bei der Aktion brauchen Sie unsere Hilfe?«

»Was Abgebrühtheit angeht, Monsieur, sind Sie uns haushoch überlegen.«

Beide Lupins lachten laut auf. »Weißt du noch, chérie, der Schwertransport, den wir in Lille ausgeraubt haben? Da freue ich mich immer noch drüber.«

Josette strahlte. »Die ganzen Goldbarren! Einen von denen habe ich mit nach Hause genommen. – Wo habe ich ihn denn?« Sie erhob sich, ging hinüber zu einem antiken Sekretär und wühlte in einem Schließfach. Stolz brachte sie ihn zum Vorschein und zeigte ihn Morlaix.

»Deutsche Reichsbank?«, las der verblüfft.

»Sollten wir etwa die französische Nationalbank ausrauben?« Josette ging zurück zu ihrem Platz auf der Chaiselongue und grinste spitzbübisch.

Morlaix schüttelte den Kopf. »Gibt es eigentlich irgendjemanden in Frankreich, den Sie noch nicht ausgeraubt haben?«

»Sie!«, konterte Lupin trocken, und Morlaix sah ihn besorgt an.

»Was wissen wir über diesen Karl?«, wandte Josette sich wieder dem Thema zu.

»In Brest-Litowsk und in Sewastopol haben sie damit verheerende Verwüstungen angerichtet. Allerdings dauert es ziemlich lange, so ein Geschütz zu transportieren.«

»Wiegt fast hundertdreißig Tonnen«, murmelte Lupin und nestelte an seinem Heizkissen herum.

»Das Teil muss zerlegt und auf zwei Straßenroller verladen werden – Culemeyer nennen die Boches sie. Auf der Straße würde es den gesamten Belag aufreißen und es würde einsinken. Deshalb schaffen sie maximal zehn Kilometer pro Stunde.«

»Im Osten würden sie den Mörser mit der Bahn transportieren«, überlegte Josette. »Aber hier geht das nicht. Wenn die Résistance nur ein paar Gleise sprengt, stecken sie fest.«

»Es bleibt ihnen nur die Straße. Aber auch dort werden wir sie zu behindern wissen.« Morlaix blickte beide finster an.

Schnell waren sie sich einig, *Karl* erst tief in Frankreich anzugreifen. Zwar war die Route noch unbekannt, doch sie würden sie herausfinden: Auch wenn alles unter Geheimhaltung ablief – je näher sie an Paris herankamen, desto sicherer würde die Résistance wissen, wo sie ihren Hinterhalt aufbauen musste. Bei den Franzosen jedenfalls würde es mächtigen Eindruck hinterlassen und es würde ihnen neue Hoffnung bringen – falls der Coup gelingen sollte.

Nach zwei Stunden intensiver Diskussion und mehrmaligem Versetzen des Heizkissens stand der Plan, und Morlaix fiel es schwer, beim Abschied seine Begeisterung zu verbergen.

Lupin war hinterher richtig aufgekratzt, und auch Josette hatte rote Wangen.

»Arsène, überleg mal: Mit dieser Aktion könnten wir Paris retten! Wir würden vielleicht in die französische Geschichte eingehen, stell dir das einmal vor!«

»Da sind wir doch längst drin«, versetzte Lupin trocken. »Aber anders als du es dir gerade vorstellst.«

»Du bist unmöglich chéri, wirklich!« Josette schmollte, und als Antwort blickte Lupin sie treuherzig an.

Abends gingen sie an die Planung.

»Wir haben doch diese zehn Wehrmachtslastwagen, chéri«, überlegte Josette, »lässt sich denn damit nichts anfangen?«

»Inzwischen sind es sogar zwölf, Liebling. Ich habe vergessen, dir zu sagen, dass wir noch zwei davon gestohlen …«

»Wie bitte?«

»Ähmmm … die standen gerade so herum.«

»Deutsche Wehrmachtslastzüge stehen nicht einfach so herum!«

»Diese schon«, sagte Lupin trotzig. »Drum haben wir sie mitgenommen.«

Josette schüttelte den Kopf.

»Also zwölf deutsche Armeelastwagen haben wir?«, fragte sie.

»Frisch getankt und mit sauberer Windschutzscheibe. – Übrigens, die beiden letzten hatten auch MGs drauf. So etwas kann man ja immer mal gebrauchen.«

Josette beschrieb ihre Idee, und Lupin konnte nur noch begeistert zustimmen. Je mehr sie darüber diskutierten, desto mehr freuten sie sich auf ihre gemeinsame Aktion.

»Du glaubst es nicht, die wussten nicht einmal, wo dieses Geschütz gerade herumstand!«, sagte Lupin am nächsten Morgen. »Sie mussten tagelang suchen, bis sie es in der Nähe von Berlin in einem Depot gefunden haben. – Tztz, was ist denn das für eine deutsche Ordnung?«

»Vielleicht, weil Krieg ist, chéri?«

»Dos öst koine Öntscholdigong!«

Man glaubte, Hitlers Stimme zu hören, und wieder bewunderte Josette ihren Mann für seine blitzartige Wandlungsfähigkeit. »Jedenfalls sind sie heute Morgen damit losgefahren, mit ziemlich wenig Begleitung. Sie rechnen mit einer ganzen Woche, bis sie hier sind.«

»Tja, sie haben wohl auch immer weniger Leute zur Verfügung. Die meisten werden ja im Osten verheizt.«

»Ich würde so gern Mitleid für sie empfinden«, sagte Lupin, »doch dafür haben sie Paris schon viel zu viel angetan.«

Das Wetter war scheußlich, grau und regnerisch, und die Bediensteten hatten den Kamin angezündet. Josette las in Charles Baudelaires »Les Fleurs du Mal« und trank ihren Tee dazu. Am frühen Nachmittag verzog Lupin sich auf sein Sofa wie in einen Kaninchenbau und kritzelte Papier voll, wobei er Unverständliches vor sich hinmurmelte. Bisweilen blickte Josette lächelnd zu ihm hinüber, oder sie brachte ihm ein paar seiner Lieblingskekse. Er verschlang sie, ohne aufzublicken.

»Was kritzelst du denn da, Arsène?«

»Chérie, entschuldige …« Er schien sie gar nicht gehört zu haben.

Auch als Dr. Canaro vorbeikam, um nachzusehen, wie die Verletzungen der Bediensteten abheilten, blickte Lupin gar nicht auf. Dank der ärztlichen Kunst von »Docteur Patrick«, wie er ihn nannte, war Raymond wieder in besserer Verfassung, auch wenn die Heilung seines gebrochenen Kiefers sich noch hinziehen würde. Dr. Canaro hatte früher in der Kieferchirurgie gearbeitet, und so hatte er den Armen unter einfachsten Bedingungen hier im Hause operiert. Die Dankbarkeit war bei allen sehr groß, doch »Docteur Patrick« blieb bescheiden.

»Ah, quelle merde!«

»Was ist denn, Arsène?«

Doch der strich nur wütend eine ganze Seite durch und war schon wieder in seine Kritzeleien vertieft.

»Entwirfst du gerade eine neue Kathedrale?«

»Ach was!« Alles Weitere war unverständliches Geknurre.

Sie überließ ihn seinen Gedanken.

»Hmmmm … Hmmmm … Hmmmm …«, murmelte er nach einer weiteren Stunde.

»Du hast noch nicht einmal nach deinem Heizkissen gefragt heute …«

»Ach, Heiz…« Schon war er wieder versunken.

»Du lieber Himmel«, knurrte er nach weiteren vierzig Minuten. »Wo bekomme ich denn in diesen Zeiten Salpetersäure her?«

»Salp… was?«

»Egal, ich synthetisier’ sie mir selber.«

Erst in den Abendstunden war er wieder ansprechbar und par-

lierte mit Josette beim Abendessen, als wäre nichts gewesen.
»Dieser Mouton Cadet Rothschild von 1938, einfach göttlich!
Besonders wenn er geklaut ist!« Er schwenkte sein Rotweinglas
und stieß mit Josette an. Sie kannte ihn lange genug, um zu wissen, dass sie nur abzuwarten brauchte, bis er von selbst zu erzählen begann.

»Ich muss die Röhren herkriegen; wir haben die nicht.«

»Ah ja, die Röhren!«

»Oder wir klauen den Deutschen ein Funkgerät, aber das
merken sie. Obwohl, einfacher wäre es natürlich …«

»Natürlich, chérie!« Josette strich sich den Rock glatt, nicht
ohne den genüsslichen Blick ihres Gatten zu bemerken.

»Um unseren Plan auszuführen, ma belle, müssen wir unbedingt auf der Militärfunkfrequenz der Deutschen senden, nur
haben die sie gut abgeschirmt. – Ich habe noch ein altes deutsches Funkgerät, aber da sind alle drei Röhren durchgebrannt.«

»Die Röhren! Jetzt verstehe ich endlich!«

Lupin erläuterte ihr seine weiteren Überlegungen, und bald
schwelgten sie wieder in der Vorstellung, wie sie der Deutschen
Wehrmacht eins auswischen würden. Zufrieden legten sie sich
schlafen, und Josette kuschelte sich in die Arme ihres Mannes.

»Meinst du nicht, Morlaix wird verärgert sein?« Sie hob den
Kopf.

»Morlaix ist Morlaix, und Lupin ist Lupin«, brummelte
Arsène schon halb im Schlaf.

Mehrmals diese Nacht erwachten sie von fernem Geschützdonner. Josette klammerte sich an ihn, und bald hatte sie ihn
verführt.

Andernach hatte geheime Berichte erhalten, nach denen Churchill und Roosevelt auf einer Geheimkonferenz im marokkani-
schen Casablanca im Januar 1943 beschlossen hatten, im Westen
eine zweite Front zu eröffnen und die bedingungslose Kapitula-

tion Italiens, Japans und des Deutschen Reiches zu fordern. Genau zur gleichen Zeit hatte die deutsche Wehrmacht in Stalingrad eine entsetzliche Niederlage erlitten und die gesamte 6. Armee verloren. Dreihunderttausend Mann waren einst angetreten, und nach einem erbarmungslosen Gemetzel hatten sie Ende Januar, Anfang Februar aufgegeben. Nur 110.000 deutsche Soldaten hatten überlebt und kamen in sowjetische Kriegsgefangenschaft. Viel schlimmer noch hatten die Russen geblutet, die in der Schlacht siebenhunderttausend Menschen verloren hatten. Hitlers Ostfeldzug für sein »Volk ohne Raum« war damit gescheitert. Die Schockwellen in der deutschen Bevölkerung waren nie mehr zur Ruhe gekommen. Dazu hatten auch die russischen Störsender beigetragen, die willkürlich das deutsche Radioprogramm mit dem Ticken einer Uhr unterbrachen und dann immer wieder die gleiche Ansage wiederholten: »Alle sieben Sekunden stirbt ein deutscher Soldat! Stalingrad – Massengrab!«, unterlegt mit dem »Todes-Tango«, den die Sowjets extra hierfür komponiert hatten. Andernach wusste um die verheerende Wirkung dieser Niederlage auf die deutsche Moral. Und er wusste auch, was Hitler und seine Kumpane verschwiegen: Die meisten Soldaten waren nicht einmal im Kampf gefallen, sondern jämmerlich verhungert oder erfroren.

Nun war es Juni 1943. Andernach verspürte Zorn, wie die Berliner Führung versucht hatte, alles zu verbergen und schönzureden, obwohl es längst nichts mehr schönzureden gab. Die deutschen Heeresgruppen im Osten waren geschwächt und drohten die Initiative zu verlieren. Manstein hatte die Rote Armee bei Charkow noch einmal geschlagen, aber das veränderte die Kräfteverhältnisse nicht. Sollten die Alliierten – und dessen war er sicher – demnächst auch im Westen angreifen, dann galt es, sich mit Klauen und Zähnen zu wehren, so wie Hitler und Keitel es angeordnet hatten. Er war Soldat, und seine Aufgabe war es, Deutschland und dessen Eroberungen zu schützen.

Darauf hatte er einen Eid geschworen, und dies würde er bis zu seinem letzten Atemzug tun.

Seine Zweifel am Wertesystem der Nationalsozialisten hatte er stets wirksam unterdrückt. Doch dann holten sie ihn in seinen Träumen wieder ein. Jede Nacht blickte er in das blutüberströmte Gesicht eines kleinen französischen Jungen, der vor Monaten zu seinen Füßen gestorben war und der ihn mit seinem letzten Atemzug noch angesehen hatte: ‚Warum‘ hatten die kleinen Augen gefragt. ‚Onkel, warum machst du das mit mir?‘

Unwillkürlich richteten seine nächtlichen Gedanken sich dann auf Hermann, seinen einzigen Sohn, der lange vor dem Krieg auf seinem Schoß herumgeturnt war, damals genauso alt wie das getötete Kind. Andernach erinnerte sich an das vergnügte Gequietsche des Kleinen, wenn er Grimassen schnitt, und wie er die Ärmchen um seinen Hals geschlungen hatte. Vater und Sohn, eine unerschütterliche Liebe. Schon früh hatte er ihm Disziplin, Gehorsam, Pünktlichkeit und unbeirrbare Vaterlandsliebe beigebracht. Umso stolzer war er, als auch Hermann in die Deutsche Wehrmacht eingetreten war und es schnell zum Leutnant gebracht hatte. Bald schon war er zur SS gegangen und Mitglied der »Leibstandarte Adolf Hitler« geworden, die gefürchtet war für ihre besondere Härte und Mitleidlosigkeit. Es hatte sich gelohnt, denn nach kurzer Zeit hatte Hermann mehrere Auszeichnungen verliehen bekommen und war ebenso respektiert wie gefürchtet.

Andernach beschloss, am nächsten Tag eine Generalsrunde einzuberufen, in der er die Verteidigung von Paris gegen einen möglichen Angriff alliierter Truppen im Westen ansprechen wollte, zum Beispiel bei einer Landung in Südfrankreich. Doch diese Generalsrunde verlief anders als erwartet: Die Generäle protestierten wütend gegen seinen Vorschlag, und Generalmajor Heimle beschuldigte ihn, den deutschen Endsieg in Zweifel zu ziehen. Er fand die Idee nah an der Wehrkraftzersetzung, deshalb zog Andernach seinen Vorschlag schließlich zurück. Sollte Heimle ihm übelwollen und ihn nach Berlin melden, dann wurde die Situation unberechenbar: Man konnte es dort stillschweigend übergehen, weil man ihn noch für nützlich hielt. Oder man konnte ihn festnehmen, denn auf Wehrkraftzersetzer wartete der Galgen. Andernach spürte, wie ihm der Kragen enger wurde.

Hitler hatte befohlen, das schwere Artilleriegeschütz Karl nach Paris zu schicken. Andernach hatte es nur beiläufig erfahren und sich ziemlich darüber empört, was man ihm hier einfach vor die Nase setzte. Militärisch sah er keinen Sinn darin, denn Paris war bereits erobert – anders als zum Beispiel Sewastopol oder Leningrad. Wieder mal so eine Schwachsinnsidee seines Führers, den die Nazipropaganda zum »Gröfaz«, zum größten Feldherrn aller Zeiten, erhoben hatte. In Generalskreisen sah man das nicht ganz so eindeutig, aber Befehl war Befehl. Der Transport jedenfalls verlief so langsam, dass er erst in über einer Woche mit dessen Eintreffen rechnete. Die Route galt als »streng geheim«, obwohl ein solch riesiges Gerät wohl kaum zu übersehen war.

Sie waren früh damit losgefahren und am ersten Tag noch nicht einmal bis Magdeburg gekommen. Nachtfahrten mit dem Ungetüm waren unmöglich, dafür waren im Reich schon viel zu viele Bombenschäden auf den Straßen. Es würde sich hinziehen. Neun Tage mindestens, erwartete er. Eher länger.

»Je länger sie brauchen, desto besser für uns«, meinte Josette und nagte an einer Brioche.

»C'est ça, chérie, c'est ça!«, antwortete Lupin vergnügt. Er saß an einem antiken Tisch, dessen Tischplatte mit edelsten Intarsien ausgelegt war, und hatte einen Lötkolben in der Hand. Der Geruch von Lötzinn zog durch den Raum.

»Chéri, wie oft muss ich dich noch bitten, eine Decke unterzulegen?«

»Ma belle Josette, es ist ja nur ganz kurz …«

Doch da hatte Josette bereits den geöffneten Kasten in die Höhe gehoben, und Lupin hatte, wie schon so oft vorher, die alte Wolldecke daruntergeschoben.

»Ach, würdest du es nur endlich einmal lernen, chéri!«

Ohne sich umzudrehen, verließ sie den Raum, während Lupin verlegen grinste wie ein ertappter Schüler.

Über eine Stunde lang knipste er Drähte und lötete, murmelte bisweilen leise Verwünschungen und räumte schließlich sein Zeug zusammen. Als Josette wieder hereinkam war die Decke voller Lötfett und Zinnkrümel, der Boden übersät mit Kabelschnipseln Drahtstückchen und allerlei undefinierbarem Zeug. Mit einem lauten Seufzen rief Josette nach einem Bediensteten, während Lupin sich um einen besonders treuherzigen Augenaufschlag bemühte.

»Was hast du denn da eigentlich gemacht?«, wollte sie wissen.

»Ich habe dieses uralte Funkgerät auf die geheime deutsche Militärfrequenz erweitert. Zusätzlich habe ich seine Leistung so erhöht, dass es jeden anderen Sender verdrängt.«

»Ach, genau wie bei Radio Calais?«

»Exactement, madame! – Wenn wir erst mal auf Frequenz sind, dann kommt kein anderer mehr durch, hehe.«

»Chéri, chéri, du bist ein Genie!«

»Ich weiß, ma belle, sonst wärest du nicht mit mir zusammen!«

Lachend schlug sie mit einem Kissen nach ihm.

Lupin jedenfalls blickte zufrieden auf sein Werk. »Ich hoffe nur, dass es nicht zu heiß wird. Das wäre schlecht.«

»Zur Not kühlen wir es mit dem Blasebalg vom Kamin.«

»Was habe ich nur für ein Glück mit dir!«

Am Tag darauf kletterte er mit zwei Bediensteten auf das Dach und hantierte an der Funkantenne herum. Gemeinsam verdreifachten sie die bisherige Antennenleistung und stiegen zufrieden wieder hinab, nicht ohne die Drähte vorher als Wäscheleinen getarnt zu haben.

»Hmmmm … Sie sind noch vor Hannover«, sagte Lupin, als er mit Josette an der Enigma saß. »Jede Ente, die zu Fuß geht, ist schneller als die.«

»Ist Hannover nicht auch schon mehrmals bombardiert worden? Wer weiß, in welchem Zustand die Straßen dort sind.«

»Ich denke, es wird übel aussehen. Wenn sie durch eine Wolkendecke bombardieren, dann fällt das Zeug sonst wohin, und hinterher ist alles voller Bombentrichter und Blindgänger. – Ich möchte einen solchen Transport nicht führen müssen.«

Sie verbrachten den ganzen Nachmittag damit, ihren Plan bis ins letzte Detail weiter auszuarbeiten. Zwischendrin formulierten sie noch Meldungen für »Radio Calais«, die bei den deutschen Truppen weiter für Unruhe sorgen sollten.

Bei den Franzosen regte sich vorsichtige Hoffnung. Die deutschen Truppen, die in Nordafrika gewütet hatten, waren zwischen zwei alliierte Fronten geraten und hatten sich zusammen mit ihrem Verbündeten Italien der Übermacht beugen müssen. Mitte Mai hatten sie sich den anglo-amerikanischen Truppen ergeben. Hundertfünfzigtausend deutsche und hundertfünfundzwanzigtausend italienische Soldaten kamen in Gefangenschaft, und dies drei Monate nach Stalingrad. In Deutschland hatte sich das geflügelte Wort von »Tunisgrad« verbreitet – fast eine halbe Million verlorene Söhne in beiden Niederlagen insgesamt. Das Tausendjährige Reich bröckelte auch vom Südrand her.

Morlaix hatte seine Résistance zu einer schlagkräftigen Truppe ausgebaut, die nur darauf wartete, zum richtigen Zeitpunkt loszuschlagen. Auch die PCF – die Parti Communiste Français – wirkte im Untergrund tatkräftig mit und plante einen Aufstand gegen die Besatzer. In einer Geheimabsprache hatten Morlaix und die PCF vereinbart, sich über den Zeitpunkt beginnender Unruhen in Paris abzustimmen. Die Deutschen, deren geheimen Lauschern diese Stimmung in der Bevölkerung nicht verborgen blieb, verstärkten ihre Kontrollen und ihre Schikanen.

»Was ist das für eine Flasche im Bad?«, fragte Josette mit einem argwöhnischen Unterton.

»Das ist Salpetersäure. Habe ich heute Nacht synthetisiert.«

»Ar-sène-das-ist-jetzt-nicht-dein-Ernst!«

»Öhmmm …«

»Aaaa-berrr-gaaaanz-schnell!«

»Ich geh ja schon.«

Josette wirkte nachdenklich, als sie beim Mittagessen zusammensaßen. »Wir müssen unbedingt noch ein paar deutsche Uniformen stehlen, das reicht hier alles noch nicht aus!«

»Ma belle Josette, ich werde mich augenblicklich darum kümmern.«

»Wo hast du die Flasche mit dem Salpeter hin?«

»Die steht in der alten Garage, wo wir die beiden Kutschen haben.«

»Das gefällt mir schon erheblich besser.«

»Bringst du mir bitte mein Heizkissen?«

Auch in den folgenden Tagen herrschte Anspannung auf beiden Seiten. Radio Calais wiederholte alle Meldungen, die im Zusammenhang mit der deutsch-italienischen Niederlage in Nordafrika standen. Man sparte auch nicht mit Kommentaren zu Generalfeldmarschall Erwin Rommel, der Tunis vor der Kapitulation des Afrikakorps verlassen durfte, um seinen Nimbus als Kriegsheld nicht zu beschädigen.

Und auch die Nachricht, dass England und Amerika sich in Casablanca auf eine Invasion geeinigt hatten, kam immer wieder mitten hinein ins fröhlich-seichte Gedudel des Unterhaltungsprogramms. Auch hier leiteten die Siegesfanfaren der Nazis die Tatarenmeldungen ein und aus.

Auch Andernachs Generalsrunden waren angespannter als zuvor. Zwei seiner Generäle hatten am Morgen ihre Abordnung an die Ostfront erhalten und verabschiedeten sich mit todesgefassten Mienen, während die anderen ihre Betroffenheit nicht verbergen konnten. Es war inzwischen ein glattes Himmelfahrtskommando. Ausgerechnet Generalmajor Heimle war einer der beiden, und Andernach wollte sich eine spöttische Bemerkung nicht verkneifen: »Ich freue mich für Sie, Generalmajor, dass der Führer Ihnen dieses Vertrauen schenkt und dass Sie Ihre unverbrüchliche Treue zu ihm nunmehr an vorderster Front beweisen dürfen!«

Heimles Dank fiel verkniffen aus.

Eine Funkmeldung traf ein, der zufolge Karl in der Gegend zwischen Hannover und Bielefeld wegen schwerer Bombentrichter zum Stehen gekommen war. Offenbar war bei einem der beiden Straßenroller durch die heftigen Erschütterungen auf dem schlechten Fahrweg ein Rahmen gebrochen und musste geschweißt werden.

»Gott sei Dank brauchen wir das Scheißteil nicht!« Wütend knallte Andernach die Tür hinter sich zu. Durch das Fenster sah er General Heimle, gefolgt von einem Soldaten mit zwei Koffern, auf einen Kübelwagen zugehen, der ihn zum deutschen Militärflughafen bringen sollte. So schnell also wendet sich das Blatt, dachte er grimmig.

161

Im Laufe des Nachmittags tickerte die Meldung herein: Eine der beiden Generalsstellen wurde gestrichen, Heimle würde in einigen Wochen durch SS-Gruppenführer Heinz Lixfeld ersetzt, der bisher auf der Krim die Flak kommandiert hatte. Ein Signal, dass das OKW sich auf verstärkte Kampfhandlungen im Westen vorbereitete, ohne dies nach außen schon erkennen zu lassen. Andernach fühlte sich in seinen Ahnungen bestätigt: In Berlin wusste man also, was den deutschen Truppen in Frankreich bevorstand.

»Warum funken die uns eigentlich nicht direkt an, diese Karl-Heinis?«

»Strenge Geheimhaltung, Herr General! Täglich nur eine Positionsangabe!«

Knurrend wandte er sich ab.

Kaum war er zurück in seinem Büro, erhielt er Meldung, es habe im Osten von Paris mehrere kleine Aufstände gegeben, die von der SS blutig niedergeschlagen worden seien. Allerdings habe man dabei zwei Mann verloren.

»Nehmen Sie in der gleichen Gegend zweihundert Männer fest – für jeden Mann von uns einhundert Franzmänner! –, und dann erschießen Sie sie dort in aller Öffentlichkeit. Résistance und Kommunisten, mit diesem Pack werde ich schon fertig!«

Erneut badeten die Straßen von Paris in Blut. Die Leichen der Unglücklichen wurden auf deutsche Lastwagen geworfen und weit außerhalb von Paris in einem Massengrab verscharrt. Andernach war sehr zufrieden. Die Hinterbliebenen jedoch hatten kein Grab für ihre Trauer.

Die Rache der Résistance ließ nicht lange auf sich warten. Schon zwei Tage später geriet eine deutsche Kompanie im Bois de Vincennes, im Osten der Stadt, am helllichten Tag in einen Hinterhalt. Zwei Lastwagen wurden in die Luft gesprengt und die

Besatzung getötet. Da der Weg damit blockiert war, eröffnete die Résistance das Feuer auf die anderen Fahrzeuge, wodurch weitere sechsundzwanzig deutsche Soldaten starben, bevor die Überlebenden das Feuer erwiderten. Die Résistance verlor nur zwei ihrer Männer und nahm sie mit, bevor der kleine Trupp wie eine Geisterarmee in den Wäldern verschwand. Vermutlich verbargen sie sich weit entfernt in einem Erdloch, denn trotz aller Bemühungen verloren auch die deutschen Schäferhunde jede Spur von ihnen.

Diebold witterte seine Chance. »H' General, sollen wir dreitausendneunhundert von den Kanaken hier zusammentreiben? Schaffen wir an einem halben Tag!« Er schlug die Hacken zusammen, dass es knallte.

»Unsinn! Wegtreten!«

Enttäuscht marschierte Diebold hinaus, während Andernach überlegte, ob es nicht noch eine dümmere Methode gab, in Paris einen Volksaufstand auszulösen.

In den folgenden drei Tagen blieb es ruhig. Die Meldungen aus dem Karl-Transport trafen zuverlässig abends gegen sieben Uhr ein. Obwohl sie knapp gehalten waren, ließen sie die Mühsal eines Schwertransports erkennen, der durch ein von Bomben durchsiebtes Land fuhr. Kurz zuvor erst hatten britische Bomberverbände achttausend Sprengbomben und dreitausendfünfhundert Brandbomben über Hamm abgeworfen. Wegen der nächtlichen Dunstglocke über Hamm war die Zielfindung schwierig gewesen, die Bombenlast breit gestreut niedergegangen. Immer wieder kämpfte der Karl-Trupp sich durch Äcker, die einstmals Straßen gewesen waren. Mehrmals stießen sie auf Blindgänger britischer Bomben, die sie nicht selbst zu entschärfen vermochten. Das Warten auf die Bombenspezialisten dauerte Stunden über Stunden, die Entschärfung zog sich nicht weniger lang hin. – In einem Fall hatte der gesamte Zug sich sogar wieder einen Kilometer zurückziehen müssen, da der Blindgänger gesprengt werden musste.

Der Transporttrupp war schon jetzt mit den Nerven am Ende, dazu noch schlecht versorgt mit Lebensmitteln, da die Schreibtischhengste der Truppe die Transportzeit viel zu kurz eingeschätzt hatten und man sie zwischenzeitlich rationiert hatte. Auch der Malzkaffee, der Muckefuck, war auf scheußliche Weise mit Eicheln gestreckt und dämpfte die Stimmung eher, als dass er sie hob.

Inzwischen standen sie zwanzig Kilometer vor Hamm und schlugen ihr Nachtlager auf. Zwei verängstigte Ortspolizisten aus dem benachbarten Osttünnen hielten Wache und waren froh, als das Morgenlicht dämmerte. Sie standen dicht beieinander neben dem Begleitfahrzeug, das die tonnenschweren Granaten transportierte, und obwohl ihr Schritt schneidig war – ihre Knie waren weich.

»Chérie, wenn es nicht unsere Feinde wären, wir müssten Mitleid mit ihnen haben.« Lupin kratzte sich hinter dem Ohr.

»Warum?«, fragte Josette.

»Sie kommen und kommen einfach nicht voran. Und zu essen haben sie bald auch nichts mehr. Sie haben es nach Berlin gemeldet.«

»Und?« Josette fehlte das Mitleid ebenso.

»Man hat einen Transporter mit Essen losgeschickt, der allerdings ist vergangene Nacht im alliierten Bombenhagel verbrannt, mitsamt der Mannschaft.«

»Krieg ist so etwas Entsetzliches! Wir sind doch alle Menschen!«

»Erst wenn der Krieg wieder vorbei ist«, schüttelte Lupin den Kopf.

»Und jetzt?«

»Ich finde, es kommt unseren Plänen sehr entgegen.« Lupin lächelte wissend. »Wir müssen sie unbedingt füttern!«

Trotz ihrer Betroffenheit lachte Josette schallend auf.

»Morlaix wird richtig wütend sein, chéri!«

»Morlaix will immer nur schießen oder sprengen.« Josette machte eine verächtliche Handbewegung.

»Es ist halt Krieg, Josette …«

»Lass unter Morlaix' Feuer nur eine dieser Monstergranaten hochgehen, dann zündet sie auch die sechs anderen! Was bei *der* Explosion passiert, will ich mir lieber nicht vorstellen!«

Lupin war es zufrieden. Der Zug stand schon wieder einmal, diesmal in der Nähe von Dortmund. Und auch die folgenden Tage ging es buchstäblich nur ruckelnd weiter. Er verfolgte es mit einer Mischung aus Interesse und Mitgefühl.

»Morlaix will ihnen einen Hinterhalt legen, vor Villers-Cotterets. Dort müssen sie ein paar Kilometer durch den Wald. Er will sie in eine Sprengfalle laufen lassen und sie zusammen-schießen. Danach will er den Bombentransporter rauben und die Biester entschärfen. Er meint, dann hätte er über zehn Ton-nen Sprengstoff zur Verfügung. – Ich halte das für gefährlich!«

»Ach, deshalb willst du …?«

»Genau!«

Nach weiteren Tagen hatte der Transport Belgien durchquert und die französische Grenze passiert.

»Los geht's!«, meinte Lupin und blickte zufrieden auf sein aufgepäppeltes Funkgerät. »Vor Soissons fangen wir sie ab. Abfahrt heute Vormittag um zehn Uhr!«

Alle waren eingeweiht und kannten ihre Aufgaben. Lupin hatte einen der geraubten Armeetransporter nachts im Innenhof postieren lassen. Mit diesem fuhren sie unbehelligt zum Versteck der anderen Fahrzeuge. Gegen zehn Uhr setzte der Zug sich in Bewegung, mit einem gefälschten Marschbefehl und mit Reichskriegsflaggen auf den vorderen Kotflügeln – und mit einer Gulaschkanone an das letzte Fahrzeug gehängt.

Josette saß neben Lupin. Sie war in Uniform, und ihre Gesichtsmaske aus Latex sah aus wie das Gesicht von Diebold.

»Sag möglichst wenig!«, riet Lupin ihr. »Diebolds Visage genügt, um freie Fahrt zu bekommen.«

Ohne Probleme nahmen sie die Kontrollen.

Sie passierten Soissons. Auf der Höhe des kleinen Dorfes Leury verließen sie die Straße und bezogen Posten auf einer Wiese, von wo aus sie den entgegenkommenden Zug gut erkennen konnten.

Lupin hatte sein Funkgerät mit mehreren Autobatterien gekoppelt und schaltete es jetzt an.

»Achtung, Achtung, Transportzug Karl aus Berlin, hier Kommandantur Paris. Bitte melden!«

»Transportzug Berlin, Hauptmann Hebenkeuser, zu Befehl!«

»Folgende Anweisung: Vor Soissons auf Höhe Leury erwartet Sie deutscher Geleitzug. Hier Nachtlager aufschlagen und Essen fassen. Weiterfahrt im Dunkeln wegen geplanter Aktion der Résistance zu gefährlich. Sie unterstellen sich General Walther. Bestätigen Sie!«

»Bei Leury Empfang durch Geleitzug. Nachtlager aufschlagen und Essen fassen. Unterstellen uns General Walther. Zu Befehl!«

»Noch Fragen?«

»Wegen Essenfassen: Wir haben nichts mehr!«

»Geleitzug führt umfangreiche Lebensmittelvorräte mit …«

Der Rest ging im Gejohle glücklicher Männerstimmen unter.

»Die freuen sich schon drauf, dass wir sie schlafen legen«, lachte Josette, und die ganze Truppe lachte mit. »Also …«, sie wurde ernst. »Ab jetzt muss es laufen wie ein Uhrwerk: Ihr beide fahrt ihnen mit dem Kübelwagen entgegen bis zum Canal de l'Oise. Ihr wartet, bis sie den überquert haben. Dann sprecht ihr kein

Wort, sonst hört man, dass ihr Franzosen seid. Ihr winkt ihnen, euch zu folgen, und bringt sie hierher, wo ein großer duftender Topf Essen auf unsere hungrigen Freunde wartet. Verstanden?«

Roger und Jean-Luc nickten erfreut. Auch sie hatten Erfahrung gesammelt in der französischen Armee und wussten sich notfalls zu verteidigen. Die deutschen MPs, die sie sich umgehängt hatten, waren durchgeladen.

»Nehmt keinerlei Essen mit! Die sollen hier völlig ausgehungert ankommen.« Josette war ganz Offizierin.

Lupin legte einen Arm um ihre Hüfte. »Chérie, wir werden sie noch schlimmer hereinlegen als damals bei dem Kunstraub!«

»Und jetzt muss ich erst einmal diesen entsetzlichen Diebold aus meinem Gesicht kriegen.« Sie machte Anstalten, sich ihrer Maske zu entledigen, doch Lupin hielt sie auf.

»Bitte noch nicht chérie. Sie müssen erst schlafen.«

Die beiden Uniformierten fuhren in ihrem Kübelwagen los zum Kanal. Raymond hatte sich noch immer nicht ganz erholt und war stiller geworden als vor dem Überfall der SS. Nun aber ging er vergnügt pfeifend zu seiner Feldküche und öffnete ein riesiges Paket mit Nudeln. Eine Viertelstunde später zog der Geruch von Erbsensuppe mit Nudeln und gekochten Würsten durch das Lager. Josette hatte Mühe, ihre Leute daran zu hindern, etwas davon zu essen.

»Das Schlafmittel erst ganz zum Schluss, wenn sie schon in Sichtweite sind«, befahl Lupin. »Und dann kurz hochkochen und runter mit der Hitze, sonst zerfällt es und verliert seine Wirkung.«

»Ssou Beföhl, ’err Scheneral!«, salutierte Raymond grinsend, mit schwer überhörbarem Akzent.

»Wegtreten!«, bellte Lupin.

Plötzlich schreckte ein lautes Dröhnen am Himmel die ganze Truppe auf.

»Oh Mist!«, entfuhr es Lupin, denn eine tief fliegende Heinkel He 177 näherte sich langsam – ein schwer bewaffneter deutscher Bomber. Sie kam im Sinkflug direkt auf das Lager zu. Panik machte sich breit.

»Die haben uns entdeckt und schießen mit dem MG auf uns!«

»Ruhe bewahren, Leute!« Lupin stand mitten auf dem Platz, als die Maschine so tief über sie hinwegflog, dass man ihre feinen Schweißnähte sehen konnte. Lupin erblickte den Piloten in seiner durchsichtigen Kanzel. Anstatt zu fliehen, stand er stramm, salutierte militärisch und winkte zackig in den Himmel. Sofort schwenkte die Maschine in eine weite Rechtskurve, überflog den inzwischen ebenfalls angsterstarrten Lupin ein zweites Mal und wackelte grüßend mit den Flügeln. Dann zog sie unter Motorengedröhne hoch und war bald nicht mehr zu sehen.

»Chéri, geht es dir gut?« Josette kam unter einem Lastwagen hervorgekrochen.

»Alles in Ordnung, Liebling!«, rief Lupin. Doch als sie näherkam, sah sie, dass Lupin der Schweiß über das Gesicht rann. »Die dachten wohl, wir wären Deutsche, und haben sich einen Scherz mit uns erlaubt. Andererseits hat ihr Irrtum uns wohl das Leben gerettet. – Gibt es hier irgendwo Sherry?« Er ließ sich auf eine Kiste sinken.

Josette umarmte ihn fest. Dann holte sie ein kleines Fläschchen Sherry aus ihrer Armeetasche. Lupin ergriff sie hastig und leerte sie in einem Zug.

»Oh mein Gott!«, stammelte er schließlich, und auch die anderen erkannten, dass er zitterte.

Doch schnell hatten sich alle beruhigt, denn aus der Ferne ertönte der Motorlärm schweren Geräts. Der ganze Trupp rannte vor die Lastwagen, um zuzusehen.

»Moine Hörren, öst das Öhre Döszöplön?!«, rief Lupin mit Adolf Hitlers wütender Stimme. »Nöhmen Sö ordentlich Aufstöllung ond benöhmen Sö söch hör nöcht wie die Fronzosen!«

Josette schüttelte den Kopf, während Lupins Leute sich in militärischer Aufstellung übten. Lupin schritt ihre Front ab wie ein deutscher General, zupfte den einen am schlampig gelegten Revers, schalt den anderen für seine »ongöpotztön« Soldatenstiefel und rückte dem nächsten das Koppel zurecht. Seine Leute richteten sich augenblicklich auf, um wenigstens ein paar Minuten auszusehen wie ein deutscher Wehrmachtstrupp.

Trotzdem standen sie mit offenem Mund da, als der Geleitzug sich näherte. Vorneweg fuhr Lupins Kübelwagen und lenkte die Deutschen mit herausgestreckter roter Kelle auf die Wiese. Ihr aufgeregtes Winken ignorierte er. Augenblicklich versanken beide »Culemeyer« mit den aufgeladenen Teilen bis zur Achse im Erdreich. »Das hätten wir schon mal geschafft«, raunte Lupin Josette zu. »Da kommen sie ohne einen Bergepanzer nicht mehr raus.«

Wie elektrisiert starrten die deutschen Soldaten auf die dampfende Gulaschkanone und saugten den Duft in die Nase.

Lupin, in Generaluniform und voller Würde, ließ Hauptmann Hebenkeuser vor sich salutieren.

»Hauptmann Hebenkeuser, 4. Transportgeschwader aus Berlin! H' General, unterstelle mich Ihrem Befehl!«

»Besondere Vorkommnisse?«

»Jede Menge! Aber H' General ... dürften wir bitte Essen fassen?«

»Keine Disziplin, aha!«

»Wir sind seit Tagen ausgehungert!«

»Na gut. Trupp aufstellen zum Essenfassen!«

Die anderen hatten mitgehört und jubelten. Dann stellten sie sich in einer Reihe auf und schritten im Gänsemarsch zu Raymond, der sie blitzschnell versorgte und eilig weiterwinkte. – Sie mussten unbedingt alle gegessen haben, bevor der Erste von ihnen in Schlaf fiel.

Mit glücklichen Gesichtern schaufelten die ausgehungerten

169

Männer Raymonds Spezialgericht in sich hinein, und jeder von ihnen fasste nochmals nach.

Josette schaute ihnen ungläubig zu, und schon kippte der erste von ihnen zur Seite. Drei Kameraden wollten ihm zu Hilfe eilen, doch sie schwankten schon so sehr, dass sie neben ihm ins Gras fielen. Hauptmann Hebenkeuser machte mit der Hand eine Geste, als wäre er betrunken. Und dann schliefen sie alle und schnarchten wie die Seebären.

»Ducros und Sassi zu mir!« Flugs waren die beiden bei Lupin. »Ducros, aus Lastwagen sechs die gelb markierte Kiste holen und neben den Culemeyern abstellen. Sassi aus Lastwagen acht die rot markierte Kiste daneben!«

Lupin kam an mit einer großen grünen Ballonflasche, sie mochte an die zwanzig Liter fassen. In der anderen Hand trug er einen großen Glastrichter. Von seinem Gürtel baumelte eine Gasmaske.

»Jean-Paul«, wandte er sich an Sassi, »Gasmaske aufsetzen, Gummihandschuhe anziehen und mir assistieren! Größte Vorsicht! Alle anderen mindestens fünfzehn Meter Abstand!«

Er öffnete die gelb markierte Kiste. Zwischen Holzwolle und Stroh tauchte eine dickwandige grüne Zehnliterflasche auf, die die beiden vorsichtig heraushoben. Auch in der zweiten Kiste befand sich eine gut gepolsterte Flasche von dreieinhalb Litern, die neben die andere gestellt wurde.

Auf Lupins Kommando schraubte Sassi die Ballonflasche auf. Gemeinsam schütteten sie den Inhalt durch den Glastrichter in die große Ballonflasche.

»Salpetersäure!«, ertönte Lupins Stimme dumpf durch die Gasmaske. »Teuflisch giftig! Sauzeug! – Jetzt die andere!«

Sassi schraubte die zweite Flasche auf, deren Inhalt ebenfalls in den großen Behälter gegossen wurde. Nachdem die leeren Flaschen weggeschafft waren, betrachteten sie fasziniert, wie die zwei Flüssigkeiten miteinander reagierten.

»Und das zweite, Monsieur Lupin?«

»Salzsäure.«

»Und was haben wir damit jetzt hergestellt?«

»Königswasser.«

»Pardon?«

»Eau régale.« Lupin zog die Gasmaske ab, ließ den ratlos dreinblickenden Sassi stehen und schwang sich auf einen der Culemeyer. Genauestens inspizierte er den abgebauten Geschützturm mit der riesigen Kanone, danach die Selbstfahrlafette, auf die sie später wieder montiert werden sollte.

»Sollte reichen für beide ... Perfekt, perfekt!«

Neugierig war Josette nähergetreten.

»Chérie, du bist nicht nur die schönste Frau der Welt, sondern auch noch ein Genie!«

Gerührt klimperte Josette mit den Wimpern, nachdem sie sich zuvor schon die Dieboldmaske vom Gesicht gerissen hatte. Das brünette Haar fiel ihr nun wieder anmutig über die Schultern.

»Sag der Truppe Bescheid, sie sollen von den Deutschen alle Waffen einkassieren. Vermutlich hat Hebenkeuser auch Bargeld mitbekommen. – Ach ja, und die Armbanduhren natürlich auch!«

»Ssou Befehl, 'err Scheneral!«, machte Josette.

»Und das Funkgerät zerstören! Wenn sie damit fertig sind, sollen sie aufsitzen und die Fahrzeuge mit laufendem Motor in Reihe stellen. Die Reichsflaggen ersetzen durch französische Flaggen, und auf dem ersten Lastwagen die große Trikolore über den Kühler, damit Morlaix sie erkennt! Die beiden Kübelwagen nehmen wir natürlich mit.«

»'err Scheneral, darf ich eine Frage stellen?«, wandte Sassi sich an ihn.

Lupin lächelte ihn freundlich an.

»Was wird aus diesem Monstrum?«

171

»In zehn Minuten ist es nur noch Schrott. Hilf mir mal!«

Zu zweit stellten sie die Ballonflasche auf den Culemeyer mit dem Geschütz. Lupin winkte Jean-Paul, sich weit zu entfernen. Dann setzte er die Gasmaske wieder auf, hob die Flasche und ließ zehn Liter in das Kanonenrohr laufen. Noch bevor er die Flasche wieder verschraubt hatte, begann es zu qualmen, und giftiger gelber Dampf quoll aus der Mündung. Den Rest des Inhalts goss er über die Verankerung des Geschützturms auf der Selbstfahrlafette. Im Nu hing auch über dem zweiten Culemeyer eine giftgelbe Rauchwolke, dazu ertönte ein lautes Brutzeln.

Jean-Paul Sassi trat wieder zu Lupin.

»Königswasser, Jean-Paul, zerfrisst auch den härtesten Stahl und zersetzt sogar Gold und Platin. – Man muss es direkt vor der Anwendung zusammenmischen, so gefährlich ist das Zeug.«

Im Hintergrund qualmte und gurgelte es.

»Los, schnell weg hier!« Lupin sprang in den ersten Lastwagen, und schon setzte sich der ganze Zug in Bewegung. Im Westen näherte die Sonne sich dem Horizont. »Wir müssen noch vor der Dunkelheit im Wald sein, damit Morlaix die Flaggen erkennt!«

Es waren nur wenige Kilometer bis zum Wald von Soissons. »Hast du vorher die Waldzunge an der Côte de Vauxrot gesehen, die bis an die Straße reicht, chérie? Hier würde jedenfalls ich uns überfallen, wenn ich Morlaix wäre. Ich denke, genau dort finden wir ihn.«

Schließlich erreichten sie die von Lupin genannte Stelle, und schon knallten Schüsse. Da Lupin keine Einschläge hörte, nahm er an, dass jemand in die Luft geschossen hatte. Auf einen Schlag waren sie von Bewaffneten umringt. Ein Dutzend Mündungen richtete sich bedrohlich auf sie.

»Morlaix, was soll denn der Quatsch?«, rief Lupin zum Fenster hinaus.

»Mon-si-eur-Lu-pin!

Lupin stieg aus dem Lastwagen, die anderen ebenfalls, und bald war ein großes französisches Palaver zugange. Die verdatterten Gesichter der Résistance-Kämpfer sprachen Bände.

»Monsieur Lupin, im Namen der französischen Nation, was geht hier vor?!«

»Die schlafenden Boches finden Sie zwei Kilometer weiter rechts. Das Monstrum haben wir zerstört. Besser dort nichts anfassen!«

»Wir haben den Angriff hier über Wochen genauestens geplant!«

»Ach, Morlaix, überall wird gestorben und geblutet! Die Lupins bevorzugen stets die elegantere Variante, das wissen Sie doch.«

Morlaix seufzte. »Und jetzt?«

»Wir haben zwei deutsche Kübelwagen für Sie, dazu eine Ladung Waffen, Munition und Armbanduhren.«

»Und was machen wir mit den Boches?«, fragte Morlaix gepresst.

»Die gehören Ihnen.«

»Wenigstens sterben sie nicht hungrig …«, sagte Josette.

In Windeseile verluden sie die Beute. Lupin hatte die beträchtliche Bargeldsumme von Hauptmann Hebenkeuser Josette zugesteckt und sie bewusst nicht erwähnt. Morlaix' Leute fuhren los.

Lupin bedeutete dem eigenen Trupp zu warten. Nach wenigen Minuten hörten sie das Rattern von Maschinenpistolen, und Josette bekreuzigte sich, bevor sie die Flaggen austauschten und weiterfuhren, um endlich unbehelligt in ihrem Versteck anzukommen. Sie stiegen um in Lupins Generals-Mercedes, den sie mit gefälschten deutschen SS-Nummernschildern versehen hatten, und bald waren sie zu Hause. Raymond fuhr noch schnell den Wagen weg.

»Herr General, wir haben keinen Funkkontakt mehr zu unserem Transporttrupp!«

»Sollen bleiben, wo der Pfeffer wächst. Ich hab den Mörser nie gewollt!«

»Ja, aber sie antworten auf nichts mehr.«

Andernach überlegte. »Also gut: Suchtrupp zusammenstellen und sofort losfahren. Meldung über Funk!«

Diebold stürzte hinaus, um seinen SS-Trupp zusammenzustellen. Um zehn Uhr abends meldete er den Leichenfund. Die Erschossenen wurden auf Lastwagen gelegt, die Trümmer von Karl ließen sie zurück.

Als sie wieder ankamen, strahlte Andernach eine solche Kälte aus, dass selbst seine eigenen Leute wieder einmal Angst bekamen. Unbeeindruckt warf er einen Blick auf die Leichen. »Weg damit!«

Diebold gab Bestattungsanordnungen.

»Résistance?« Andernachs Stimme war nur noch ein Zischen.

»Das war generalstabsmäßig vorbereitet, H' General. Die zwei Hälften von Karl sind nur noch Schrott. Das ganze Geschützrohr ist zerfressen und verquollen. Keine Ahnung, wie man sowas hinkriegt!«

Noch in derselben Nacht schickte er eine schwerbewaffnete Einheit los. Die stürmte ein gut getarntes Versteck der Résistance, dessen Standort die SS aus einem verhafteten Résistance-Mann herausgefoltert hatte. Als sie wieder abzogen, ließen sie mehr als vierzig tote Franzosen zurück. Der Feuerschein über dem abgelegenen Bauernhof bei Chevry-Cossigny war kilometerweit zu sehen.

»Melden Sie diese Aktion nach Berlin!«, befahl er. »Über die andere Sache kein Wort!«

Dann schlief er in Lucys Armen.

Auch die folgenden Wochen gab es immer wieder Angriffe durch die Résistance und Verluste auf beiden Seiten. Mit dem untrüglichen Instinkt des erfahrenen Militärs allerdings nahm Andernach wahr, dass die Atmosphäre der Stadt sich immer stärker veränderte.

Es gab mehr und mehr kleine Gefechte und Überfälle, und es lag noch mehr Feindseligkeit gegen die deutschen Truppen in der Luft als ohnehin schon. Nur in den Bordellen herrschte Hochbetrieb, und die SS hatte Order, sie unbehelligt zu lassen, denn die Männer brauchten Zerstreuung, bevor man sie in den Tod schickte. Und dass der Tod von allen Seiten näherkam, war nicht zu übersehen.

Sie selber hatten den Tod gebracht, und nun kehrte er aus vielen Ecken zurück zu ihnen. Eine SS-Panzerdivision hatte Anfang Juni ein gewaltiges Massaker in der Nähe von Limoges verübt: Nach einem Partisanenangriff hatten sie das gesamte Dorf Oradour zerstört und fast alle Einwohner ermordet und über sechshundert Leichen zurückgelassen. Doch längst hatte sich gezeigt, dass der Widerstand der Franzosen nicht erlahmte, stattdessen wuchs der Hass auf die Besatzer allerorten, und ihre militärische Unterdrückung wurde immer schwieriger. Normalerweise gab es einen Punkt, an dem der Hass und der Widerstand der Unterdrückten in sich zusammenfielen, doch schien es den bei diesem Volk nicht zu geben. – Andernach konnte eine gewisse Bewunderung für seine Gegner nicht verhehlen.

Sartre und Simone waren ebenfalls stolz auf die wachsende Zahl der Scharmützel, die Résistance und Kommunisten den Deutschen bereiteten. Sie legten nun allen Ehrgeiz hinein, *Die Fliegen* auf die Bühne zu bringen. Die Proben im Théâtre Sarah-Bernhardt hatten längst begonnen, und alle hatten die Bedeutung des Stücks sofort erkannt. Umso größer war der Eifer, mit dem sie ihren künstlerischen Beitrag gegen die Unterdrücker leisten wollten.

Am 3. Juni endlich war Premiere: Auch das Publikum erkannte Sartres Aufruf zur Befreiung und bejubelte das Werk. Paulette hatte ihr Café extra geöffnet, und so feierte eine ausgelassene Truppe dort den gemeinsamen Erfolg.

Auch der *Combat* widmete den *Fliegen* einen großen Artikel, was die Bereitschaft der Franzosen zum Aufruhr weiter befeuerte. Simone schrieb an ihrem neuen Roman, doch wollte sie ihn erst herausbringen, wenn ihr Land wieder befreit war.

Andernach ließ sich den *Combat*-Artikel übersetzen. So ernst er seine Pflicht als Militärkommandant auch nahm, so sehr war er mit sich im Zwiespalt: Dieses Volk war nicht zu brechen. Eine weitere Strafaktion würde Schrecken und Tod mit sich bringen und am Ende wieder nichts bewirken.

Zwei Wochen später landeten alliierte Soldaten auf Sizilien und nahmen es ein. Während die Deutschen wie besessen an ihrem Atlantikwall arbeiteten und dafür Hunderttausende Zwangsarbeiter heranzogen, gab kurz darauf die italienische Führung unter König Viktor Emanuel auf und lief zu den Alliierten über. Der Duce wurde abgesetzt, der Krieg in Italien wurde jetzt von der Wehrmacht geführt. Andernach wusste die Zeichen zu deuten.

Als der katholische Nuntius ihn erneut aufsuchte, freute er sich sogar.

»Mein Sohn in Jesu Christo, ich habe Ihnen mitzuteilen, dass unser geliebter Bruder Arsène …«

»Geliebter Bruder?!«

»… sich entschlossen hat, dem irdischen Leben mit all seinen Versuchungen zu entsagen und sich dem katholischen Orden der Trappisten anzuschließen, der für seine besonders harten Regeln bekannt ist. Er hat sich in die Abtei Frattocchie begeben und sein Schweigegelübde abgelegt. So werden seine Lippen sich nunmehr bis zu seinem letzten Atemzuge nur noch siebenmal am Tage öffnen, um im Gebete den Herrn zu preisen. Gelobt sei Jesus Christus!«

»Meinetwegen sei er das! Ich habe da so meine Zweifel, wenn ich mir ansehe, was bei Soissons passiert ist!«

»Der Heilige Stuhl hatte erwartet, dass diese Botschaft Ihr schwer geprüftes Herz erfreuen möge, mein Sohn.«

»Die Geschichte in Soissons trägt Lupins Handschrift. Und nennen Sie mich nicht ständig Ihren Sohn, Himmelsakrament nochmal!«

Entsetzt bekreuzigte sich der Geistliche.

»Ja, aber …!«

»Ich fress' meine Dienstmütze, wenn Ihr neuerdings so frommer Kumpan da nicht die Finger drin hatte! Nach meiner Meinung hat er mit der Résistance zusammengearbeitet und uns das wichtigste Geschütz zerstört.«

»Mein Sohn, bezweifelst du ernsthaft das Wort der Heiligen Mutter Kirche, das dir durch ihren Nuntius überbracht wird?«

»Mir wär lieber, der Heilige Dings … äh … würde mir Lupin überbringen!«

»Der Herr wird dir deinen Irrtum verzeihen!« Der Nuntius erhob sich und segnete den Generaloberst. Andernach wand sich auf seinem Stuhl und mühte sich um Selbstbeherrschung.

»Gibt es Worte, die ich unserem christlichen Bruder Arsenius in deinem Namen überbringen darf?«

»Sagen Sie ihm, falls er jemals wieder in Frankreich auftaucht, zieh' ich ihn persönlich an seinen frommen Eiern bis nach Paris und bis ganz oben auf einen Turm von Notre-Dame, bevor ich ihn von da hinunterschmeiße!«

»So lasset uns beten …!«

»Hier ist die Militärkommandantur und keine Pilgerkapelle, verdammt!«

Der Nuntius blickte ihn schmerzerfüllt an und murmelte mit gefalteten Händen ein Gebet. Dann erhob er sich.

»Auch dich, mein Kind, wird unser Herr Jesus zur frommen Einsicht geleiten!«

»Mir die Einsicht, Lupin den Einlauf.« Andernach erhob sich und geleitete den frommen Mann hinaus.

Josette flog ihm entgegen und übersäte ihn mit Küssen. »Oh chéri, ich habe jedes Mal solche Angst, wenn du zu diesem Unmenschen gehst!«

»Man muss es nur machen wie die Kirchenleute: Nicht ablenken lassen und immer das letzte Wort haben.«

Der Mann im Ornat des päpstlichen Nuntius erhielt weitere leidenschaftliche Küsse.

»Madame, Ihr Verhalten ist in jeder Weise unangemessen, solange ich dieses heilige Gewand trage!« Er grinste breit. »Hilfst du mir bitte mal raus aus dieser Maskerade?«

»Nichts lieber als das!«, hauchte Josette, und die Bediensteten hielten sich diskret abseits.

»Feldpost für Sie, H' General!«

Voller Freude erkannte Andernach die Handschrift seines Sohnes auf dem Umschlag und riss ihn eiligst auf, sobald die Ordonnanz den Raum verlassen hatte. Hermanns Briefe erreichten ihn selten genug, denn die harten Kämpfe und Metzeleien an der Ostfront ließen dem Jungen kaum Zeit zu atmen. Gott sei Dank hatte er als General es rechtzeitig verhindern können, dass man ihn zur 6. Armee versetzte, die vor Stalingrad so blutig untergegangen war!

Ein warmes Gefühl durchströmte ihn, als er das Stück Papier entfaltete.

»Mein lieber Papa!«, las er.
»Auch wenn es hart ist, was uns hier alles abverlangt wird, so tun wir es doch alle in unverbrüchlicher Treue zu unserem

Führer, der uns diesen großen Auftrag gegeben hat, den Bolschewismus endgültig niederzuringen und unserem arischen Volk neuen Lebensraum zu schaffen. Alle sind wir fanatisch davon beseelt, und wir zweifeln keine Sekunde daran, dass der Sieg über den ostischen Untermenschen am Ende unser sein wird. – Jeden Tag bringen wir hier übermenschliche Opfer, denn auch der Untermensch hat Heimat und Familie und wehrt sich gegen jede Einsicht, dass ein höheres Volk und eine zur Herrschaft bestimmte Rasse nun einmal seine Ausmerzung verlangen.

Ich mache da immer nur kurzen Prozess: Das Pack wird erschossen, und ihre Häuser werden gesprengt. Manchmal machen wir uns auch einen Spaß daraus, ihnen mitten im russischen Winter die Häuser wegzusprengen, dann kann man sie auf Knien winseln sehen und weiß umso mehr, dass wir jedes Recht haben, dieses Land das unsere zu nennen und es vom Ungeziefer zu säubern. Hinterher krepieren ganze Familien in der Eiseskälte. Nachts haben wir minus dreißig Grad und darunter. – Kein Mitleid mit ihnen, der Kampf hat uns alle hart gemacht!

Hier gibt es nur Dreck und Juden, und ich knüpfe reihenweise junge Burschen auf. Das macht Spaß, vor allem wenn die fetten Russenweiber dann plärren und um das Leben ihrer Bastarde flehen! Da erst weiß man richtig, was es heißt, Deutscher zu sein!!!

Mein geliebter Vater, der Kanonendonner ruft, und wir wollen ja auch bald in Moskau sein und dem roten Pack die Hälse umdrehen. Was glaubst Du, wie viele es dann sein werden! Wir alle freuen uns jetzt schon darauf, wenn die Straßen dort voller toter Bolschewisten liegen.

Ich hoffe, es geht Dir gut und Du schiebst eine ruhige Kugel bei Deinem Franzmann. Wenn er frech wird, mach es einfach wie wir.

Sei herzlichst und ehrfürchtigst umarmt von Deinem Dich
liebenden Sohn
Hermann.«

Vaterstolz erfüllte Andernach und die Gewissheit, seinen einzigen Sohn zu einem Mann erzogen zu haben. Einem deutschen Mann, von dem Adolf Hitler nicht zu Unrecht verlangte, »hart wie Kruppstahl« zu sein. Erst jetzt bemerkte er das Foto, das mit im Kuvert gelegen hatte: Es zeigte eine Urkunde. Der Führer hatte Hermann das Eiserne Kreuz II. Klasse verliehen! An manchen Tagen war es einfach herrlich, Vater zu sein.

»Die Italiener, dieser Haufen von weibischen Spaghettifressern, haben sich gedrückt und die Seiten gewechselt! Aber wir liegen hier immer noch in der Scheiße, während die hohen Herren und Goldfasane Urlaub an der Ostsee machen! Und der Führer selbst sitzt die meiste Zeit auf seinem Berghof und macht sich ein schönes Leben!«

Auch Andernach hatte sich inzwischen angewöhnt, Radio Calais zu hören, obwohl auf das Hören von Feindsendern die Todesstrafe stand. Aber worauf stand die eigentlich nicht?

Berlin hatte General Rommel an die Westfront geschickt, um den Atlantikwall auf Vordermann zu bringen. Und nur Radio Calais hatte verbreitet, dass die hochgepriesenen Verteidigungsanlagen dort hinten und vorne nicht ausreichten.

Streng geheime Ausarbeitungen aus dem OKW berichteten, Ende November 1943 habe eine Konferenz in Teheran stattgefunden, auf der Churchill, Roosevelt und Stalin bereits über die Neuordnung Deutschlands nach dem Krieg verhandelten.

Der *Combat* hatte dazu einen ausführlichen Artikel veröffentlicht, und er hatte die Franzosen aufgefordert, ihre Kräfte zu schonen für das letzte Gefecht: An der bevorstehenden alliierten Invasion bestand kein Zweifel mehr, und Andernachs Gestapo hatte ihm mitgeteilt, dass Résistance und Kommunisten Waffen sammelten und Einsatzpläne entwarfen. Von England her agitierte General de Gaulle und stellte unermüdlich das Recht des deutschen Volkes infrage, den seit Generationen verhassten Erbfeind endlich in die Schranken zu weisen. Andernach bedauerte, dass dieser Mann, der Tag und Nacht gegen die deutschen Besatzer hetzte, außerhalb der Reichweite seiner Geschütze lag. Wollte man Frankreich dauerhaft in Besitz nehmen, dann musste man dieser Schlange den Kopf zertreten.

»Wir müssen dieser Schlange den Kopf zertreten!«, sagte Morlaix energisch. »Am besten, wenn er das Haus seiner Schnalle verlässt.«

Lupin wiegte bedächtig das Haupt. »Morlaix, ich rate zu höchster Vorsicht. Wir dürfen nichts lostreten, was wir hinterher nicht mehr kontrollieren können. – Noch einen Sherry?«

»Wir treten erst einmal gar nichts los. Andererseits werde ich nicht untätig zusehen, wie diese Boches unsere Zivilisten massakrieren. In Oradour haben sie Frauen und Kinder in eine Kirche gesperrt und sie dann angezündet!«

»Ich kenne Andernach inzwischen zu gut …«

»Wie bitte, Sie kennen ihn? Auch noch gut? Sitze ich hier mit einem Kollaborateur?«

»Morlaix, hören Sie auf mit dem Unsinn!«

»Ich muss wirklich bitten!«, mischte Josette sich ein. »Mein Mann platziert dort gezielt Falschinformationen!«

Morlaix schüttelte den Kopf. »Ich denke, die haben ein Kopfgeld ausgesetzt auf Sie?«

»Auf mich schon, nicht aber auf den katholischen Nuntius.«

Morlaix' schallendes Gelächter war im ganzen Haus zu hören.

Josette erzählte ihm, wie Lupin in Verkleidung des Erzbischofs Grégoire Mandrel auf Andernachs Fest erschienen war, und trotz der angespannten Lage im Land waren die drei in gehobener Stimmung, und der Sherry floss reichlicher, als er eigentlich sollte.

Lupin grübelte. »Wissen Sie, Morlaix, dieses entsetzliche Sterben überall … Ich halte das nicht mehr aus. Mit jeder kleinen Aktion, die Sie und Ihre Leute unternehmen, ärgern wir die Boches. Nur … im Grunde ändert sich gar nichts. Wir brauchen einen langfristigen Plan, wie wir die Alliierten bei ihrer Invasion unterstützen können. Und wie wir uns verhalten, wenn sie auf Paris zumarschieren. – Es muss so wenig französische Leben kosten wie nur irgend möglich.«

Sie diskutierten noch über zwei Stunden.

»Also …«, überlegte Morlaix, »… wir müssen ständigen Druck ausüben auf Andernach. Einerseits Sie als Kirchenmann …« Lupin neigte huldvoll den Kopf, »… und andererseits über den schwedischen Generalkonsul.«

»Andernach muss richtig Angst haben! Wir müssen ihm klarmachen, dass die Pariser ihn lynchen werden oder dass die Alliierten ihn als Kriegsverbrecher vor ein Sondergericht stellen, sobald der Krieg vorbei ist.«

»Wir müssen ihn in den Wahnsinn treiben!«, ergänzte Josette. »Bei jeder Entscheidung, die er ab jetzt trifft, muss er sein eigenes Ende vor Augen haben!«

Lupin warf ihr einen Blick voller Verehrung zu.

»Ondernoch, wos hoben Sö söch dobei nor gedocht!«, bellte er unversehens los. »Öch wörde nach Pariss kommen ond Sö pörsönlich on dö Wond stöllen!«

Morlaix verzog den Mund zu einem bitteren Lächeln. »Mein Führer, Sie sind unschlagbar.«

»Dö Vorrrsähung hot mich dazo böstömmt!«, bellte Lupin.

Sie leerten den restlichen Sherry.

»Mein Leben lang war ich ein Dieb und habe geraubt und gestohlen, was ich nur konnte«, sagte Lupin, »aber jetzt bin ich nur noch Franzose!«

»Wir müssen unbedingt meine Hitler-Uniform aufpolieren«, überlegte Lupin. »Ich könnte damit gut in die Kommandantur zu Andernach …«

»Das dulde ich keinesfalls!«

Lupin wusste, wann das letzte Wort seiner Gattin gesprochen war.

Die Wochen zogen sich hin. Jeder spürte, es lag etwas in der Luft. Radio Calais hatte gemeldet, die Deutschen hätten Funksprüche der Alliierten abgefangen, nach denen die First United States Army Group mitten in den Vorbereitungen für eine Invasion steckte. Allerdings diskutierten sie wohl noch die Örtlichkeiten, denn in den Funksprüchen war das eine Mal von Dover-Calais die Rede, ein anderes Mal wieder von Norwegen. Andernach hatte Verstärkungstruppen angefordert und als Antwort erhalten, man brauche diese in Norwegen, um sich gegen die dort erwartete Invasion abzusichern.

Lupin hatte seine eigenen Informationen, und er vermutete stark, dass es sich um ein Verwirrspiel handelte, das die deutschen Truppen in Norwegen festhalten sollte. Er kümmerte sich darum, dass Radio Calais mit zusätzlichen Meldungen für Verwirrung sorgte.

»Was hältst du von den Gerüchten um diese First Army Group, Arsène?«

»Nach meiner Kenntnis existiert sie gar nicht, chérie.«

»Ja, aber alle reden doch davon?«

»Die Boches fallen darauf herein, und das ist die Hauptsache … Aaahhh!«

»Schon gut, ich bringe dir dein Heizkissen.«

Lucy hatte Andernach gut wachgehalten. Da dies jedoch schon

die dritte Nacht hintereinander gewesen war, fühlte er sich gerädert und übermüdet. Er hatte tiefe Ringe unter den Augen, als er zu seinem Büro schritt. So gab er Order, ihn die nächsten drei Stunden keinesfalls zu stören, und legte sich auf die Chaiselongue in seinem Büro, wo er augenblicklich einschlief.

»Der vögelt uns noch alle um den Endsieg«, zischte Diebold hinterhältig. Die Umstehenden schwiegen, denn keiner wagte es, den Chef zu kritisieren. »Ihr werdet sehen, wenn die Invasion kommt, liegt der gerade bei seiner Schlampe und bekommt überhaupt nichts davon mit!«

Diebold wusste, damit hatte er etwas gegen Andernach in der Hand. Schon der Verlust von Karl war Berlin unterschlagen worden. Beides zusammen konnte durchaus noch wertvoll werden.

»Von welcher Invasion sprechen Sie?«, fragte ein hinzugetretener SS-Mann scharf.

»Von der, die Churchill und seine Saufkumpane gerne hätten, die sie aber niemals bekommen werden!«, antwortete Diebold ein bisschen zu hastig.

Der SS-Mann starrte ihn lange an, bevor er Block und Stift herauszog, sich eine Notiz machte und wortlos davonging.

»Der Herr Generalkonsul von Schweden möchte Sie sprechen, Herr General.«

Andernach saß an seinem Schreibtisch, stoppelbärtig und schlecht gelaunt.

»Sagen Sie mir nicht schon wieder, dass Sie abnehmen sollten!«, knurrte er zur Begrüßung.

»Mon Dieu, ich sollte es trotzdem! Offensichtlich treiben Sie wesentlich mehr Sport als ich, Herr General.«

Mit langsam arbeitendem Gehirn überlegte Andernach, ob er es als Kompliment verstehen sollte oder als unverschämte Anspielung.

»Was haben Sie auf dem Herzen, Generalkonsul?«

»Herr General, es geht mir in erster Linie um Sie. Die Regierung des Königreichs Schweden hat zuverlässige Informationen, dass die viel diskutierte Invasion an der Westfront beschlossene Sache ist.«

»War mir neu«, knurrte Andernach sarkastisch.

»Nach den Erkenntnissen, die uns vorliegen, wird es eine mehrfache Übermacht sein. Mit Verlaub, Herr General: Sie haben so gut wie keine Chance!«

»Der Führer hat uns hierhin gestellt. Seinen Befehlen folgen wir. Notfalls bis in den Tod.«

»Meine Regierung bittet Sie, sich auf alle Eventualitäten vorzubereiten. Sie möchte verhindern, dass es zu einem riesigen Blutvergießen kommt.«

Einen Moment lang wurde Andernach nachdenklich. »Herr Generalkonsul, weder Sie noch ich werden das entscheiden. Aber so viel steht fest: Wir werden kämpfen bis zum letzten Mann.«

»Und wenn Sie dann ein völlig zusammengebombtes Paris hinterlassen, werden Sie dann zufrieden sein mit Ihrem Leichenberg?«

»Deutsch sein, verehrter Herr Generalkonsul, das heißt, eine Sache um ihrer selbst willen zu tun.«

Noch eine Viertelstunde lang versuchte Lindström, Andernach von dem aufziehenden Wahnsinn abzubringen, doch er blieb erfolglos. Beide wussten, dass sich für Paris ein grausamer und sinnloser Untergang abzeichnete. Doch Befehl war Befehl.

Die Wochen schlichen dahin mit der üblichen Besatzungsarbeit, die an Brutalität und Grausamkeit nicht nachgelassen hatte. Die deutsche Ostfront brach weiter zusammen, die verbleibenden deutschen Truppen wurden von sowjetischen Einheiten immer weiter nach Westen gedrängt. Mussolini war nur noch eine Marionette, alliierte Truppen waren von Süden her weit nach Italien vorgedrungen. Er brauchte nur zwei und zwei zusammenzuzählen, um zu wissen, dass die deutschen Großmachtträume dabei waren, endgültig zu implodieren.

In seiner Generalsrunde gab er die Order aus, jedes gefangene Mitglied der Résistance, egal ob männlich oder weiblich »mit äußerster, kompromissloser Härte!« zu misshandeln. Er musste alle Pläne der Résistance kennen: Nicht mehr lange, und sie würden in Paris den Aufstand wagen!

Auch die Mannschaften wurden vorsichtiger, denn sie fühlten sich nirgends mehr sicher, weder tagsüber noch nachts. Schon deshalb blieben sie abends in ihren Quartieren, wo sie jeden Tag die wildesten Saufgelage veranstalteten. Die Angst hatte um sich gegriffen, gerade weil niemand es wagte, sie auszusprechen. Doch sie kroch nun in alle Ecken. Einstiger Siegestaumel war düsteren Vorahnungen gewichen.

Auf dem Gelände der Kommandantur standen die zerstörten Hälften von Karl und rosteten.

»Wir haben ein Problem«, sagte Morlaix, »und wir brauchen Ihren Rat.«

»Mhmmmm…« Lupin nippte an seinem Sherry. Er hatte Waffen verteilen lassen an Raymond und drei Dutzend weitere Bedienstete, und ihnen aufgetragen, die Mauern des Palais unauffällig zu sichern und auch vom Dach aus anrückende SS-Truppen notfalls unter Feuer zu nehmen. Zu diesem Zweck hatten sie dort oben ein gut getarntes MG-Nest errichtet, direkt unter einem verwaisten Storchennest.

Andernach hatte den Terror noch weiter gesteigert, sodass in Paris niemand mehr wusste, ob und wie es ihn erwischen würde. Tatsächlich hatten die SS-Schergen sich einen Spaß daraus gemacht, Menschen willkürlich vom Fahrrad herunterzuschießen: *Wir haben die Macht!*, sollte das heißen. *Wir können mit euch machen, was wir wollen!*

Die Leichen – Männer, Frauen und auch ein paar Jugendliche – lagen über eine Woche auf den Straßen, denn Andernach hatte den Angehörigen bei Todesstrafe verboten, sie abzuholen und würdig zu bestatten.

»Meine Lieben«, hatte Lupin zu seinen Bediensteten gesagt, »der ganze Irrsinn der Boches wird immer noch irrsinniger. Josette und ich hoffen, dass dort niemand erfahren hat von Monsieur Morlaix' anstehendem Besuch und dass er ohne Probleme vonstattengeht. – Sollten die Boches jedoch Wind davon bekommen haben, dann kann es sein, dass wir alle heute unseren letzten Tag erleben. Bitte versprecht mir, dass ihr im Ernstfall bis zum letzten Atemzug kämpft und dass ihr so viele von denen wie möglich mit euch nehmt. Wenn sie kommen, werden wir immer in Unterzahl sein. Deshalb brauchen wir heute alle unsere Mittel, um uns zu behaupten. – Sollte es gut gehen, dann lasst uns dankbar sein und ganz normal weiterleben. Sollten wir heute untergehen, dann wollen wir es gemeinsam tun als unseren letzten Dienst an unserem geliebten Frankreich! Ich liebe euch alle! Vive la France!«

Das Echo der Bediensteten war lauter als es dem Vorhaben zuträglich war, und Josette liefen die Tränen über die Wangen.

Die Männer bezogen ihre Posten. »Monsieur Lupin, könnten wir auch eine Waffe haben?«, fragten die Köchin und ihre Küchenhilfe. »Nur für den Fall, dass sie durch die Küche kommen …?«

Lupin und Josette lächelten bitter. Zwei Minuten später hatten die beiden Damen ihre MAS-49 in der Hand, jede mit einem gefüllten Zehn-Schuss-Magazin nebst vollem Reservemagazin.

Als Morlaix am Schlosstor läutete, ratterte zugleich eine motorisierte deutsche Kompanie vorbei. Alle Leute im Schloss spannten sich an, Hände wurden schwitzig, Zungen trocken.

»Jetzt darf keiner von uns die Nerven verlieren«, flüsterte Lupin, während Morlaix mit einem Paket gebügelter Bettwäsche unter dem Arm eilig ins Haus geleitet wurde.

Doch alles blieb ruhig, der Motorenlärm verebbte in der Ferne.

»Also, Morlaix, was ist das Problem?«

»Sie kennen Lucy LeGentil?«

»Wer kennt sie nicht?«, antwortete Josette. »Eine Schauspielerin, eine Ikone Frankreichs – und jetzt lässt sie sich von diesem Schlächter besteigen! Dabei haben wir doch an sie geglaubt!«

»Sie wird immer gefährlicher für uns, und immer unberechenbarer.« Morlaix drehte sich eine Zigarette unter Josettes missbilligendem Blick. »Wir verstehen nicht ganz, was für ein Spiel sie hier spielt.«

»Wie meinen Sie das?«

»Sie hat mit den Großindustriellen ganz Frankreichs geschlafen.« Er zog an seiner Zigarette, während Josette demonstrativ hustend ein Fenster öffnete. »Ich muss Ihnen nicht erklären, was Männer einer Frau im Bett alles erzählen. – Sie muss über jede Menge Informationen verfügen, und wenn sie nur einen Teil davon an Andernach weitergibt … Immerhin hatte sie auch einmal eine Affäre mit Richard Leblanc, dem Rüstungsmagnaten. Nicht auszudenken, wenn …«

»Ich verstehe.« Lupin kratzte sich am Kinn. »Sie fürchten, Andernach horcht sie aus und profitiert davon bei seinen Barbareien.«

»Sie ist schön, aber nicht besonders helle. Wahrscheinlich würde sie es nicht einmal merken.«

»Wir haben sie einmal bei den Rochards erlebt. Sie hat unentwegt geplappert, nur dummes Zeug und immer nur über sich selbst.« Josette machte eine wischende Bewegung vor den Augen. »Sie ist und bleibt nun mal ein Parvenü. Kein echter Stil, dafür viel Pose.«

»Sagen Sie mal, Morlaix ... Die Résistance ist ja sonst nicht gerade zimperlich. Was hindert sie daran, diese Frau unter Druck zu setzen?«

»Wenn wir das tun – immerhin ist sie eine begnadete Hysterikerin –, dann rastet sie völlig aus. Hinterher haben wir dann Probleme mit Andernachs Schlächtertruppe. Das Risiko ist uns zu groß.«

»Warum töten Sie sie nicht einfach?«, fragte Josette.

Morlaix schwieg lange. »Wissen Sie, Madame ... es gäbe Möglichkeiten, sie auf diese Weise loszuwerden. Die Folgen allerdings lassen sich nicht mehr kalkulieren. Wenn es uns nicht gelingt, den Mord an ihr den Deutschen unterzuschieben, dann werden die Leute sagen, wir waren es. Diese Frau ist für viele nach wie vor eine französische Ikone. Es könnte einen öffentlichen Aufschrei geben, der uns sehr schadet.«

»Ich verstehe nicht.« Lupin rückte sich das Heizkissen zurecht.

»Das Jahr hier geht zu Ende. Für das Frühjahr rechnen wir damit, dass alliierte Truppen an Frankreichs Westküste landen und sich auf Paris zubewegen. Bis dahin werden wir weitere Mitglieder rekrutieren müssen, um die Stadt in einen Aufstand zu führen, der die deutschen Truppen bindet. So können sie nicht gegen die Invasionstruppen aufgeboten werden, verstehen Sie?«

Die Lupins nickten.

»Wir müssen unter allen Umständen vermeiden, dass die Stimmung gegen uns kippt. Wir brauchen jeden Mann und jede Frau. Wir brauchen Unterstützung, wir brauchen Spione, wir brauchen Transporteure und Dokumentenfälscher. Die Résistance muss so geschlossen sein wie nie, und sie darf keine Sympathisanten verlieren.«

Lupin schwieg lange. Dann sagte er: »Man müsste sie auf jeden Fall dazu bringen, ihre Liaison mit Andernach aufzugeben. Soll der sie dann doch umbringen!«

»Das wäre die beste Lösung«, stimmte Josette zu. »Wenngleich sehr unmenschlich.«

»Madame, haben Sie schon einmal einen menschlichen Krieg gesehen?«

»Es könnte jemand mit ihr sprechen, der die nötige Autorität besitzt«, überlegte Lupin.

»Genau, genau, Monsieur!« Morlaix blickte Lupin unverwandt an, bis der auf einmal begriff.

»Wie bitte? Ich? Warum ich?«, rief Lupin aus.

»Chéri, ich dulde keinesfalls, dass du dich mit dieser … äh … Person allein triffst!«

Lupin kannte diesen unruhig flackernden Blick seiner Gemahlin nur zu gut.

»Also, Morlaix, was ist das denn für eine …?«

»Chéri, ich dulde es nicht!«

»Ja, Him-mel-noch-mal, Josette, ich habe doch überhaupt noch nicht zugesagt!«

Eine Stunde später hatte er es.

Josettes Augen sandten mächtige, mächtige Feuerstrahlen durch den Raum, auch wenn sie sich Morlaix' Ansinnen inzwischen gefügt hatte.

»Es geht um Frankreich, Madame!«

»Das-hoffe-ich!«

Zu dritt hatten sie das Thema diskutiert, wobei Josette den Rollenwechsel perfekt beherrschte zwischen kühler Planerin und rasend eifersüchtiger Ehefrau. Morlaix' ursprünglicher Plan, Lupin solle als er selbst auftreten, war nicht durchführbar: Lupin weilte ja vermeintlich in einem Trappistenkloster in Italien. Sollte er nun unerwartet bei Lucy auftauchen, dann würde diese es unverzüglich Andernach melden. Der wiederum würde ver-

mutlich die Apostolische Nuntiatur überfallen und alle Gottes-
männer an den alten Bäumen dort aufknüpfen lassen, bevor er
das ganze Gebäude in die Luft sprengte. Da er dort allerdings
den echten Kardinal Mandrel treffen würde, wäre Lupins Inko-
gnito zerstört. Auch diese Folgen wären unabsehbar.

Schließlich war es ausgerechnet Josette, die die zündende
Idee hatte.

»Chéri, ich sage es nur äußerst ungern, aber ich könnte mich
mit dem Gedanken anfreunden, dass du diese … Person als
katholischer Nuntius aufsuchst. An einem Kardinal wird sie sich
ja hoffentlich nicht vergreifen … wollen!«

»Das ist eine geniale Idee, Madame! Schlichtweg genial!«, rief
Morlaix aus.

Lupin wirkte wenig überzeugt. »Und was soll ich ihr dann
sagen? Ihr einen Psalm vorsingen?«

»Chéri, du hättest die Autorität eines päpstlichen Gesand-
ten!«

Morlaix nickte zustimmend.

»Hmmm … hmmm … mit dem Segen unserer Heiligen Kirche könnte ich sie vielleicht dazu bringen, als Informantin der
Résistance …?«

»Was für eine Idee, chéri!«

»Monsieur, Sie sind wirklich unglaublich!« Morlaix nickte
bedächtig. »Die Hoffnung aller Gläubigen ruht von nun an auf
Ihnen!«

Dann besprachen sie die Einzelheiten ihres Plans. Josette war
Feuer und Flamme.

»Wann treffe ich sie in ihrer Wohnung an?«

»Vormittags schläft sie immer lange. Kein Wunder.«

So gab Lupin Anweisung, seinen Ornat aufzubügeln und den
Generalswagen mit vatikanischen Kennzeichen zu versehen
sowie mit einer päpstlichen Standarte. »Rufen Sie den jungen
Gérôme zu mir!«

Gérôme war erst zwei Monate bei den Lupins. Er war sehr stolz, für den berühmten Meisterdieb arbeiten zu dürfen, und brannte vor Ehrgeiz. Seine Augen funkelten in dem Gesicht, das von einer langen blonden Mähne eingerahmt war.

»Gérôme, du wirst Mönch! Du bekommst eine Kutte und Sandalen, danach lässt du dir die Haare schneiden.«

»Monsieur, meine H…?«

Zwanzig Minuten später trug er eine Mönchstonsur und wirkte arg geknickt in seiner braunen Kutte. Seine großen Zehen in den Sandalen wippten unruhig auf und ab.

»Morgen Mittag fährst du mich zu Madame Lucy. Ich will Punkt zwölf Uhr dort sein. Größte, allergrößte Diskretion!«

»Zu Madame Lucy? Der berühmten Schauspielerin?«

Am nächsten Vormittag erhielt er von Lupin genaueste Anweisungen, wie man sich als Fahrer eines hohen geistlichen Würdenträgers zu verhalten hatte, dann nahm Lupin Platz im Fond. Als der Wagen die Straßen entlangrollte, blieben viele Menschen stehen und bekreuzigten sich, oder sie winkten dem frommen Mann. Lächelnd wie ein guter Hirte, dankte Lupin für die Ehrenbezeugungen und winkte jovial zurück. An einem Kontrollpunkt segnete er drei deutsche Soldaten, die niederknieten und für ein glückliches Ende des Krieges beteten.

»Du wartest hier im Wagen auf mich. Ich bin spätestens in einer Stunde wieder hier. Und dass du mir keinesfalls aus dem Wagen steigst!«

»Was soll ich solange machen, Monsieur?«

»Hier hast du ein Brevier!«

Die Concierge ließ erschrocken Stift und Schreibblock fallen, als sie den Kardinal erblickte, stürzte zur Innentür des Windfangs und riss sie weit auf, wobei sie auf die Knie fiel und den Kopf senkte.

»Vater, bitte segnen Sie mich! Das Leben ist so grausam geworden!«

Lupin biss die Zähne zusammen und murmelte einen lateinischen Segen. In diesem Moment kam der Hausmeister um die Ecke in verschlissener Kleidung und mit einer beträchtlichen Bierfahne.

»Raluca!«, brüllte er, und aus dem Kellergeschoss kam eine gequäkte Antwort. Nicht lange, und die massige Raluca tauchte auf in einem abgewetzten Kittel. Sie trug einen Blecheimer mit Schmutzwasser, hatte beeindruckende Krampfadern an den Beinen, und einen Friseur hatte sie vermutlich zum letzten Mal vor dem Beginn des Ersten Weltkriegs gesehen.

»Joiiiiiiii!«, schrie sie, ließ scheppernd den Eimer fallen und schlug die Hände vors Gesicht. Der Eimer kippte um und ergoss sich über den Fußboden. Lupin sprang kurz hoch vor dem Wasserschwall, während die Concierge blitzschnell einen Besen ergriff und alles zu dem Gully in der Mitte des Eingangs fegte.

Schon fielen beide auf die Knie. »Cardinale … bitte auch … ich rumänisch!«

»Ja, Himmel nochmal!«, knurrte Lupin und spendete auch diesen Segen mit professioneller Routine.

Die Concierge wies ihm das Stockwerk und die Wohnungsnummer, Lupin hatte Mühe, sie dort wieder loszuwerden, nachdem er sie bei Jesus Christus hatte schwören lassen, dass sie niemandem von seinem Besuch erzählen werde.

Er straffte sich, neigte den Kopf ein wenig und drehte dann mehrmals an der Türschelle. Es dauerte geraume Zeit, bis eine völlig zerzauste und verschlafene Lucy öffnete, bekleidet mit einem hauchdünnen Morgenmantel, der vorn aufklaffte und ein hauchdünnes, durchsichtiges Negligé erkennen ließ.

»Meine Tochter, Gott zum Gruße! Ich bin …«

»Ein Kardinal …?«, fragte Lucy verschlafen. »Ich bin doch schon getauft …«

»Ich muss Sie sprechen in einer Angelegenheit von großer Wichtigkeit …«

»Haben Sie eine neue Rolle für mich? Als Frau eines Kardinals?«

Sie ist wirklich nicht sehr helle, dachte Lupin sich. Er spürte Josettes stählernen Blick im Nacken.

Sie tauschten ein paar Sätze aus, dann schien sie wacher zu werden und bat Lupin in ihr Boudoir. Sein umgehängtes Kruzifix blieb am Türknauf hängen und riss ihn kräftig am Hals, sodass er sein spontan ausgestoßenes »Merde …« gerade noch hinunterschlucken konnte.

Lucy, deren rot lackierte Zehen aus schmalen hochhackigen Riemchensandalen leuchteten, bat ihn, in einem pompösen Fauteuil Platz zu nehmen, und setzte sich auf die Couch, schlug die Beine übereinander, sodass ihr kurzes Negligé voll zur Geltung kam. Lupin konnte sich einen Blick geistlichen Wohlwollens nicht verkneifen, nicht zuletzt auch, weil das Negligé ihm ein üppiges Dekolleté präsentierte, sodass er sich mit größter Selbstdisziplin zur kirchlichen Ordnung rufen musste. Lucy strahlte dabei eine naive Unbefangenheit aus, und sie wippte mit den Beinen, bis Lupin sich entschloss, dem unchristlichen Schauspiel ein Ende zu setzen.

Er hob das Kreuz an seinem Hals ehrfurchtsvoll hoch, küsste es und ließ es wieder sinken. »Meine Tochter, ich suche Sie heute auf im Auftrag des Heiligen Stuhls in Rom«, begann er schließlich.

»Gefällt Ihnen der Stuhl nicht?«, unterbrach Lucy ihn verwirrt.

»Ich spreche zu Ihnen im Auftrag des Heiligen Vaters, des Papstes«, verdeutlichte Lupin sein Anliegen.

»Ach, der mit dem weißen Mützchen? Ich hab ihn mal im Kino gesehen!«

Lupin beherrschte sich. Ihm selbst wäre niemals eingefallen, so von Pius XII. zu reden.

Erst langsam wurden Lucys Züge ernster, und sie schien zu

erfassen, dass der Kardinal sie in einer wichtigen Angelegenheit aufgesucht hatte.

»Meine Tochter, in Frankreich herrscht Krieg, und in Paris eine Besatzung von unvorstellbarer Grausamkeit …«

»Monsieur, ich verstehe nichts von Politik.«

»Aber die Leichen auf den Straßen sind Ihnen nicht entgangen?«

»Ja, ja, hässlich sowas! Dabei war die Stadt einmal so schön!«

Lupin lenkte das Gespräch auf Andernach und ihr Verhältnis mit ihm. Es war zwecklos. Macht zog die Frauen seit jeher an, und da der Generaloberst scheinbar unbegrenzte Macht über Leben und Tod hatte, war Lucy besessen von ihm.

»Er ist ja nur so, weil Krieg ist«, plapperte sie treuherzig. »Wenn der Krieg erst einmal vorbei ist, dann ist mein petit Paul auch wieder ganz süß. Das hat er mir versprochen.«

»Hmpf«, entfuhr es Lupin.

»Ja, und er hat auch gesagt, es dauert nicht mehr lange. Er braucht nur noch den Endsieg, und dann bekomme ich ganz viele tolle Filmrollen!«

»Ah ja!«

»… und zu mir ist er immer *sehr* nett!«

Das Gespräch plätscherte noch eine halbe Stunde weiter. Je länger es dauerte, desto sicherer war sich Lupin, dass er seinen Plan aufgeben musste. Lucy war so ein schlichtes Gemüt und so meilenweit entfernt von den edlen und rassigen Frauentypen, die sie auf der Leinwand verkörperte, dass jedes weitere Zureden nur gefährlich werden konnte. Wahrscheinlich kam am Abend der Generaloberst zu ihr, und je mehr Lupin ihr erzählen würde, desto mehr würde sie Andernach erzählen, und der würde nicht lange fackeln.

Es war gefahrloser, sich zu verabschieden. Er erhob sich. Von draußen erklang der Lärm eines Militärkonvois.

Lucy schlug die Beine auf der anderen Seite übereinander,

195

mit so provozierender Langsamkeit, dass es Lupin ziemlich heiß wurde unter seinem Ornat.

»Wie süß, dass Sie mich besucht haben. Ich hatte noch nie Besuch von einem Priester, das muss ich unbedingt meinem Paul erzählen!«

Lupin verbiss sich alle denkbaren Antworten. »Meine Tochter, knie nieder!«

»Warum?« Lucys Augenaufschlag war allein schon einen Film wert, doch dann sank sie auf die Knie und eröffnete Lupin damit neue tiefe Einblicke. Der riss sich zusammen und segnete sie. Dann befahl er ihr, sich zu erheben und ging gemessenen Schrittes zur Tür.

»Mon Dieu, Paul wird vielleicht staunen!«, hörte er noch, bevor er eilig im Aufzug verschwand.

Er beantwortete die neugierigen Blicke der Concierge mit einem freundlichen Kopfnicken und trat auf die Straße.

Der Wagen war weg!

Fassungslos hastete Lupin vor dem Haus auf und ab. Passanten bemerkten ihn und bekreuzigten sich im Vorbeigehen.

Was war geschehen? Warum war Gérôme verschwunden? Warum der Wagen mit ihm? War dem Jungen etwas zugestoßen? Hatte es mit dem Militärkonvoi zu tun, den er bei Lucy gehört hatte?

Lupin spürte, wie seine Finger zu flattern begannen.

Nerven behalten, ermahnte er sich. Ein Kardinal rennt nicht kopflos herum! So blieb er am Straßenrand stehen und hielt Ausschau nach Gérôme. Doch nirgends tauchte der Bursche mit dem Wagen auf. Lupin begann sich ernsthafte Sorgen um den Jungen zu machen.

Da er sowieso nichts tun konnte, entschloss er sich, erst einmal hier stehen zu bleiben. Das war keine so gute Idee, denn unentwegt fielen die Menschen vor ihm auf die Knie und baten um seinen Segen. Schließlich fand er ein kleines Büchlein in seiner Tasche und vertiefte sich murmelnd darin. – Einen betenden Kardinal würde niemand zu stören wagen.

Eigentlich war es, wie er schnell feststellte, Josettes Kassenbuch für die Köchin, aber das brauchte niemand zu wissen. So stand er in tiefer Gottesfurcht am Straßenrand und spähte verstohlen herum, ob er irgendwo eine Spur seines Wagens entdeckte.

Er stand bereits eine halbe Stunde da. Die Concierge hatte mehrmals vom Haus aus nach ihm gesehen, doch Lupin hatte so getan, als würde er sie nicht bemerken. Der Hausmeister hatte sich mit drei Flaschen Bier auf die Eingangstreppe gesetzt.

Allmählich tat Lupin der Rücken weh, doch es kam nicht infrage, dass ein Kardinal sich neben einen biertrinkenden Hausmeister auf eine Treppe setzte.

»Ja Eminenz, wat is met Ihne?«, schreckte ihn eine deutsche Stimme auf. Ein Kübelwagen hatte direkt vor ihm angehalten und der Soldat hatte sich vom Beifahrersitz aus an ihn gewandt.

Lupin kam ins Stottern. »Öhm … ja … nun jaaa, mein Sohn …«, antwortete er auf Deutsch. »Dem Fahrer unserer Nuntiatur scheint etwas zugestoßen zu sein, denn er ist bisher …«

»Vonne Nuntiatur sind Se, Hochwürden? Jo, da fahre mä Sie hin!«

Lupin rang mit sich. War das eine Falle? Doch die beiden Soldaten mit ihren kantigen Schädeln schienen schlichte Gemüter zu sein.

»Meine Kinder, äh, ich weiß nicht, ob ich eure Großzügigkeit annehmen …«

»Awaaa, mä fohre Se hin! Ehrensache! Mä sin usse Eifel, do is allet streng katholisch!«

Sie winkten ihm freundlich, und ihm blieb nichts anderes übrig, als einzusteigen.

»Drickes Müller, Kerschenbroich!«, strahlte der Beifahrer. »Dat hier isse Jupp Willershus!« Der Fahrer nickte strahlend zurück. Wenige Minuten später hielten sie vor dem Hauptportal der Päpstlichen Nuntiatur.

Lupin saß wie auf Kohlen. Würde er sich weigern auszusteigen oder die Nuntiatur zu betreten, dann flog er auf. Schon erschien ein Mönch, um das gewaltige schmiedeeiserne Portal zu öffnen. In abwartender Haltung blieb er unter dem Torbogen stehen und sprach laut: »Gelobt sei Jesus Christus!«

»In Ewischkeit, Amen!«, antworteten die beiden Eifeler, noch bevor Lupin die Zähne auseinanderbekam. Sie sprangen aus dem Kübelwagen – auch Lupin stieg aus – und fielen vor ihm auf die Knie. »Hochwürden, seechnen Sä uns, mä han soo Angst, datt mä nimmä na Hus komme!«

Nun wurde Lupin der Boden aber richtig heiß. Er segnete die beiden treuherzigen Kerle, und in seinem Herzen wünschte er ihnen tatsächlich alles Gute.

»Allet Jote!«, riefen die zwei und knatterten davon. Der Mönch blickte auf Lupin und bekreuzigte sich.

Hoffentlich will der nicht auch noch meinen Segen!, dachte Lupin angespannt.

»Gott zum Gruße, mein geliebter Bruder in Jesu Christo!«, fiel ihm schließlich ein.

Der Mönch sank vor ihm auf ein Knie und küsste seinen Ring.

»Mein christlicher Bruder, habt ihr ein Örtchen für die Notdurft hier?«, fragte Lupin schließlich gepresst, die vergangene Stunde hatte seine Nerven bis aufs Äußerste gefordert. Der Mönch führte ihn hin, und Lupin war sehr erleichtert, als er wieder heraustrat.

»Eminenz, Ihr Kardinalsbruder erwartet Sie bereits.«

»Danke, mein Sohn«, antwortete Lupin. Er spürte in allen Gliedmaßen, wie die Anspannung der letzten Stunden aus ihm wich. Bleierne Müdigkeit hatte ihn übermannt, und sein Kopf war leer. Der Mönch führte ihn über die breite Holztreppe in das erste Stockwerk, wo er an einer pompösen Flügeltür klopfte. Ein Räuspern erklang, das Zeichen für den Mönch, die Tür zu öffnen.

Hinter einem riesigen Schreibtisch saß ein sehr kleines, sehr spitznasiges Männchen im Kardinalsornat, eine runde Nickelbrille auf der Nase. Seine Lippen mahlten wie bei einem Nager. Er erhob sich mit lauernden Augen und breitete die Arme aus. »Mein geliebter geistlicher Bruder, willkommen!«

Huldvoll schritt er Lupin entgegen. Auch der breitete grüßend die Arme aus. *Um Gottes Willen, was wird das hier alles?*, dachte er bei sich. Leise hatte der Mönch die Tür von außen geschlossen.

»Cardinal Grégoire Mandrel«, stellte Lupin sich vor und umarmte den geistlichen Bruder.

»Welche Freude!«, antwortete dieser mit einem Blick wie ein Dolch. »Was führt Euch zu mir?«

Mist, Mist, Mist!, dachte Lupin. Sein erschöpftes Hirn verweigerte den Dienst, und ihm fiel keine Antwort ein. Erschöpft sank er erst einmal in einen Sessel, das Männchen nahm in einem zweiten Sessel Platz und musterte ihn erwartungsvoll.

»Nun ja, mein geistlicher Bruder, der Heilige Vater schickt mich aus der Abtei Frattocchie in Italien …«

»Trappisten? Welch edle Bruderschaft!«

»… um mit dem Militärkommandanten von Paris zu verhandeln, Generaloberst Andernach. In dieser Abtei nämlich versteckt unsere Heilige Kirche schon seit längerer Zeit, mit dem Segen des Herrn, unseren geliebten Bruder Arsène Lupin, den wir im Auftrage unseres Heiligen Vaters …«

»Na, da kann er ja lange nach ihm suchen!«, lachte das Männchen keckernd.

Lupin kicherte erleichtert mit. »Unser Bruder Lupin, der inzwischen zum Trappistenbruder Arsenius konvertiert ist, hat beschlossen, seine gesamten irdischen Besitztümer unserer Heiligen Mutter Kirche zu übereignen. Der Heilige Vater hat mich nun gebeten, mit Generaloberst Andernach über die Herausgabe …«

»Schluss jetzt mit dem Quatsch, Lupin!«

Lupin fiel die Kinnlade herunter. »Wie … was … mein Bruder in Christo …?«

»Schluss jetzt, sage ich, oder ich übergebe Sie der SS!« Die Worte peitschten durch den Raum, die Miene des Männleins war bedrohlich geworden. »Ach ja …«, er wurde plötzlich süßlich, »… ich vergaß ganz, mich vorzustellen: Kardinal Grégoire Mandrel!«

»Merde!«, entfuhr es Lupin. Sein Gegenüber schwieg eisig.

»Tja, Lupin …«, zischte er nach langem Schweigen. »Ich hätte nie gedacht, dass ich Sie einmal in die Finger bekomme! Obwohl ich es mir schon lange gewünscht habe!«

Lupin atmete schwer. »Und jetzt?«, fragte er schließlich.

»Sie haben unseren Herrn beleidigt. Sie haben die heilige Tracht des Kardinals entehrt. Sie haben sich nicht geschämt, mehrmals unter meinem Namen bei Generaloberst Andernach vorzusprechen. Sie haben seine …«, er spie das Wort aus, »… sündhafte Hure aufgesucht und sich dabei als meine Person ausgegeben …«

»Das alles wissen Sie?«

»Die Kirche weiß alles, Lupin! Und sie weiß auch, wie sie mit Häretikern umzugehen hat.«

Lupin resignierte angesichts seiner aussichtslosen Lage. »Ich lege mein Schicksal in Gottes Hand.«

»Entweihen Sie nicht den Namen unseres Herrn!« Die Stimme des Kardinals bebte. »Soweit Ihnen noch ein Rest von Gottesfurcht geblieben ist, bereuen Sie Ihre Schamlosigkeit!«

»Und was haben Sie jetzt vor, Monsieur?«

Der Kardinal lehnte sich genüsslich zurück. »Für die Kirche, Lupin, sind Sie nicht mehr als ein Faustpfand. Und jetzt ziehen Sie auf der Stelle diesen Ornat aus!«

Schweigend folgte Lupin dem Befehl. Bald stand er in Hemd und langer Hose da. Nichts Erhabenes war mehr an ihm. – Lupin hatte Angst!

»Gut«, sagte er. »Nun haben Sie Ihr geistliches Gewand zurück, dann kann ich jetzt von hier verschwinden.«

»Sie bleiben hier, Lupin. Bruder Leonard, den Sie ja schon kennenlernen durften, wird Sie im Keller in einen Raum sperren, bis ich mit Andernach über Sie und Ihr falsches Mönchs-Bürschlein verhandelt habe.« Er klingelte. Bruder Leonard erhielt Anweisung, »die entweihten Gewänder« zu reinigen und sie dann zur erneuten Weihe bereitzulegen. »Monsieur Lupin braucht sie ja nun nicht mehr«, lächelte er voller Herablassung.

Lupin begriff, es ging um sein Leben.

»Was wollen Sie denn verhandeln, Eminenz?«

Mandrel zeigte ein zynisches Lächeln. »Andernach wird hocherfreut sein, Sie und Ihr junges Mönchs-Imitat in die Finger zu bekommen ...«

»Gérôme ist bei Ihnen ...?«, stieß Lupin hervor.

»Seien Sie froh, dass *wir* ihn geholt haben und nicht die SS! Er stand an den Wagen gelehnt und hatte die Arme um zwei junge Frauen gelegt, die er anscheinend kannte. So jemand ist niemals ein echter Mönch.«

»Stimmt«, sagte Lupin sarkastisch, »die Kirche tut es nur im Geheimen.«

Einen Augenblick schnappte Mandrel wie ein Frosch. »Bei den Deutschen haben Sie so viel auf dem Kerbholz, dass sie jeden Preis für Sie zahlen werden.«

»Und was ist mein Preis?«

»Unser heiliger Auftrag ist es, Macht und Reichtum der katholischen Kirche zu mehren immerdar«, sagte der Kardinal gönnerhaft. Eingehend studierte er seine Fingernägel. »Und allein in Paris gibt es so viel herrenloses Hab und Gut, um das die Kirche sich gern hingebungsvoll kümmern würde.«

Lupins Augen weiteten sich. »Sie meinen, Häuser und Besitztümer der verschleppten und ermordeten Juden?«

»Die Juden haben Jesus Christus ermordet, unser Mitleid gebührt ihnen nicht. So wendet wenigstens ihre Hinterlassenschaft sich endlich zum Guten.«

»Lupin und der Junge gegen den Besitz Tausender Ermordeter. Wenn das kein Geschäft ist.« Lupin schüttelte sich.

Süßlich lächelnd breitete Mandrel die Arme aus. »Auch mit den Reichtümern der Sündhaften lassen sich edle Werke vollbringen.«

Übelkeit erfasste Lupin.

»Mon cardinal, Frankreich und die Résistance brauchen mich!«

»Umso erfreuter werden die Deutschen sein, mon cher! Möchten Sie einen Sherry?«

Lupin nahm ihn mit zittrigen Fingern entgegen.

Mandrel, schaute ihm gönnerhaft zu, unvermittelt als eine gewaltige Explosion, und gleich danach eine zweite, das ganze Haus erbeben ließen. Splitter und Mauerteile sirrten durch den Raum, Lupin verschüttete seinen Sherry, als er sich zu Boden warf. Von draußen hörte er Gewehrsalven und die Schreie deutscher Soldaten. Neben ihm lag der Kardinal, blutüberströmt, die Augen starr und weit aufgerissen. Lupin kroch auf allen Vieren durch den Staub und über Trümmerteile. Wo gerade noch die Zimmertür gewesen war, tauchte der hustende Bruder Leonard auf. Dem Lärm nach wurden im Untergeschoss Türen eingetreten.

»Schnell, Monsieur Lupin! Schnell, sie sind jeden Moment hier oben!« Der Junge zerrte ihn auf die Beine und schob ihn blind einen Korridor entlang, während er an der Wand herumtastete. »Ah ja, hier ist es, schnell, schnell!« Eine Wandtür schien sich zu öffnen, Bruder Leonard zerrte ihn hindurch und betätigte einen Hebel, der sie wieder schloss. Es war stockdunkel.

»Kein Licht!«, wisperte Leonard, »es darf nichts durchscheinen!« Vorsichtig zog er Lupin eine schmale Treppe hinunter. Der Gang war so schmal, dass Lupin mit den Schultern an den Wänden streifte. Leonard blieb stehen, schien in einer Wandnische herumzusuchen. Dann flammte ein Streichholz auf und entzündete eine Kerze.

Von oben ertönten Schüsse, Getrampel und Schreie.

»Was ist mit dem Jungen?«, flüsterte Lupin.

»Gleich die erste Granate hat ihn erwischt. Es tut mir leid.«

Lupins Hals zog sich zu. Er fühlte sich mitschuldig am Tod von Gérôme. »Oh mein Gott, oh mein Gott, oh mein Gott!«, stieß er leise hervor.

»Wann hilft einem der schon mal?«, murmelte Bruder Leonard.

»Haben Sie eine Vorstellung, was Andernach mit dem hier bezwecken will?«

Leonard zuckte die Schultern. »Heute Mittag hat ein gewisser Kardinal sein Flittchen aufgesucht und probiert, sie über ihn auszuhorchen. Der General ist wohl ziemlich eifersüchtig, und er denkt ja ohnehin nur in Kategorien von Vernichtung.«

Lupin schluckte. »Aber woher wusste er es?«

»Die Concierge ist eine Doppelagentin. Sie arbeitet für die Résistance und für die SS zugleich. Und für uns sowieso!«

»Es ist nur noch zum Verrücktwerden!«

Sie warteten, bis der Lärm etwas nachgelassen hatte.

»Nehmen Sie eine frische Kerze jetzt und gehen Sie so vorsichtig wie möglich den Gang hinunter. Er ist belüftet, also keine Angst! Nach fünfundzwanzig Metern stoßen Sie auf einen Schacht mit eingemauerten Bauklammern in der Wand.« Eine Granatenexplosion unterbrach ihn. »Steigen Sie die Bauklammern hinauf und heben Sie dann vorsichtig den Stahldeckel an. Er hat einen Seilzug, die Kurbel ist oben, rechts von den Klammern. Gehen Sie langsam vor und spähen Sie zuerst einmal gründlich hinaus. Viel Glück, Monsieur Lupin, ich habe mich sehr gefreut, Ihnen einmal im Leben begegnen zu dürfen.«

»Leonard, warum tun Sie das für mich?«

Der Mönch machte eine wegwerfende Handbewegung. »Die haben mich alle beschissen hier. Aber die Geschichte ist zu lang jetzt.«

Draußen ratterte eine MG-Salve. Bruder Leonard begleitete Lupin noch einige Meter, bevor er nach links in einer dunklen Nische verschwand. Lupin erreichte den Schacht, und im flackernden Kerzenschein erkannte er die waagrechten Bauklammern, die ihn in die Freiheit führen würden.

Gerade als er nach der ersten davon greifen wollte, wurde ihm schwarz vor Augen. Ihm wurde schlecht und immer schlechter, seine Arme und seine Beine schlotterten. Schon halb ohnmächtig ließ er sich an der Wand zu Boden hinunterrutschen, sein Kopf fiel auf die Knie, und er bekam noch mit, wie die Kerze erlosch, bevor auch sein Bewusstsein erlosch.

»Monsieur Lupin, Monsieur Lupin!« Jemand rüttelte ihn im Schein einer Fackel. »Monsieur, kommen Sie zu sich! Schnell!«

Nur langsam gewann er sein Bewusstsein zurück.

»Sie können hier nicht bleiben, Monsieur, es ist zu gefährlich! Hier, trinken Sie das!« Benommen griff Lupin nach dem Becher, den Bruder Leonard ihm reichte. Es schmeckte so bitter, dass es ihm den Mund zusammenzog, doch schon kurz danach fühlte er sich kräftiger.

»Was ist passiert, Monsieur?«, fragte Bruder Leonard.

In kurzen Worten beschrieb Lupin seinen Zusammenbruch. Nach ein paar Minuten schaffte er es, mithilfe von Bruder Leonard auf die Beine zu kommen.

»Klettern Sie jetzt hinauf, Monsieur! Ich warte hier solange!«

Lupin umarmte den Mönch und arbeitete sich den Schacht hinauf. Bruder Leonard gab ihm dazu halblaute Anweisungen, und schon öffnete sich langsam die Klappe. Während Lupin sich vorsichtig durch den Spalt hinausschob, kletterte Bruder Leonard ihm wieselflink hinterher und spähte nach draußen, um das Geschehen zu verfolgen, nachdem er die Klappe bis auf einen schmalen Spalt geschlossen hatte.

»Da läuft einer!«, hörte er eine deutsche Stimme schreien, und schon knallten Gewehrschüsse.

Wenig später schlug eine weitere deutsche Granate in das Gebäude und tötete ihn.

Lupin lag im Gebüsch, neben einer Mauer. Er blutete an der Schläfe – ein Streifschuss, der ihn zwei Zentimeter weiter links mit Sicherheit getötet hätte. Der Granateneinschlag, dem Bruder Leonard zum Opfer gefallen war, hatte wenigstens Lupins Verfolger verscheucht. Er nutzte die Gunst des Augenblicks und schob sich vorsichtig zwischen den Büschen und der meterhohen Gartenmauer entlang. Am Ende der Residenz, so Bruder Leonard, würde er eine schmale, verwitterte Tür finden. Der Schlüssel lag unter einem Granitbrocken in einer rostigen Blechdose. Lupin fand alles, wie beschrieben.

Vom Nuntiaturgebäude her drang Lärm, und Feuerschein flackerte. Aus der ehrwürdigen Residenz des Kardinals Mandrel war ein Trümmerfeld geworden, über dem eine riesige Wolke aus Rauch und Staub waberte. Vorsichtig spähte Lupin um sich, dann öffnete er die Tür mit dem Schlüssel, schlüpfte hinaus und zog sie vorsichtig zu.

Als er wieder auf der Straße war, torkelte er vor Schock und Erschöpfung wie ein Betrunkener über das Trottoir. Er musste weg von dieser Straße, irgendwohin, in einen Hauseingang, in ein Treppenhaus, notfalls auch in einen Hühnerstall. Hauptsache, die Deutschen fanden ihn nicht.

Doch in der langen Fassade zeigte sich kein Eingang, während er sich mühte, sich so unauffällig wie möglich daran entlangzuschieben. Erneut begannen seine Knie weich zu werden, da erblickte er verschwommen ein Auto, das von der Straße rückwärts zum Gebäude hin abbog und anhielt. Zugleich vernahm er das metallene Geräusch eines Rolltors, das hochgekurbelt wurde.

Mit letzter Kraft kehrte er zu seinen Sinnen zurück. Ein Lieferwagen rollte langsam rückwärts durch die Einfahrt in einen Innenhof, während Lupin sich, neben den Wagen geduckt, in den Innenhof schlich. Der Wagen stoppte vor einer breiten eisernen Flügeltür, die von innen geöffnet wurde, während Lupin in der Deckung des Wagens kniete. Aus dem Fahrerfenster kam der Geruch von Gauloises, demnach blieb der Fahrer sitzen, während zwei Männer in blauen Arbeitskitteln ausluden. Die Hecktüren wurden aufgeklappt, dann erklang ein schleifendes Geräusch.

»Bonjour, Monsieur Renard!«, sagte einer der beiden. »Hatten Sie eine angenehme Fahrt?«

Erschrocken erkannte Lupin, dass sie einen Zinksarg herauszogen, ihn auf ein Rollengestell hievten und damit im Inneren des Gebäudes verschwanden. Die Türen ließen sie hinter sich geöffnet. Mit Todesmut schob er sich zwischen den Türflügeln hindurch. Ihm war schwindelig, und er schwankte. Der Sarg stand unbeaufsichtigt an der Wandseite, wahrscheinlich tranken die Sargträger gerade ein Glas Rotwein in einem angrenzenden Gesinderaum. Vor sich erblickte er eine breite weiße Tür, zugleich nahm er wie durch einen Nebel wahr, dass sein Atem immer schwerer und mühsamer wurde. Er schaffte es noch, die Tür aufzuschieben, dann drehte sich alles um ihn, und er stürzte der Länge nach auf den gefliesten Boden.

Finger patschten in sein Gesicht und holten ihn aus seiner Ohnmacht. Er hörte seinen Namen rufen, eine halblaute Männerstimme. Immer wieder patschten die Finger gegen seine Wangen, und als er die Augen öffnete, erkannte er ein verschwommenes Gesicht.

»Wachen Sie auf, Monsieur Lupin! Es ist allerhöchste Zeit! Die dürfen Sie hier nicht finden!«

»Woher … kennen Sie …meinen …?«, lallte er. »Wer kommt …?«

»Die Deutschen können jeden Moment hier auftauchen!« – Die Stimme erinnerte ihn an etwas. Irgendwie.

»Wo bin ich?«

»In der Gerichtsmedizin«, antwortete die Stimme.

Mit einem Ruck setzte Lupin sich auf. »Doktor Canaro? Sie?«, stieß er entgeistert aus.

Doktor Canaros Züge erschienen ihm immer klarer. »*Wo* bin ich?«, stammelte Lupin.

»Sie sind in der Gerichtsmedizin. Und wenn Sie nicht bald auf die Beine kommen, sind Sie in Kürze eine meiner Leichen!«

»Gerichts…? Aber wieso Sie denn?«

»Ich bin Arzt. Ich helfe dort, wo man mich braucht«, antwortete *Docteur Patrick* und half ihm auf die Beine.

»Und jetzt?«

»Legen Sie sich hier drauf!«

»Eine Totenbahre?«

»Jetzt legen Sie sich endlich hin!«

»Ja, aber, was machen Sie mit mir?«

»Sie kommen jetzt in ein Kühlfach, wie es sich für eine Leiche gehört.«

»Nein, nein, ich …!«

»Das haben wir gleich«, antwortete der Arzt und stach Lupin eine Nadel in die Armvene.

Lupin war sofort wieder weg.

»Was geht hier vor?«, schrie ein deutscher Feldwebel in schlechtem Französisch.

»Nichts mehr. Monsieur. Hier sind die Kühlfächer der Gerichtsmedizin, da geht garantiert nichts mehr vor.«

Der Feldwebel stand verwirrt da. Dr. Canaro hatte ihm auf Deutsch geantwortet.

»Wieso sprechen Sie unsere Sprache?«, herrschte der Soldat ihn an.

»Herr Soldat, ich habe als Student fünf Wochen bei einer bayerischen Familie gelebt, gar nicht weit von München.«

»Und was ist das da? Wer liegt da drin?«

Wortlos ging der Arzt zu dem Zinksarg und öffnete ihn. Die Leiche eines jungen Mannes war zu sehen, von Kugeln zerfetzt.

»Sie haben gute Gewehre!« Der Anflug von Zynismus entging dem Feldwebel offenbar.

»Und was ist das hier?«

»Das sind die Kühlfächer für die Toten, die ich obduziere.«

»Aufmachen! Alle!«

Mit stoischer Ruhe zog Dr. Canaro einen Leichnam nach dem anderen aus seinem Schacht. Die meisten davon waren von Kugeln durchsiebt oder von Bajonetten zerstochen, und er würde alles genauestens festhalten für den Tag, an dem der Krieg zu Ende war und man die Schlächter zur Rechenschaft zog.

Einen Leichnam nach dem anderen schob er in sein dunkles, kaltes Verlies zurück.

»Und hier?« Eine scharfe Bewegung wies auf das nächste Fach.

Der Arzt zog den Leichnam heraus, und der Feldwebel blickte in Lupins starre Augen. An der Schläfe leuchtete ein großer Fleck getrocknetes Blut. Sein Gesicht war weiß und wächsern, der starre Mund halb offen.

»Is gut jetzt! Bongjour!« Der Feldwebel wandte sich zum Gehen.

Bedächtig folgte ihm »Dr. Patrick« und schloss die großen Eingangstüren. Dann fuhr er auf dem Absatz herum und lief zurück in die Gerichtsmedizin.

»Schnell, schnell, Patrick!«, trieb er sich an, zog Lupin aus seinem Fach und stach ihm abermals eine Kanüle in den Arm. Dann rieb er ihm Gesicht, Arme und Hände, massierte ihm die Unterschenkel und wartete.

»Was für ein Zeug haben Sie mir da gespritzt, Teufel nochmal!« Langsam kehrte die Farbe in Lupins Gesicht zurück. »Kalt ist mir! Schweinekalt!«

Dr. Canaro überhörte die für Lupin unübliche Ausdrucksweise und schaltete den Teekocher an.

»Entsetzlich!«, stieß Lupin hervor. »Ich habe alles mitbekommen! Aber ich konnte mich nicht bewegen!«

»Ein anständiger Toter bewegt sich auch nicht!«

»Jajajajajajaja!«

Der Tee war fertig. »Ich glaube, Sie können jetzt vorsichtig aufstehen!«

»Wahnsinn!«, ächzte Lupin.

»Wenn die nochmal kommen, müssen Sie nochmal rein!«

Der Tee schmeckte köstlich.

Nach einer Stunde war Lupin stabil. Der Tee hatte ihn angenehm durchwärmt, und Dr. Canaro hatte ihm etwas gegen seine Schwäche injiziert. Er erhob sich, deutlich kräftiger.

»Wo wollen Sie hin?«, fragte Dr. Canaro.

Lupin stutzte. »Gute Frage. – Nach Hause?«

»Und wie wollen Sie dahin kommen?«

Lupin zuckte die Schultern.

»Monsieur, hören Sie ein einziges Mal auf meinen Rat!«

Lupin setzte sich wieder hin und seufzte.

»Sie können nicht durch die ganze Stadt laufen! Es ist zu weit, Sie sind zu schwach, und die Boches suchen nach Ihnen!«

»Ich fürchte, wo Sie recht haben, haben Sie recht, Docteur.«

»Die einzige Möglichkeit, die ich sehe, ist, dass wir Sie in einen Sarg legen und Sie im Leichenwagen nach Hause transportieren.«

»Glmpf!«

»Die Leichenfahrer dürfen nichts davon wissen! Die müssen Sie für tot halten!«

Lupin schwieg lange. »Diesen Tag streiche ich mir rot in meinem Kalender an.« Er überlegte. »Wie bekomme ich Luft da drinnen?«

»Auf dem Sargdeckel ist ein Kruzifix angebracht. Sie können es von innen aufklappen, dann bekommen Sie Luft. Aber nur während der Fahrt, keinesfalls wenn der Wagen hält!«

»Und wenn die Deutschen meinen Sarg kontrollieren?«

»Dann versuchen Sie, so tot wie möglich auszusehen. Wenn Sie es wünschen, kann ich Ihnen gerne noch einmal so eine Injektion …«

»Wagen Sie es ja nicht!«, rief Lupin und schüttelte sich.

»Also: Ich gebe den Fahrern Bescheid, dass die Sie in Ihr Palais bringen, wo Sie aufgebahrt werden sollen, bevor man Sie in den nächsten Tagen bestattet …«

»*Mich* bestattet hier überhaupt niemand!«

Auf einem niedrigen Rollgestell fuhr der Arzt den präparierten Sarg heran und erklärte Lupin die Mechanik an dem Kruzifix. Dann bat er ihn einzusteigen. Mit Leichenbittermiene folgte Lupin seinen Anweisungen.

»Hmmm, hmmm, hmmm …« Mit großer Sorgfalt faltete Dr. Canaro ihm die Hände und steckte ihm zwei Myrtenzweige dazwischen. Dann legte er ihm einen Rosenkranz darüber. »Halten Sie still! Augen zu!«

Lupin fühlte eine kühle Puderquaste in seinem Gesicht, dann einen feuchten Pinsel an seiner Schläfe.

»Jetzt sehen Sie wenigstens aus wie eine Leiche. Der Einschuss an der Schläfe steht Ihnen ausgezeichnet!«

»Ohgottogottogott!«

»Ich lege jetzt ein weißes Leichentuch über Sie.«

»Sehr einfühlsam, vielen Dank!«

»Nicht so viel sprechen, sonst fällt der Puder wieder ab. So, ich klappe jetzt zu und instruiere die Leichenfahrer, wo die Sie hinbringen müssen. In zwanzig Minuten dürfen Sie dann wieder aussteigen. – Und noch einmal: Nicht sprechen, und nicht bewegen!«

»Hmpf!«, kam es ungnädig aus dem Sarg, während »Docteur Patrick« den Deckel zuklappte. »Ah ja, das Kruzifix erst aufklappen, wenn Sie im Wagen sind, sonst sieht es jemand.«

Ein ungnädiges Knurren war die Antwort. Von drinnen hörte Lupin, wie der Doktor die Sargträger und den Fahrer instruierte, dann spürte er, wie der Sarg hochgehoben und in das Auto geladen wurde. Er wünschte sich, man würde mit einem verdienten Toten etwas sanfter umgehen.

»Monsieur Ricci«, sagte Dr. Canaros Stimme halblaut zu dem Fahrer, »dieser Leichnam ist sehr wichtig. Ich habe Ihnen die Adresse aufgeschrieben, Sie garantieren mir persönlich für diesen Transport. Am Zielort helfen Sie bei der Aufbahrung.«

Der Motor sprang an, der Wagen setzte sich in Bewegung.

»Schöner Mist!«, hörte er. »Ich hätte bei Charles gern noch eine Partie Boule mit euch gespielt, aber ich glaube, wir riskieren das heute lieber nicht.« Das einsetzende Gemurmel signalisierte missmutige Zustimmung.

»Wegen so nem Fischkopf da!«, hörte er, »Wer is ’n das überhaupt?«

»Irgend so ’n Adeliger. Einer, den sie beim Sturm auf die Bastille übersehen haben! Und wir dürfen’s ausbaden!«

Die ganze Fahrt über ging das Genörgel weiter. Lupin wurde ärgerlich, doch unter Aufbietung äußerster Disziplin verkniff er sich jede Bemerkung. Schließlich hielt der Wagen an, und der Fahrer stieg aus.

»Wir bringen hier den Sarg von dem Grafen, oder was immer der war.«

Ein Aufschrei erklang. »Wir müssen Madame Josette informieren, schnell!«

Die Hecktür wurde geöffnet, Lupin vernahm die aufgelösten Stimmen seiner Bediensteten. Fassungslosigkeit und Trauer schien sie allesamt zu überfluten. Doch er blieb regungslos liegen, wenngleich unter äußerster Anspannung.

»Also, wo sollen wir den jetzt hinbringen? Wir haben um sechzehn Uhr ’ne Beisetzung!«

Er hörte Schluchzen und lautes Weinen, als man ihn mit den Füßen voraus die Eingangstreppe hochtrug. Durch das Gefälle rutschte er nach hinten, und das Gewicht stauchte ihm den Hals. Dann wurde er offenbar im Atrium des Schlosses abgestellt, er merkte es an den hallenden Stimmen.

Urplötzlich ertönte der nicht mehr enden wollende Schrei einer Frau.

»Chériiiiii!« Josette brach in ein lautes Weinen aus, den aufgeregten Stimmen nach schien sie am Sarg zusammenzubrechen.

»Nicht mein Arsène, nicht mein Arsène …!«, vernahm er. »Oh, nimm mich mit, chéri, lass mich bei dir sein!«

Mit größter Mühe unterdrückte er ein Schluchzen. Nun erhob sich draußen ein Chor klagender Stimmen.

Lupin bemerkte, dass der Tee wieder hinauswollte.

»Stellt ihn hier auf den Sarkophag!«, hörte er, der Sarg wurde hochgehoben und vorsichtig abgesetzt. Josette stürzte sich weinend darüber und trommelte mit den Fäusten auf den Sargdeckel. Lupins Ohren dröhnten. Er überlegte, wie er aus der Nummer herauskonnte, ohne zwei Dutzend Herzschlagtote zu hinterlassen.

212

»Chéri, chéri … ich brauche dich doch!« Josettes Stimme drang durch den geöffneten Atemschlitz herein.

Oh Mist, hab ich vergessen!, schoss es Lupin durch den Kopf. Blitzschnell schoss seine Hand in den Spalt und klappte das Kruzifix zu. Von draußen sah man lediglich, wie ein paar wachsgelbe Finger aus dem Sarg schossen und mit lautem »Klack!« brachte er Jesus zurück in Position.

Das Geschrei steigerte sich zu komplettem Chaos.

»Sacredieu, er ist zum Untoten geworden!«, ertönte die schluchzende Stimme von Janine, der Pferdepflegerin. »Oh, was für ein Unglück!«

»Jetzt hab ich aber bald genug!«, schrie Lupin, denn der Tee drückte immer mächtiger.

»Madame …!«, hörte er noch, als Josette offenbar wieder ohnmächtig wurde.

»Hilft mir jetzt bald mal einer raus hier?«

Es schien so, als würden Hunderte aufgeregte Hände den Sarg öffnen, um einen wachsgelben Leichnam zu erblicken, der sich mit einem Ruck aufsetzte und blinzelte. Dann schlossen sich schon Josettes Arme um ihn.

Man half ihm aus dem Sarg, ohne dass die bitterlich weinende Josette ihn aus ihrer Umklammerung ließ. Fassungslos blickte sie in sein Totengesicht mit der riesigen Einschusswunde an der Schläfe.

»Chéri, lebst du jetzt oder nicht?«, fragte sie, am Ende ihrer Kraft.

»Mein Liebling, lass uns das bitte später klären!«, antwortete Lupin. »Ich muss wirklich ganz, ganz dringend …!« Und schon rannte er davon.

Wenig später saßen alle beisammen in einem der Salons. Lupin hatte es sich auf einer Couch bequem gemacht, Josette ganz eng an ihn geschmiegt, beide Arme um ihn geschlungen; ihre Augen ließen ihn nicht mehr los. Ihr Gatte, das Gesicht immer noch wächsern unter der Totenschminke, hatte als Erstes um sein Heizkissen gebeten, und sofort waren acht Leute losgestürmt, um es zu holen.

»Wo ist denn Gérôme geblieben?«, fragte Raymond.

Traurig senkte Lupin den Kopf und bekreuzigte sich. Erneut erhoben sich Entsetzensschreie.

»Wie ist es passiert?«, wollte Josette wissen.

»Wir brauchen jetzt Rotwein und etwas zu essen für uns alle«, antwortete Lupin. »Mir bitte zum Rotwein einen Sherry! Dann erzähle ich euch alles von Anfang an.«

Ein paar der Bediensteten machten sich auf den Weg, andere entfachten Feuer in den beiden Kaminen. Und bald hörten und staunten alle zusammen und voller Entsetzen, was Arsène Lupin über seinen kleinen Ausflug zu Madame Lucy zu berichten hatte.

Zwischendrin kam eine Haushälterin mit einem feuchten Handtuch und hielt es Lupin vors Gesicht.

»Monsieur, darf ich? Ich seh' Sie einfach lieber lebendig.«

Lupin hatte ganz darauf vergessen. Nun ließ er es nur zu gern geschehen, auch wenn Josette sofort das Handtuch an sich gerissen hatte.

Sie saßen zusammen bis Mitternacht, denn jeder von ihnen hatte etwas dazu zu sagen. Die einen kritisierten Lucy, die anderen waren entsetzt über die Kaltblütigkeit eines Kirchenfürsten, alle waren voll des Lobes für Dr. Canaro und seine waghalsige Aktion. – Und vereint waren sie im Hass auf die Besatzer, die ihrem Land nach wie vor die schwersten Wunden zufügten.

Während Lupin und Josette sonst stets eine gewisse Distanz zu ihren Bediensteten pflegten, gab es nun keinen, der die beiden zum Schluss nicht umarmt hätte, sodass auch Lupin irgendwann die Tränen über das müde Gesicht liefen. Man verabschiedete sich voneinander wie Freunde und freute sich gemeinsam auf den kommenden Tag.

Bei Generaloberst Andernach hingegen herrschte dicke Luft. Er war bei Lucy eingetroffen, kurz nachdem die beiden Eifeler den falschen Kardinal Mandrel mit ihrem Auto mitgenommen hatten. Gleich am Eingang hatte die Concierge ihm Lucys Besucher genauestens beschrieben, und er hatte sofort erkannt, dass auch er diesem frommen Mann schon mehrmals begegnet war. Wütend rauschte er die Treppe hinauf, wo Lucy ihn mit einer Mischung aus Tatsachen, Fantasien und Fehldeutungen zublubberte.

Da sie ohnehin alles durcheinanderbrachte, was nur durcheinanderzubringen war, nahm Andernach nur noch wahr, was seine Eifersucht und seinen Zorn bestätigte. Und das hieß, dass der Kardinal versucht hatte, ihn Lucy auszureden. Dass sie vor ihm knien musste und er gierig auf ihre Brüste gestarrt hatte. Und dass er versucht hatte, ihr zwischen die Beine zu blicken, als sie ihm im Negligé gegenübergesessen hatte. Andernach war außer sich, ließ die Enttäuschte in der Wohnung zurück, raste in die Kommandantur. Dort gab er Befehl, die Nuntiatur in Trümmer zu schießen und alle Anwesenden einschließlich des Kardinals zu töten.

»Das ist er doch nicht!«, brüllte er, als er nach Eingang der Vollzugsmeldung endlich selbst zum Ort des Geschehens gefahren war. »Wen soll dieser Gnom denn darstellen?«

»Das ist unser Herr Kardinal!«, antwortete eine junge Nonne, die vor der zerstörten Nuntiatur aufgegriffen worden war.

»Name?«

»Der ehrwürdige Herr Kardinal Grégoire Mandrel.«

»Hochheben!«

Zwei Soldaten stellten den blutüberströmten Leichnam auf die Beine.

»Das soll Mandrel sein?«, bellte Andernach die angstschlotternde Nonne an.

»Ganz gewiss, Herr General! Ganz gewiss!«

Andernach durchbohrte sie mit so wütenden Blicken, dass sie ihn nur noch flehentlich anzusehen vermochte.

»Weg mit dem Kerl!«

Die Soldaten ließen ihn einfach fallen.

Mit Blicken, dass selbst die eigenen Leute sich vor ihm fürchteten, stapfte er über das Ruinenfeld, ohne die Leichen um ihn herum zu beachten, und nahm sich den Kommandeur der Aktion vor, einen Hauptmann.

»Meldung!«

»Zu Befehl, Herr General, Auftrag ausgeführt! Keine Überlebenden!«

»Seh ich«, knurrte Andernach. »Besondere Vorkommnisse?«

»Zwei meiner Männer haben soeben hinter dem Gebäude eine halb geöffnete Klappe gefunden. Sieht aus wie ein geheimer Fluchtweg.«

»Zeigen!«

Begleitet von einem Trupp Soldaten kletterten sie über das Trümmerfeld bis zu der Klappe. In Andernachs Gesicht schwoll eine Zornesader. Seine Finger trommelten unruhig gegen seine Körperseiten.

»Drei Mann hinuntersteigen!«

Schon verschwanden drei Bewaffnete mit Taschenlampen in dem Schacht. Als sie wieder herauskamen, waren sie staubübersät.

»Melde gehorsamst, Herr General: Kein Zweifel, geheimer Fluchtweg, jetzt zum größten Teil eingestürzt. Oben im Schacht Kurbel zum Klappeöffnen von innen.«

Andernachs Blick bohrte sich in den Melder wie der einer Cobra. »Wer ist hier raus?«, zischte er.

»Ich … ich hab echt … nix mitbekommen«, stotterte der Melder.

»Nichts mitbekommen?«, brüllte Andernach.

Da trat ein einfacher Soldat aus der umstehenden Gruppe.

»Zu Befehl, H' General, wir haben da einen rauslaufen sehen und sofort das Feuer eröffnet.«

»Und?«

»Im selben Moment sind zwei von unseren Granaten ins Haus eingeschlagen, und wir mussten selber in Deckung gehen, weil hier alles rumgeflogen ist.«

Andernachs Kiefer mahlten.

»Wir haben keinen gefunden, da hinten. Aber die kleine Gartentür war aufgesperrt und der Schlüssel hat innen gesteckt.«

»Gesehen?«

»Kurz, Herr General. Einen Älteren, grauhaarig, hat sich beim Laufen immer wieder den Rücken gehalten.«

Bei dem anschließenden langen Schweigen wurde den anderen immer noch frösteliger.

»Lupin!«, brüllte Andernach schließlich. »Arsène Lupin, du falscher Hund! Aber dich krieg ich!«

Allmählich dämmerte ihm, dass sein Besucher niemals der echte Kardinal gewesen war. Obwohl niemand anderer davon wusste, fühlte er sich bloßgestellt wie nie zuvor in seiner Soldatenlaufbahn.

»H' General, erwarte Ihren Befehl!«, meldete der Hauptmann hackenzusammenschlagend.

»Bis auf drei Mann alle hier abziehen.«

»Die Toten liegen lassen?«

»Holen sich die Krähen.«

Hölzernes Männerlachen war die Antwort.

»Und die junge Nonne?«

»Erschießen.«

»Zu Befehl!« Der Hauptmann nickte zwei Soldaten zu, und kurz darauf ratterte eine MP-Salve aus dem Gebäude.

Der Hauptmann gab Befehl zum Abmarsch.

Die drei Verbliebenen schauten Andernach fragend an. Der kritzelte etwas auf ein Papier.

»Diese Adresse, zwoter Stock. Junge Schauspielerin namens Lucy. In Wohnung eindringen und exekutieren. Kollaboration mit Feind!«

Die drei fuhren los und nutzten die ungeschriebene Soldatenregel, nach der man ein junges Opfer nach Belieben vergewaltigen dürfe. Lucy war nur noch ein wimmerndes, spermaverklebtes Bündel, als sie ihr endlich den Gnadenschuss gaben.

Andernach war zufrieden, dass die einzige Zeugin seiner Blamage nun nicht mehr plapperte.

Doch schon am nächsten Tag berichtete Radio Calais über seine Affäre mit ihr und über die Untaten seiner Soldateska.

Manchmal, in den einsamen Nächten, die nun folgten, vermisste er sie. Ihre naive Unbeschwertheit, ihr selbstvergessenes Geplapper, ihre Verschmustheit, ihre ungezügelte Wildheit im Bett. Doch das Soldatenleben war nun einmal hart, und Mitleid rächte sich stets. Sie hätte ihm gefährlich werden können mit ihrem ganzen Wissen. Instabile Situationen erforderten stabilisierende Maßnahmen, und seine Menschlichkeit hatte er einst auf dem Schlachtfeld zurückgelassen, in den Schützengräben vor Verdun. Leben war etwas, was man einfach ausknipste, und dann ging man eben zum nächsten Leben und knipste es genauso aus. So hatte er es immer gehalten, und so war er in die militärische Spitze aufgestiegen.

Der Schmerz über Lucy würde bald vergehen, die militärischen Aufgaben hingegen würden bleiben.

So ging das Jahr 1943 zu Ende. Die Wehrmacht hatte im Juli bei Kursk den erhofften Durchbruch an der Ostfront nicht erreichen können und in Italien waren die Alliierten im September bei Salerno gelandet.

Die Stimmung unter den deutschen Truppen in Paris und am Atlantikwall wurde trüber und trüber. Die deutschen Radarstationen an Frankreichs Küsten suchten unentwegt den Himmel und die See ab, und die Gewissheit, dass die Invasion so sicher kommen würde wie das Amen in der Kirche, verbreitete Untergangsstimmung und führte zu ersten Befehlsverweigerungen. Ob man bei der Invasion erschossen wurde oder von den eigenen Leuten, was bedeutete das schon? Die Kämpfer waren müde. Die sowjetischen Truppen rollten die Deutschen von der Ostfront her auf, und die amerikanisch-britischen Verbände marschierten durch Italien nordwärts, nachdem Nordafrika schon lange verloren war. Auch Andernach wurde die Situation immer klarer: Er mochte militärische Standhaftigkeit zeigen, doch am Ende ging es nur noch darum, lebend aus dieser Sache herauszukommen.

In manchen Nächten übermannte ihn ein Gefühl von Sinnlosigkeit. Stets hatte er seine Aufträge mit aller Härte erfüllt. Doch was gab es hier noch zu erfüllen? Mit der ganzen Grausamkeit gegen die Zivilisten hatten sie es nicht geschafft, Frankreich zu unterwerfen. Diese Nation schien über ein Potenzial an Auflehnung zu verfügen, das umso stärker wuchs, je mehr man den Druck auf sie erhöhte. Aber, überlegte er, die Russen hatten es nicht anders gemacht: Sie verteidigten ihre Heimat mit schier übermenschlichen Opfern. – *Er* hingegen, was verteidigte *er* eigentlich?

In dieser Zeit brauchte er lange, um in den Schlaf zu finden. Doch wenn der Morgen anbrach, verscheuchte er seine Gedanken, denn es gab genug zu tun.

Schon seit einer Ewigkeit hatte er nichts mehr aus dem OKW in Berlin gehört. Keitel war zum großen Schweiger geworden. Waren in der Reichshauptstadt schon alle dabei, ihre Flucht vorzubereiten? In der naiven Hoffnung, irgendwo unterkommen zu können? Sie waren Kriegsverbrecher, genau wie er. Welche Tür würde ihnen denn offenstehen?

Es war wie eine faulende Brühe, die zu gären begonnen hatte. Die Blasen stiegen unaufhaltsam an die Oberfläche. Man konnte vielleicht das Licht im Raum ausschalten, doch der Gestank, der daraus entwich, durchdrang die Dunkelheit.

Weihnachten und Neujahr verliefen in einer seltsam nüchternen Stimmung. Sein Sohn hatte ihm eine kurze Feldpost geschickt und ihm mitgeteilt, die gesamte deutsche Armee im Osten befinde sich auf dem Rückzug, was ihn allerdings nicht daran hindere, weiterhin junge Burschen aufzuknüpfen. So begann auch das Jahr 1944 mit trüben Gedanken und mit Beklommenheit. In den Nächten des Jahreswechsels hatte die Résistance verstärkt kleine, schnelle Überfälle aus dem Hinterhalt ausgeführt und dabei über fünfzig deutsche Soldaten getötet. Sie waren wagemutiger geworden und hatten die Erschossenen anschließend an Laternenpfählen aufgehängt. Es war eine Ermutigung an die Franzosen gewesen und zugleich eine unmissverständliche Ankündigung, dass man weitere Aktionen plane und auf die Gelegenheit warte zum ganz großen Schlag.

Eine Meldung traf ein: SS-Gruppenführer Heinz Lixfeld würde nun endlich, nach Monaten des Wartens, den inzwischen an der Ostfront verschollenen General Heimle ersetzen. Andernach hatte schon gar nicht mehr damit gerechnet, aber vielleicht brachte Lixfeld neue Weisungen aus dem OKW, um dem drohenden Untergang etwas entgegenzusetzen. Gespannt erwartete er den Neuen, der in einigen Tagen eintreffen würde und der genau wie die anderen seinem Kommando unterstellt war. Er gab Order, Lixfelds Büro herzurichten, das seit Heimles Weggang verschlossen gewesen war. Es fanden sich noch persönliche Erinnerungsstücke von Heimle, die er im Hof verbrennen ließ.

Er saß an seinem Schreibtisch und überflog die Gestapo-Berichte über die Suche nach Lupin: Inhaltsloses Blabla, getragen vom Wunsch, die eigene Bedeutung und Leistungsfähigkeit herauszustellen. Nicht das kleinste konkrete Ergebnis – »Sieg Heil!«

Er orderte Kaffee für sich, als die Ordonnanz ihm den Besuch des Generalkonsuls Lindström ankündigte.

»Kein Wort zu Ihrem Gewicht will ich hören, verehrter Generalkonsul! Es hat sich ohnehin nicht verändert!«, rief er ihm erfreut entgegen. Lindström ergriff die dargebotene Hand und schüttelte sie kräftig.

»Herr General, ich freue mich, Sie in so prächtiger Stimmung zu erleben!« Er bestellte sich ebenfalls Kaffee.

Nach einem kurzen, freundlichen Wortgeplänkel ergriff Andernach die Initiative.

»Was führt Sie zu mir?«

Lindström schaute ihn viel zu lange an. »Herr General, wir müssen reden!«, sagte er schließlich ernst.

Andernach kniff die Augen zusammen.

»Das mit Lupin ist wieder einmal schiefgelaufen, nicht wahr?«

Andernachs Augen verengten sich noch mehr.

»Im diplomatischen Corps herrscht noch immer große Empörung über Ihren Angriff auf die katholische Nuntiatur. Das wird man nicht vergessen.« Lindströms Züge waren hart geworden. »Eine solche Barbarei wird niemand hinnehmen. Und Erfolg hatten sie damit ohnehin nicht.«

»Ich kann mich nicht um jeden toten Pfaffen kümmern.«

»Das sollten Sie aber. Es wird nicht mehr allzu lange dauern, bis die Alliierten vor Paris stehen.«

»Ich habe klaren Befehl …«

»Ach hören Sie mir auf mit Ihren Befehlen! Der Mann, der sie Ihnen gegeben hat, ist schon lange nicht mehr richtig im Kopf! Falls er es jemals war.«

»Unser Führer …«

»… gehört in die Klapsmühle.« Lindström winkte müde ab. »Sein Kriegsverbrechertribunal wird er wohl ohnehin nicht mehr erleben.«

»Herr Generalkonsul, ich mache Sie darauf aufmerksam, dass ich keine weiteren Unflätig…«

»Es ist höchste Zeit, Herr General, dass Sie an sich selbst denken. Sie wollen hier doch noch lebend herauskommen? Dieser Wahnsinnige rührt doch keinen Finger für Sie, wenn es darauf ankommt!«

Andernach fühlte sich unbehaglich unter dem stechenden Blick des Schweden. »Worauf läuft es hinaus?«

»Ich komme als neutraler Unterhändler der Résistance.«

Andernach klappte der Mund auf. »Ist etwa dieser Lupin wieder im Spiel?«

»Den erwischen Sie eh nie.«

Schließlich kam der Generalkonsul mit seinem Anliegen heraus: Die Résistance wartete auf die Alliierten, um die Deutschen und deren Truppen aus der Stadt zu jagen. Sie beklagte, dass Andernachs Leute nach jedem ihrer Angriffe auf deutsche Soldaten ein Vielfaches an französischen Zivilisten massakrierten. Einen Augenblick lang war Andernach versucht, den harten Hund zu geben, doch er bezwang sich.

»Sie werden dieses Volk nicht brechen, General Andernach. Ihre ganzen Massaker führen zu nichts. Ein Mann Ihrer militärischen Erfahrung hat das doch längst erkannt!«

Andernach schwieg, denn insgeheim stimmte er ihm zu. »Und was wollen die von mir … von uns?«

»Die Résistance bietet Ihnen an, die Angriffe auf Ihre Leute erheblich einzuschränken, jedenfalls bis zum Eintreffen der Alliierten. Dass man Sie dann aus Paris hinauswerfen wird, wird Ihnen ohnehin klar sein.«

Andernach überhörte es. Schließlich blickte er nachdenklich

222

auf Lindström. »Herr Generalkonsul, bei unseren wenigen Begegnungen habe ich Sie als Ehrenmann schätzen gelernt …«

Lindström nickte verbindlich.

»Deshalb bin ich bereit, Ihnen etwas anzuvertrauen, wenn Sie mir bei Ihrem Ehrenwort als Diplomat versichern, dass Sie es nicht weitergeben werden.«

»Sie haben mein Wort.« Lindström hatte sich aufgerichtet.

Andernach suchte nach Worten. »Meine Ernennung zum Militärgouverneur der Garnison von Groß-Paris wurde mir von Hitler persönlich in der *Wolfsschanze* mitgeteilt. Diese Begegnung mit dem *Führer* hat mich geprägt: Ich hatte das Gefühl, ein Wesen vor mir zu haben, das den Verstand verloren hat! An das Bild unserer Propaganda kann ich nicht mehr glauben!«

Er sank in seinen Sessel.

»Jetzt verstehe ich«, stellte Lindström fest. »Deshalb sind Sie so ein harter Hund. – Mit Ihrer ganzen Grausamkeit, Brutalität und Menschenverachtung …«, Lindström hob die Stimme, »… haben Sie fortwährend nur gegen die eigenen Zweifel angekämpft. Je stärker die Zweifel, desto brutaler der Generaloberst. Mein Gott, so seid Ihr Deutschen eben: Bloß kein Nachdenken über die Autorität, mag diese auch noch so falsch und niederträchtig sein! Ja, lieber Mann, und dafür lassen Sie hier Tausende Franzosen krepieren?«

Andernach schwieg lange. »Für diese Worte könnte ich Sie hier sofort an die Wand stellen lassen«, knirschte er schließlich.

»Wagen Sie es ja nicht, meine diplomatische Immunität anzugreifen!«

»Am besten beruhigen wir uns jetzt beide wieder! – Einen Sherry?«

Lindström nickte und Andernach füllte zwei Gläser. Sie stießen an und nickten einander zu.

»Ich bin geneigt, dem Vorschlag der Gegenseite zuzustimmen. Allerdings unter einer Bedingung.«

»Und die wäre?«

Andernachs Stimme bebte vor Zorn. »Lupin bleibt außen vor, sonst wird augenblicklich alles hinfällig!«

»Mir ist von Kontakten Lupins zur Résistance nichts bekannt – mein Ehrenwort.«

»Gut, dann gilt unsere Absprache.« Sie standen auf und schüttelten sich die Hand.

»Ich habe schon viel zu viel von Ihrer wertvollen Zeit in Anspruch genommen.« Lindström nickte. »Für heute darf ich mich empfehlen.«

Andernach brachte ihn bis zum Ausgang. Auf der Straße schlurfte ein weißhaariger Greis mit Gehstock vorbei, der sich dabei mehrmals an den Rücken fasste. Andernach, am Rande der Paranoia, rief sich streng zur Ordnung.

Tatsächlich ließen die nächtlichen Überfälle der Résistance deutlich nach, und damit auch die deutschen Massaker an der Pariser Zivilbevölkerung. Der Januar neigte sich dem Ende zu, und er war klirrend kalt. Josette und Lupin saßen am abendlichen Kaminfeuer. Josette hatte sich in zwei dicke Decken gehüllt, das Feuer wärmte kaum. Statt des üblichen Rotweins hatten beide sich einen doppelten Armagnac gegönnt, der sie von innen her wärmte. Ihre Stimmung war gedrückt.

»Manchmal höre ich im Kopf schon den Geschützdonner der Alliierten«, murmelte Josette vor sich hin. »Ich kann es kaum erwarten … Dann muss ich mich wieder zusammenreißen und mir klarmachen, dass es noch nicht so weit ist.«

Lupin stellte seinen Armagnac ab. »Ich kann es kaum noch ertragen, bis sie endlich weg sind. Doch nach all diesen grausamen Jahren steigt meine Hoffnung endlich wieder!«

»Diesem Andernach wünsche ich die Pest an den Hals!«

»Weißt du, chérie, was meine Sorge ist? Irgendwann ist auch dieser Krieg vorbei, dann wird alles wieder ‚normal‘. Und am

Ende tragen die Täter wieder unbehelligt Zivilkleidung. – Ich frage mich, ob wir für das ganze Unrecht, das ganze sinnlose Morden jemals Gerechtigkeit erfahren werden.«

»Der Krieg ist Ungerechtigkeit an sich …« Josette schnaubte in ihr Taschentuch. »Das Erste, was er ermordet, ist die Gerechtigkeit.«

»Morlaix organisiert bereits den bewaffneten Widerstand. Du findest ihn überall und nirgends zugleich. Wir müssen sehen, was wir beitragen können.«

»Wie meinst du das, chéri?«

»Morlaix ist letztlich ein Militärschädel. Andernach ist ein Militärschädel. Wenn beide erst einmal aufeinander einhauen, dann können wir hier Leichen einsammeln wie Bucheckern. Die Idee gefällt mir nicht. Ganz und gar nicht!«

»Chéri, ich fürchte, das ist zu groß für uns.«

»Zu groß? Wir sind die Lupins! Bevor die hier alles kurz und klein hauen, lassen wir uns etwas einfallen!«

Josette warf ihm einen Blick voller Stolz zu, und Lupin erwiderte ihn.

»Ich traue diesen Boches nicht. Sie werden nicht freiwillig gehen wollen, und nicht ohne ein furchtbares Blutbad. Wie willst du das verhindern?«

»Wir sind die Lupins, Madame. Falls nötig, werden wir es verhindern!«

»Du weißt, ich liebe dich, Arsène, aber manchmal kommt mir dein ganzes Selbstbewusstsein schlicht vor wie Größenwahn.«

Es schien so, als würde jeder Nachfolger eines deutschen Generals, den sie nach Paris schickten, immer noch schlimmer. SS-Gruppenführer Lixfeld, der Nachfolger von General Heimle, hatte seit seiner Ankunft ein System des Terrors perfektioniert, mit dem er willkürlich herausgepickte Pariser Bürger und ihre

Familien nachts, während sie schliefen, überfallen und in Verhörräume verschleppen ließ, die sie nicht mehr lebend verlassen sollten. Die Informationen, die die Deutschen daraus gewannen, waren nicht wirklich »kriegsentscheidend«, doch die allgegenwärtige Angst, der allgegenwärtige nächtliche Terror, das sollte die Pariser zu willenlosen Figürchen werden lassen. Sie sollten so sehr erstarren vor Angst, dass sie nur noch besessen waren von dem Wunsch, am Leben zu bleiben und Lixfelds bestialischer Menschenzerstörung zu entgehen.

»Jibt doch jenuch Franzosen! Könn' ruhich ma 'n paar hinten runnerfallen!«, kläffte er mit seiner hohen Stimme, wenn er Befehl für eine weitere nächtliche Aktion gab. »Also man nich' so zimperlich, die Herren!«

Lupins Kanäle hatten ihm detailliert über Lixfeld berichtet. Obwohl er keine Silbe dazu verlor, war Josette sich sicher, Arsène hatte eine besondere Quelle. Und sie verstand, dass sein Schweigen sie schützen sollte und davor bewahren, in dieses Spiel mit dem Feuer hineingezogen zu werden. Sie glaubte nicht an Bestechung und noch weniger an Einschüchterung, dafür waren die Deutschen zu hart. Gut möglich allerdings, dass die Vertreter der Herrenrasse in angetrunkenem Zustand in den zahllosen Pariser Bordellen mit ihrem Wissen prahlten. Die Mädchen dort waren gute und mutige Französinnen. Sie pflegten das Geschäft mit den Deutschen, doch sie sammelten auch Informationen für Lupin, die er über Mittelsleute erhielt. Eine direkte Kontaktaufnahme hingegen hatte Josette ihm strengstens untersagt.

Trotz der von den Deutschen geschätzten Dienstleistungen verstarb immer wieder einmal eines der Mädchen, wenn einer der Schlächter in seiner Mischung aus Angst, Verzweiflung, Suff und Angeberei durchdrehte und nur so zum Spaß ein junges

Leben beendete. Es steigerte die Motivation der anderen, Lupin und auch Morlaix aufs Genaueste über ihre Erkenntnisse zu berichten.

»Meine englischen Quellen berichten mir von verstärkten Invasionsvorbereitungen. Die Amerikaner haben eine große Menge an Landungsbooten gebaut, die Briten bauen Schwimmpanzer, Minenräumpanzer und Flammenwerferpanzer.«

»Es macht mir Mut und es ist dennoch einfach nur grausam!«

»In Devon, in Südengland, haben sie für eine Landungsoperation trainiert. Die deutsche Marine hat sie entdeckt und über siebenhundert von ihnen getötet.«

Josette schüttelte sich. »Ich habe selbst getötet, und dennoch werde ich mich nie mit so etwas abfinden können. Wir müssen dafür sorgen, dass Radio Calais alle diese Meldungen bringt, über Lixfelds Untaten genauso wie über die einzelnen Vorbereitungen der Westmächte. Je mehr wir von beidem bringen, desto mehr Verwirrung und Verunsicherung schaffen wir bei den Boches!«

»Da habe ich gar nicht mehr dran gedacht.« Lupin griff sich an die Stirn. »Ich bin bald zurück.« Er erhob sich und ging zu seinem Funkraum. Eine Stunde später kam er zurück, und Josette schlief tief und fest. »Wo ist nur mein Heizkissen …?«, murmelte er leise vor sich hin, doch schon schoss der Kopf der liebenden Gattin in die Höhe. »Ich glaube, ich liege drauf …«, murmelte sie schlaftrunken und holte es unter ihrer Decke hervor.

»Die Alliierten haben sich auf den Mai geeinigt für den Beginn ihres Angriffs. Unserem geschundenen Land steht noch so einiges bevor. Ich fühle mich hilflos, und ein Lupin fühlt sich gar nicht gern hilflos, ma chérie!«

»Womit rechnest du?« Josette wurde langsam wach.

»Militärisch betrachtet werden sie zuerst einmal eine Menge

unserer Verkehrswege im Hinterland bombardieren, damit die Deutschen keinen Nachschub an die Front bringen können. So notwendig es auch ist, so sehr graut mir davor, sacré dieu!«

»Meinst du, sie bombardieren auch Paris?«

»Die Alliierten eher nicht. Aber bei den Deutschen weißt du nie, was ihnen als Nächstes einfällt.«

Wie berechtigt Lupins Befürchtungen sein sollten, zeigte sich in den folgenden Wochen. Während die Résistance über achthundert Lokomotiven in die Luft fliegen ließ und Pétains Kollaborationsregierung allein im ersten Vierteljahr 1944 über dreitausend Anschläge auf das französische Schienennetz erfasste, griffen die Alliierten die Straßen aus der Luft an. Sie bombardierten auch Lyon, Nizza und Saint-Étienne und töteten an einem einzigen Tag fast dreitausendachthundert Menschen. Die Menschen selbst waren kurz davor, den Verstand zu verlieren, denn sie vermochten nicht zu begreifen, warum dem Terror der Besatzer nunmehr das Morden der Befreier folgte.

Lupin, der über alle Entwicklungen genauestens informiert war, ließ große Mengen an Munition im Palais stapeln, denn er rechnete damit, dass die deutschen Besatzer ihren Terror immer weiter steigern würden, je weiter die alliierten Angriffe vorankamen. Auch mehrere Granatwerfer und Flammenwerfer ließ er bunkern, und er hatte begonnen, der eigenen Belegschaft einen militärischen Drill zu verpassen, damit im Ernstfall alle wussten, wo ihre Position war und was sie zu tun hatten.

»Chéri, ich wusste nicht, dass du dich darauf verstehst, Truppen auszubilden?«, sagte Josette überrascht.

»Mein Liebling, in den Dreißigern war ich kommandierender Offizier der französischen Fremdenlegion in Algerien.«

Josette bekam den Mund nicht mehr zu. »Mon Dieu, das wusste ich gar nicht! Erzähl, erzähl!«

Doch schlagartig verhärteten sich Lupins Züge. »Das ist nicht der richtige Zeitpunkt, Josette.«

Josette sah den Ausdruck in seinen Augen, und als seine Frau verstand sie sofort, dass er dort Dinge erlebt hatte, über die er nie wieder reden wollte.

»Aber jedenfalls war das der Grund, warum ich heute immer die List über den Kampf stelle …«, murmelte er zu sich selbst, und seine Frau zog es vor, nicht weiter darauf einzugehen.

»Ich frage mich die ganze Zeit, was wir hier noch tun können«, überlegte sie. »Ich brenne darauf, etwas zu tun, aber ich weiß nicht was!«

Raymond kam herein. Dank Dr. Canaros ärztlicher Kunst war er wieder gut auf den Beinen, nur sein Gesicht wirkte immer noch etwas verschoben.

»Monsieur-dame, Sie haben soeben Besuch erhalten von Monsieur Morlaix und einem Begleiter.«

»Solange der keine SS-Uniform trägt, darf er mit hereinkommen.«

Sie begrüßten einander herzlich, und Morlaix stellte ihnen Henri Lavallier als seine rechte Hand vor. Josette ließ Sherry reichen.

»Monsieur Lupin«, begann Morlaix ohne Umschweife, »wir brauchen Ihre Hilfe.«

»Mir reicht es noch vom letzten Mal«, bellte Lupin, und Josette richtete sich kerzengerade auf.

»Das, was ich bei Lucy und in der Nuntiatur erlebt habe, brauche ich kein zweites Mal. Das reicht uns beiden hier bis zum Lebensende!«

»Er ist hier im Sarg angekommen! Ich möchte so etwas nie wieder erleben!«

Lavallier hob beschwichtigend die Hände. »Monsieur-dame, seien Sie versichert, wir haben nichts dergleichen im Sinn.«

»Das war beim letzten Mal genauso. Ich sollte lediglich eine junge Dame aushorchen, hatten Sie mir gesagt, Morlaix!«

»Ich bin untröstlich, Monsieur, aber es ist Krieg!«

»Bitte nicht so! Immerhin bin ich Lupin!«

Lavallier runzelte besorgt die Stirn.

»Also«, sagte Josette ruhig. »Was für eine Aufgabe haben Sie für uns?«

Lavallier suchte nach Worten. »Wir wissen, dass die Alliierten in wenigen Wochen angreifen werden. Sie haben fast zweitausendachthundert Schiffe zusammengestellt und über eintausend Bomber. Dazu 175.000 Soldaten.«

»Wo haben Sie die Zahlen her?« Lupin kratzte sich am Hinterkopf.

»Die Résistance verfügt über gute Quellen, Monsieur Lupin.« Morlaix fixierte ihn. »Das ist ganz bestimmt nicht unser Problem.«

»Jedenfalls, sie stimmen mit unseren überein.« Josette nickte anerkennend. Lupin blickte ausdruckslos.

»Letztlich ist das Ziel, nicht nur Frankreich zu befreien, sondern Deutschland zur Kapitulation zu zwingen. Sie werden also versuchen, bis nach Berlin zu kommen.«

»Sie werden die Deutschen vor sich hertreiben, und hoffentlich auch bald aus Paris hinaus!« Lupins Stimme bebte vor Zorn. »Was sie uns angetan haben, wird auf Generationen hinaus jeden Gedanken an Versöhnung ad absurdum führen. Dafür ist schlicht zu viel passiert.«

Josette stimmte heftig zu.

»Wir werden …«, Morlaix blickte abwartend auf die Sherry-flasche, »… den Deutschen hier in Paris den Boden unter den Füßen anzünden, sobald wir wissen, dass unsere Befreier sich nähern. Aber wir müssen auch verhindern, dass sie bei ihrem Abzug nur noch verbrannte Erde hinterlassen.«

»Das haben sie auch so schon«, schnaubte Josette.

»Von der militärischen Seite her wissen wir, was wir zu tun haben. Unsere große Sorge ist, wie wir Paris schützen können.«

»Morlaix, raus mit der Sprache! Was wollen Sie von uns?«

Lavallier ergriff wieder das Wort. »Monsieur-dame, wir brauchen einen direkten Draht zu General Andernach. Wenn es hart auf hart kommt, müssen wir auf ihn Einfluss nehmen können.«

Josette atmete hörbar aus. »Sie erwarten jetzt aber nicht ernsthaft, dass mein Mann ihn wieder besucht?«

Lupin lachte laut auf. »Der wäre sprachlos und würde vom Stuhl fallen. Soll ich wieder den Kardinal spielen?«

Josettes Antwort war nur ein unverständliches Zischen.

»Beruhigen Sie sich bitte, Madame, das war gewiss nicht unser Anliegen. Nur, wir sind nun einmal Soldaten. Unsere Sprache ist die der Waffen, die Sprache der Diplomatie ist nicht die unsere. Deshalb wäre es wichtig, einen Diplomaten als neutralen Vermittler zu haben, der Andernach unsere Botschaften übermittelt. So ließe sich viel Schlimmes verhindern. – Wir selbst allerdings müssen im Verborgenen bleiben.«

»Lindström.«

»Pardon, Monsieur?«

»Der schwedische Generalkonsul: hochintelligent und hochinteger. War eh schon mehrmals bei von Stotz und Andernach im Auftrag Ihres örtlichen Kommandanten. Wussten Sie das gar nicht?«

»Haben Sie einen Kontakt zu ihm, Monsieur Lupin?« Lavallier überhörte die Anspielung. »Mon Dieu, warum lachen Sie?«

»Ich kenne ihn gut, sogar sehr gut! Er kennt mich allerdings nur als Militärattaché von Armenien. So war ich mehrmals im schwedischen Generalkonsulat, nachdem wir gehört hatten, dass eine wertvolle schwedische Goldmünzensa…«

»Das gehört überhaupt nicht hierher!«, unterbrach Josette ihn scharf.

»Jedenfalls gehört sie jetzt meiner Frau. Ich habe sie ihr zum Geburts...«

»Chéri, wirst du wohl still sein?«

Morlaix und Lavallier grinsten.

»Ich müsste eine Möglichkeit finden, mich bei ihm einzuführen, vielleicht als ...«

»Monsieur Lupin, Sie stellen sich bitte nur als Sie selbst vor!« Morlaix blickte ihn streng an. »Dieses Mal geht es nicht um Münzsammlungen, sondern um Paris.«

Lupin blickte melancholisch. »Er hatte auch noch wunderschöne niederländische Fayencen aus dem 16. Jahrhundert in seinem Foyer. Nur leider waren sie so gut gesichert, dass ich nicht auf die Schnelle ...«

»Auch hierfür werden Sie bestimmt eine Lösung finden.« Lavallier nickte.

Sie verständigten sich darauf, Generalkonsul Knut Lindström als Vermittler zu gewinnen. Lupin, der über dessen Unerschrockenheit gegenüber Andernach bestens Bescheid wusste, würde sich etwas überlegen und ihnen eine Nachricht über das weitere Vorgehen in einem stillen Briefkasten im Quartier Latin hinterlassen. Gemeinsam hoben sie darauf einen Sherry und verabschiedeten sich mit einem: »*Vive la France!*«

»Diebold, zu mir!«

Major Diebold, der sich Andernach längst gehorsam unterworfen hatte, salutierte zackig.

»Wie viele Überfälle heute Nacht?«

»Melde gehorsamst, H' General: Nur ein kurzes Scharmützel am Bullevard Sankt German! Keine Toten oder Verwundeten auf deutscher Seite. Sechs Personen festgenommen, alles Jugendliche. Bestreiten Täterschaft, aber wir kriegen das schon raus aus denen!«

»Gut!« Andernach schob ein paar Papiere zusammen. »Hart anfassen, dieses Pack! Beim nächsten Mal lasse ich hundert Zivilisten exekutieren, Abmachung hin oder her!«

Es klopfte, barsch antwortete der General, und schon riss ein Feldwebel mit ernstem Gesicht die Tür auf.

»Fernschreiben für H' General!«

»Geben Sie schon her und verschwinden Sie alle beide!«

Blitzschnell legte der Feldwebel das gefaltete Telegramm auf den Schreibtisch und schoss hinaus. Betont langsam folgte ihm Diebold.

Einige Sekunden lang hielt Andernach das gefaltete Dokument in der Hand und blickte darauf. Hoffentlich schickten sie wenigstens diesmal ein paar vernünftige Anweisungen aus Berlin, wie er mit dem aufziehenden Gewitter umzugehen hatte. Nach seinen jüngeren Erfahrungen hatte er da seine Zweifel. Mit gerunzelten Brauen öffnete er die Nachricht.

Verehrter Herr Generaloberst,
lieber Paul,

was mir sonst längst zur kalten Routine geworden ist, diesmal fasst es mich an: Als Befehlshaber der 4. Armee habe ich die traurige Pflicht, Dir mitzuteilen, dass Dein Sohn Hermann Andernach am 22. Februar 1944 westlich von Orscha den Heldentod für Führer und Vaterland gestorben ist. Er wurde vor Ort beigesetzt, und alle seine Kameraden gaben ihm das militärische Geleit.

Ich weiß, dass dies für einen Vater nur ein schwacher Trost ist. Doch für einen deutschen Offizier ist es Bestimmung, sich notfalls bis zum letzten Blutstropfen zu opfern. Dies hat Dein Sohn getan, und dafür gebührt ihm alle Ehre!

*In alter Freundschaft grüße ich Dich kameradschaftlich und
drücke Dir mein Beileid aus.*
Heil Hitler!
Dein
Friedrich Weigel
Generalmajor

Andernach erhob sich, das Papier noch immer in der Rechten.
Sein Kehlkopf schnürte sich zu, und so hielt er das Fernschreiben
aus dem Hauptquartier der 4. Armee weit von sich und beobachtete, wie es immer mehr zu flattern begann und wie es auch
nicht damit aufhörte, als er seine zweite Hand zu Hilfe nahm.
Er stand und stand und stand da und starrte auf das Stück
Papier, und in seinen Ohren erscholl das alte Propagandalied der
Hitlerjugend, das Hermann schon als Schüler gerne laut gesun-
gen hatte:

*… unsere Fahne flattert uns voran! Unsere Fahne ist die neue
Zeit! Und die Fahne führt uns in die Ewigkeit …!*

Mit einem grimmigen Aufbäumen riss er sich zusammen
und bekam den Kopf wieder klar. Soldatenleben war Leben mit
dem Tod. Verluste waren normal, Gefühlsduseleien nicht angebracht. Ein Soldat mehr oder weniger, auch wenn er einmal den
gleichen Familiennamen trug! Der Führer, verdammt nochmal,
verlangte eben von je-dem-Deut-schen-ein-Opfer!

Mit einem dumpfen Schlag sackte er auf seinen Stuhl.

Stundenlang saß er reglos da. Sein hart gewordenes Solda-
tenherz hatte verlernt, mit Schmerz umzugehen, und längst
hatte es für Schwäche und Menschlichkeit nur noch Verachtung
gezeigt. Nun aber war dieses Herz dabei zu zerreißen, und
Andernach war außerstande, gegen die eigene Schwäche anzukommen. Sein Vaterschmerz war so groß, dass er darüber selbst
wieder zum Kind wurde. Und als würde Nebel in ihm aufziehen,
bekam er allmählich ein Gefühl für den Schmerz, den die ande-

ren empfunden hatten, wenn er sie mit seiner Grausamkeit überzogen hatte. – All die Schreie, all das Wimmern und Stöhnen, das Blut, der Speichel, der Urin, der Kot der Verzweifelten, es bekam nun ein Gesicht.

Als General hatten die Krepierenden ihn niemals interessiert. Als Vater aber fragte er sich, innerlich wimmernd, ob Hermann schnell gefallen war oder ob sie ihn schreiend vor Schmerzen stundenlang hatten draußen verrecken lassen. Allein vielleicht, in irgendeinem Dreckloch voller Schlamm und Wasser, das eine russische Artilleriegranate gerissen hatte? Hatte es ihm die Gedärme herausgerissen? Beine oder Arme abgerissen? Sein Gesicht verunstaltet, das süße Lausbubengesicht mit Augen voller Unsinn und Lebensfreude, das er so gern mit seiner Offiziersmütze dekoriert hatte, bis sie sich beide lachend auf dem Boden wälzten?

Weigel hatte nichts dazu geschrieben, doch Andernach wusste, wie oft er selbst die Phrase vom schnellen Tod missbraucht hatte, um sich verzweifelten Nachfragen zu entziehen. Unversehens erbrach er sich über seinen Schreibtisch.

Verteidigungspläne voller Generalskotze. Ihm war schlecht.

In diesem Moment zerbrach der nationalsozialistische Glaube in Generaloberst Paul Andernach, Kommandeur von Groß-Paris. Er war nackt, und ohne Mission.

In den folgenden Tagen fiel auch seinen Untergebenen auf, dass »der Alte« sich nur noch wie in Trance bewegte. Die Fernschreiberbesatzung und der Feldwebel, der ihm das Telegramm gebracht hatte, schwiegen eisern über den Inhalt der Nachricht. Nicht unbedingt aus Menschlichkeit, sondern aus Angst vor den Folgen einer Indiskretion. Die Gerüchte wucherten, was mit Andernach los sei, doch es hätte als militärische Insubordination gegolten, wenn einer ihn danach gefragt hätte. Das Zwangssystem der Nazis erzwang in erster Linie Unmenschlichkeit.

Doch es war nicht zu übersehen, dass er innerhalb von Tagen gealtert war. Der militärische Alltag lief einfach weiter, Andernach schien nichts mehr davon wahrzunehmen und schloss sich in seinem Büro ein.

Hier gibt es nur Dreck und Juden, und ich knüpfe reihenweise junge Burschen auf.

Wie der Vater so der Sohn, ging es ihm durch den Kopf. Bisweilen überfiel ihn dann eine unkontrollierbare Wut, und er war versucht, ein neues und noch größeres Massaker anzuordnen. Dann allerdings fiel die Trauer erneut über ihn her, und er vermochte keinen Sinn mehr darin zu erkennen.

Mit Ihrer ganzen Grausamkeit, Brutalität und Menschenverachtung ... haben Sie fortwährend nur gegen die eigenen Zweifel angekämpft. Je stärker die Zweifel, desto brutaler der Generaloberst.

Lindströms Worte brannten ihm in den Ohren. Es war schon viel zu viel zerstört in ihm selbst und um ihn herum, und ihm graute vor sich selbst.

Die nächsten drei Wochen quälte er sich dahin. Seine Züge waren wächsern geworden, seine Finger zitterten, und oft verhaspelte er sich beim Sprechen, was ihm früher niemals passiert war. Es wurde bemerkt.

Zwischendrin hatte Keitel ihn angerufen, um ihm mit kalter Stimme sein Beileid auszudrücken. Andernach hatte ihn ausdrücklich gefragt, ob man in Berlin denn Pläne entwickelt habe, um einem möglichen Angriff auf Frankreich standzuhalten.

»Sie sehen doch, was an der Ostfront vor sich geht, was mit der 6. Armee passiert ist, was von Süden her auf uns zukommt, Mann!«, hatte der ihn eisig abgefertigt. »Was glauben Sie eigentlich, wo ich noch die Truppen hernehmen soll für Ihre Spinnereien?«

»H' Generalfeldmarschall, ich wage den Hinweis ...«

»Sie haben einen militärischen Auftrag, den haben Sie auszuführen! Wie Sie das machen, ist Ihre Sache! Sonst brauchen wir ja keinen Andernach, wenn wir alles selber machen müssen! Also, der Westen ist unbedingt zu halten! Verstanden?«

»Zu Befehl, H' Generalfeldmarschall!«

»Mit allen Mitteln verhindern, dass die durchbrechen. Wenn die erst einmal in Berlin sind, knüpfen sie uns einen nach dem anderen auf. Heil Hitler!«

Die Leitung war wieder tot.

Andernach rief seine Generalsrunde zusammen. Auf Ratlosigkeit stand Tod durch Erschießen wegen Wehrkraftzersetzung, deshalb ergingen sich alle in schneidigen Parolen, ohne einen wirklichen Plan zu haben.

»Also dann, meine Herren, ich schwöre Sie heute in aller Entschiedenheit darauf ein, Paris bis zum letzten deutschen Blutstropfen vor einer Eroberung durch den Feind zu schützen! Wir werden zeigen, dass es auch anders geht als in Stalingrad, denn *unsere* Logistik steht! Damit das so bleibt, werden wir unsere Einheiten im Hinterland verstärken!«

»Wer kämpft dann an der Front?«, fragte einer sarkastisch.

»Nehmen Sie sich ein Gewehr und kämpfen Sie!«

Generalsknöchel klopften zustimmend auf den Tisch, um damit die eigene Angst zu vertreiben. Sie teilten sich die Aufgabe, die Logistik für eine kämpfende Truppe zu sichern, die sich in den Spelunken und Bordellen von Paris auf das Sterben vorbereitete, während sie in ihrem Suff Lupin und Morlaix mit detaillierten Angaben über den Zustand der deutschen Truppen versorgte.

Auch Paulettes Hass auf die Besatzer war nicht kleiner geworden, nur weil die Gestapo sie auf Weisung Andernachs nicht länger behelligt hatte. Sartre und Simone saßen jeden Tag bei ihr, arbeiteten, diskutierten ihre Ideen und notierten eifrig, worüber die deutschen Landser, die das Café für sich entdeckt hatten, sich meist polternd austauschten. Eine Zeitenwende lag in der Luft. Das lange unterdrückte und misshandelte Frankreich spürte immer deutlicher, dass die Zeit seiner Heimsuchungen zu Ende ging, auch wenn vorher noch viel Blut fließen würde. Abends schoben die beiden die gefalteten Notizzettel in den Mauerspalt am aufgeplatzten Betonfundament einer alten Hütte. Im Dunkel der Nacht waren sie dort unsichtbar, und nur wer wusste, wonach er suchte, würde sie finden.

Reginald, der Bettler mit den bis zur Hüfte weggeschossenen Beinen und der gut sichtbaren Metallplatte in der Stirn, der sich auf einem flachen Rollgestell mühsam brabbelnd vorwärtsbewegte, würde sie an sich nehmen, um sie Morlaix' Truppe unauffällig zuzuleiten. Bei ihm verwunderte es niemanden, wenn er längere Zeit stehen blieb, um Atem zu schöpfen, während er unentwegt mit den Händen an seinem Körper oder sonst irgendwo herumwischte und dazu unverständliches Gemurmel von sich gab. Nach einiger Zeit rollte er dann weiter, doch niemand wusste genau, wohin er sich verzog, bevor die Ausgangssperre einsetzte.

In den unendlichen Tiefen der Pariser Katakomben sammelten sich Menschen, Waffen und Material der Résistance und die mit ihr verbündeten kleinen Gruppen, doch auch Hass und Freiheitssehnsucht verschmolzen dort mit unbedingtem Siegeswillen und durchströmten die geheimen Gewölbe. Es war, als würde sich nach einem langen eisigen Winter das Gewürm im Erdreich zu regen beginnen, in seinem Eifer den Sommer herbeizuzwingen, während oben darüber noch alles kalt und starr erschien wie immer.

In den Nächten jedoch, da saßen die geheimen Zirkel zusammen: in Waldhütten und auf einsamen Gehöften, in Bombenruinen und in den unergründlichen Tiefen eines Tunnelsystems, das sich über mehr als dreihundert Kilometer unter der Stadt erstreckte. Große Bereiche davon waren angefüllt mit den Gebeinen von über sechs Millionen Menschen, die man aus den Friedhöfen der Stadt hierher verbracht hatte, kunstvoll gestapelt in makabren Mustern und Skulpturen, die bis zur Decke reichten.

Zu allen Tages- und Nachtzeiten gab es nun Fliegeralarm, und die Deutschen begannen völlig wahllos in den Himmel zu schießen. Die Flakgeschütze trommelten ihr Stakkato, das Jaulen ihrer Geschosse zerriss die Luft kilometerweit, denn britische Aufklärungsflugzeuge überquerten Paris am helllichten Tag in großer Höhe. Ab und zu zerriss eine Explosion das Firmament, wenn die Flak eines von ihnen vom Himmel holte. Brennende Flugzeugteile zogen dann eine schwarze Rauchspur bis zum Boden, wo sie nur allzu oft Häuser zerstörten und Menschen töteten – nicht anders als die wieder zur Erde stürzenden Flakgeschosse. Noch schlimmer wurden nun die Nächte, wenn das dumpfe Dröhnen schwerer Propellermaschinen die britischen Bomber ankündigte, die ihre zerstörerische Fracht im Dunkeln abwarfen, zumeist recht ungenau. Oft verfehlten sie die anvisierten Ziele, mit denen sie den deutschen Nachschub für die Westtruppen zerstören wollten, um in den Anfangstagen der Invasion die Deutschen möglichst von Waffen, Munition und Verpflegung abzuschneiden. Es würde nicht nur ihre Kampfkraft schwächen, sondern auch ihre Moral. Oft erhellten riesige Explosionsblitze die nähere und fernere Umgebung, untermalt vom Aufheulen der schweren Motoren, wenn die Piloten nach ihrer tödlichen Arbeit wieder an Höhe gewannen, um sich und ihre Maschinen in Sicherheit zu bringen. Bisweilen standen Lupin und Josette im Dunkeln auf ihrer Dachterrasse, um das grausam-schöne Schauspiel zu beobachten. – An Schlaf war ohnehin nicht zu denken.

»Die einen töten uns, um uns die Freiheit zu nehmen, die

anderen töten uns, um sie uns wiederzugeben. Verstehst du das, Josette?«

Josette schmiegte sich an ihn. In der Ferne explodierten die einschlagenden Bomben und rissen gewaltige Feuerlöcher in die Nacht. Die Flak suchte mit riesigen Scheinwerfern den Nachthimmel ab, sodass die Sterne dahinter verblassten. Ihre Geschosse rasten den Himmel hinauf, helle Leuchtspuren hinter sich herziehend. Wenn sie eine der feindlichen Maschinen trafen, wälzte sich ein Feuerregen durch das Dunkel, während die Triebwerke stotternd verstummten. Dick eingepackt gegen die Kälte, verfolgten die Lupins die Tragödie, die sich vor ihren Augen abspielte, bevor der eisige Nachtwind sie zurückzwang in das Palais, wo sie sich umarmten und küssten und einander versprachen, am Leben zu bleiben.

In den folgenden zwei, drei Wochen herrschte in Paris eine unheimliche Ruhe. Es gab kaum noch Überfälle auf die Deutschen, und auch die Besatzer hielten sich zurück, denn sie waren beschäftigt, die Schäden aus den Bombardierungen zu beheben und ihre Logistik wieder instand zu setzen. Das war schwierig, denn der französische Untergrund schlief nicht. Bis Anfang April hatten sie fast fünfhundert Schienenstränge in die Luft gejagt, dazu noch gut zwei Dutzend wichtige Telegrafenleitungen. Die Deutschen fluchten.

Auch SS-Gruppenführer Lixfeld war wütend, und hinter Andernachs Rücken beschimpfte er ihn als Weichei, weil er sich weigerte, härter durchzugreifen. Doch Andernach hatte lakonisch gekontert, wolle man alle Franzosen erschießen, die Lixfeld liquidieren wolle, dann sei die deutsche Armee innerhalb von zwei Tagen ohne Munition.

In dieser schweren Zeit erhielt der schwedische Generalkonsul Besuch, und er hob staunend die Brauen, als ihm Lupins Visitenkarte hereingereicht wurde. Da er genug von ihm und seinen Fertigkeiten gehört hatte, räumte er erst einmal alle Wertsachen weg und ließ ihn schließlich zu sich bitten.

»Monsieur Lupin!« Er erhob sich und musterte seinen Gast von oben bis unten. »Niemals hätte ich mit der Ehre Ihres Besuches gerechnet.«

»Monsieur, ich weiß es als große Ehre zu schätzen, dass Sie mir etwas von Ihrer kostbaren Zeit widmen!«

Lindström nickte höflich und bat ihn mit einer Handbewegung, Platz zu nehmen. Lupin ließ sich in dem angebotenen Sessel nieder, und auch Lindström setzte sich wieder.

»Sie sind eines der großen Geheimnisse von Paris, Monsieur Lupin. Niemand weiß, wo man Sie findet, und – wenn Sie erlauben – nichts ist vor Ihnen sicher. Doch die Spuren Ihres Wirkens sind Teil der Geschichte dieser Stadt geworden.«

»Monsieur le consul général, Sie sind zu liebenswürdig! In der Tat habe ich großen Wert darauf gelegt, den persönlichen Kontakt zu Ihnen herzustellen.«

Lindström, viel zu erfahren in seinem Beruf, musterte ihn abwägend. »Ich überlege gerade, Monsieur Lupin, warum Ihre Stimme mir so ungewöhnlich bekannt vorkommt. Das ist wirklich eigenartig.«

»Ich habe mich sehr darauf gefreut, Ihnen heute zum ersten Mal zu begegnen. Darum würde mich das sehr wundern!«

»Hmmm …« Lindström zog die Brauen zusammen. »Wirklich sehr seltsam.«

»Der Grund meines heutigen Besuchs, Herr Generalkonsul, könnte möglicherweise von dramatischer Bedeutung für uns alle werden. Ich komme auf ausdrückliche Bitte von Monsieur Morlaix, dem obersten Anführer der französischen Résistance.«

»Morlaix? Bisher hatte ich mit dem Résistance-Führer von Groß-Paris zu tun. Ich ziehe es vor, seinen Namen nicht zu nennen.«

Lupin erklärte ihm seine Rolle als Vermittler. Auch Lindström war informiert, dass die Alliierten angreifen und Paris befreien würden. Beide gestanden sie einander ihre Sorge, dass die Deutschen unter dem Feuer der Angreifer restlos durchdrehen würden.

»In der Tat, Monsieur Lupin, wenn man die Denkweise dieser Menschen kennt – sofern man sie als Menschen bezeichnen will –, dann muss man mit dem Allerschlimmsten rechnen. Allein im Lager Drancy haben sie inzwischen über 65.000 Juden interniert. Von dort schicken sie sie in spezielle Lager, wo sie getötet werden. Sie haben Tausende jüdische Kinder getötet. Nun stellen Sie sich vor, wie sie dort unter den Lebenden wüten werden, wenn ‚der Feind‘ anrückt! Schrecklich!«

»Die Résistance weiß, dass Sie einen guten Draht zu Generaloberst Andernach haben. Unsere Bitte an Sie ist, diesen Kontakt zu intensivieren. Bei dem, was unserer Stadt bevorstehen wird, wäre es umso wichtiger, jederzeit Zutritt zu ihm zu haben, um auf ihn Einfluss nehmen zu können. Irgendwann werden wir vielleicht sogar mit ihm verhandeln müssen. Wir haben riesige Sorgen, dass die Deutschen halb Paris umbringen, wenn man sie zum Abzug zwingt.«

»Ich kenne Andernach«, nickte Lindström. »Er ist ein eiskalter Hund ohne jede menschliche Regung. Aber ich habe ihn auch darauf hingewiesen, dass es ein internationales Kriegsverbrechertribunal geben wird. Das hat ihn – pardon – einen Kehricht interessiert. Ein unbelehrbarer Fanatiker!«

»Er hat erst unlängst seinen Sohn an der Ostfront verloren. So etwas steckt nicht einmal Andernach einfach weg.«

»Wohe…?«

»Ein Lupin, Monsieur, ist immer informiert!«

Sie unterhielten sich eine volle Stunde. Lindström war bereit, vorbehaltlich der Zustimmung seiner Regierung als humanitärer

Vermittler zwischen den Fronten aufzutreten. Lupin dankte ihm überschwänglich und verabschiedete sich.

»Ich denke und hoffe, dass wir uns von nun an öfter sehen werden, Herr Generalkonsul.«

»Nun weiß ich auch, an wen mich Ihre Stimme erinnert: Ich hatte ein-, zweimal ein kurzes Gespräch mit dem armenischen Militärattaché. Seine Stimmlage ist in etwa wie die Ihre, aber natürlich spricht er mit einem viel härteren Akzent.«

»Na Gott sei Dank, Monsieur, ich hatte mich wirklich schon gewundert!«

Er ließ Morlaix die gute Nachricht zukommen.

Während Andernach sich wieder zurückmühte in seinen Alltag und vorwiegend damit beschäftigt war, aus Berlin brauchbare strategische und taktische Vorgaben zu bekommen, baute SS-Gruppenführer Lixfeld seine eigene Machtbasis aus. Als Vorwand diente ihm, dass besonders die Pariser Jugendlichen sich immer aufsässiger zeigten und Anweisungen der Militärkommandantur zu unterlaufen versuchten. Überall in der Stadt flammten ihre spontanen Demonstrationen auf, doch waren sie genauso schnell wieder unsichtbar, wenn die deutschen Soldaten ankamen.

»Austreten so wat, kleine Feuer sofort austreten!«, fistelte Lixfeld. »Bevor so wat zum Flächenbrand wird! Wech mit den Franzmännern! Woll'n ma doch ma sehen!«

Aber meistens sahen sie gar nichts mehr.

Inzwischen war es Mitte März 1944. Die Temperaturen waren nach wie vor mäßig, nur in den Herzen der Pariser stiegen sie immer weiter an. Denn abermals hatte es eine dieser kleinen studentischen Freiheitsdemonstrationen gegeben, diesmal am Jardin des Plantes in der Rue Cuvier. Zufällig waren zwei deutsche Militärstreifen in der Nähe, die sofort zum Ort des Geschehens rasten, in die Luft feuerten und dann drei der Demonstranten erschossen. Ein Teil der kleinen Gruppe schaffte es, sich in den botanischen Anlagen zu verstecken, während ein halbes Dutzend von ihnen in die Fänge der Besatzer geriet. Denen allerdings schien es nicht zu reichen, denn sie nahmen alle Jugendlichen in der Umgebung fest, derer sie habhaft werden konnten. Die meisten waren Studenten auf dem Weg zu ihren Universitätsinstituten. Sie wurden mit Gewehrkolben zusammengeschlagen, halb bewusstlos auf Lastwagen geworfen und abtransportiert.

In derselben Nacht mähte die Wehrmacht sechsunddreißig junge Leben im Bois de Boulogne mit ein paar Maschinengewehrgarben nieder. Wer im Licht der Taschenlampen noch Zeichen von Leben zeigte, dem wurde mit der Pistole der Fangschuss gegeben. Ihre Leichen ließ man zwei Tage lang liegen, zur Abschreckung anderer Jugendlicher, konnte jedoch nicht verhindern, dass der Tatort zur Pilgerstätte von Studenten und Schülern wurde, die aus sicherer Entfernung versuchten, einen Blick zu erhaschen, der sie ihr Leben lang nicht mehr loslassen würde.

Paris brodelte im Angesicht dieser neuen Niedertracht an den Kindern der Stadt. Besonders in den nordöstlichen Bezirken, wo an die achthunderttausend Menschen lebten, steigerte der Hass sich bis zur Explosion. Es gab Menschenaufläufe und geschriene Verwünschungen, Steine flogen den Besatzern entgegen, und eine brennende Hakenkreuzfahne wurde an einer langen Stange über den Köpfen der Demonstranten geschwenkt. Als die bedrängten Schlächter Verstärkung anforderten, regnete auf diese ein Hagel von Flaschen und Ziegelsteinen herab, bald flogen die ersten Benzinbomben und setzten Militärfahrzeuge in Brand. Schüsse fielen und wurden mit Gebrüll und Hohn beantwortet. Die Pariser waren an dem Punkt angelangt, wo das Leben des Einzelnen zur Opfergabe für die Nation wurde. Sie waren bereit, sich zu geben.

Auch in den folgenden Tagen ließen die Unruhen nicht nach. Vor allem die Tatsache, dass die meisten der jungen Opfer nichts mit der Demonstration zu tun gehabt hatten, steigerte die Wut zum Schlachtruf »Assez!« – Es reicht!

Lupin und Josette waren genauso entsetzt wie alle Pariser.

»Chéri, wir müssen kämpfen wie alle anderen, es ist so unerträglich!«

Lupin schüttelte den Kopf. »Nein. Wir müssen anders kämpfen als alle anderen. Wir müssen besser sein. – Die anderen hier kämpfen gegen einzelne Verbrechen der Boches, wir aber werden um Paris kämpfen, wie wir es von Anfang an getan haben. Keinesfalls werden wir uns in Einzelaktionen verzetteln.«

Josette verstand, dass ihr Gatte dabei war, etwas auszubrüten, was er ihr sagen würde, sobald es für ihn spruchreif war.

»Haben wir denn keine Möglichkeit, etwas gegen diesen Irrsinn in der Nordstadt zu tun? Wir können doch nicht einfach nur zusehen!«

Lupin setzte ein feines Lächeln auf. »Wir werden uns etwas überlegen. – Mein Rücken bringt mich um heute!«

»Besser dein Rücken als die SS!«

Am nächsten Morgen herrschte Chaos in den deutschen Unterkünften. Alle Stiefel waren verschwunden. Soldaten und SS-Leute stapften barfuß zum Morgenappell und erhielten den Anpfiff ihres Lebens von einem wutschäumenden Diebold, der sie zu einem neuen Einsatz hatte schicken wollen. Es half alles nichts, an diesem Tag würde es keinen Terror geben.

Zufrieden blickte Lupin auf einhundertdreißig Paar Soldatenstiefel, die man in einer seiner Scheunen auf einen Haufen geworfen hatte. Am späten Abend erschien eine Ambulanz mit Blaulicht, und sie schaufelten die Stiefel in den Wagen, denn die Résistance hatte gute Verwendung dafür.

Zwei Tage lang liefen die Schlächter barfuß und mit zwei Paar Socken an den Füßen in ihren Quartieren hin und her. Die Soldaten waren froh über die unerwartete Pause. Zwischendrin allerdings feuerte immer wieder die Flak in den Himmel und schoss endlich einen britischen Aufklärer ab. Der Pilot rettete sich zwar mit dem Fallschirm, wurde aber noch vor Ort von der SS erschossen, mit Benzin übergossen und verbrannt.

»Das war eine tolle Aktion, Arsène! Wenigstens für zwei Tage konnten wir den Menschen dort Ruhe bringen.«

»Ich habe gehört, wie Diebold mit feuerrotem Kopf vor Andernach herumgestottert hat wegen der Stiefel, bis der ihn aus seinem Büro warf.«

»Chéri, wen haben wir dort, dass du immer so gut informiert bist?«

»Das kann ich dir nicht sagen, mein Liebling. Wenn sie mich foltern, werde ich noch schnell eine Kapsel Zyankali schlucken. Doch wenn sie dich foltern, dann darfst du es nicht wissen, denn es würde ein neues Massaker auslösen. Verzeih mir, dass ich so rede!«

Stumm sank sie in seine Arme. »Arsène, Arsène, Arsène!«, flüsterte sie.

Doch die Ruhe war nur von kurzer Dauer. Der Aufruhr in der Nordstadt weitete sich aus, und so stieg auch die Zahl der Todesopfer auf beiden Seiten. Inzwischen waren weitere Stadtteile von Paris betroffen, und Andernach hatte immer mehr Mühe, seine Herrschaft über Groß-Paris zu halten.

Schließlich bat Lixfeld ihn um ein Gespräch.

»Machen Sie Meldung!«, knurrte Andernach, der wieder zu seiner früheren Rolle gefunden hatte.

»Melde gehorsamst, H' General: Unruhen breiten sich aus, erlaube mir Vorschlag!«

»Ich höre.«

»Situation erfordert harte Maßnahmen, sonst totaler Kontrollverlust!«, fistelte er grimmig. »Deutsche Macht muss wieder gestärkt werden!«

Andernach überhörte die Spitze nicht.

»Also?«

»Altes Prinzip: Widerstand brechen durch totale Unterwerfung! Ursprung des Aufstands im nordöstlichen Paris. Erbitte Erlaubnis, Mörser Karl anzufordern und tabula rasa zu machen!«

Andernach winkte ihm, sich zu setzen.

»Sie meinen also den Zweitonner auf der Selbstfahrlafette.«

»Genau! Habe damit polnische Dörfer dem Erdboden gleichgemacht, mit-Mann-und-Maus! Gleiches Prinzip jetzt: Alle zusammenschießen, die Kerle! Glauben mir, H' General, wozu wir in Polen vierzig Minuten gebraucht haben, werden wir in Paris vierzig Stunden brauchen. Aber dann Nordstadt ausradiert. Aus-ra-diert!« Seine Stimme überschlug sich. »Achthunderttausend Feinde weniger! Wenn nächster Morgen anbricht, keine Katze und kein Hund mehr lebendig. Es wird zu einem einzigen Haufen Staub werden!«

Andernach schaute ihn lange an. »Und dazu wollen Sie den Mörser Karl anfordern, verstehe.«

»Jawoll, H' General. Haben in Polen damit alles zerschossen, was sich bewegt hat. Da kommt keiner raus!«

»Mhmmm … dann schießen Sie mal los! Diebold kann Sie zu Karl bringen.«

»Sie haben ihn schon hier?«

»Jedenfalls das, was noch davon übrig ist, nachdem dieser Schweinehund Lupin uns hereingelegt hat.«

Er gab Diebold entsprechenden Befehl. Der nahm ihn ausdruckslos entgegen und holte einen Kübelwagen, um den sprachlosen SS-Gruppenführer Paul Lixfeld, den hochdekorierten Vernichter polnischer Dörfer und polnischer Zivilbevölkerung, auf den wehrmachtseigenen Schrottplatz zu bringen.

»Wurde das nach Berlin gemeldet?«

»Mir nicht bekannt.«

»Wer ist dafür verantwortlich?«

»Befehl von ganz oben.« Diebold zuckte die Schultern und ging zurück zum Kübelwagen, ein erzürnter Lixfeld folgte ihm.

Doch er wagte es nicht, Andernach zur Rede zu stellen, obwohl die SS sich auch gegenüber hohen Wehrmachtsoffizieren immer mehr herausnahm. Andernachs Härte, die nun auch einen Zug persönlicher Verbitterung zeigte, ließ ihn ahnen, dass er dabei den Kürzeren ziehen würde. Allerdings war klar, dass er ohne die mörderische Zerstörungskraft von Karl seinen Plan nicht würde umsetzen können. Die Nordstadt musste man von außen angreifen und vernichten, sodass die Bewohner wehrlos waren und in aller Ruhe zusammengeschossen werden konnten. Schickte man Truppen hinein, dann würde der Feind einen in endlose Häuserkämpfe verwickeln, mit riesigen Verlusten auf beiden Seiten und meist mit geringem Erfolg. Lixfeld fragte sich, was er hier noch sollte. Er hatte gefoltert, geschändet, gemordet, doch es schien so, als hätte jedes seiner Opfer ein Zehnfaches an neuem Widerstand entfacht. So stand er vor den Trümmern seines militärischen Konzepts, das er mit dem Massenmord an achthunderttausend Parisern zu krönen gehofft hatte. Wie sonst, bitteschön, sollte man diese seltsame Stadt in den Griff kriegen?

Vier Wochen später lehnte Keitel Lixfelds Antrag auf Versetzung ab, den der hinter Andernachs Rücken heimlich eingereicht hatte.

Lupin war außer sich, als er Josette über Lixfelds gescheitertes Vorhaben informierte.

»Chérie, was ist falsch an der Menschheit, dass ein einzelner Mann über die Vernichtung von fast einer Million Menschen *in vierzig Stunden* entscheiden kann? Kinder, Alte, Kliniken, Kirchen, Hunde, Katzen, Mäuse – du lieber Himmel, ist unsere Spezies denn völlig außer Kontrolle geraten, sag?«

Er hob die Hände zum Himmel.

»Bekommt man als Nazi das Gewissen abtrainiert, oder wird man Nazi, weil man keines hat?«, sinnierte Josette. Ihre Armhärchen hatten sich aufgestellt.

»Jedenfalls, ma belle, können wir es uns zugutehalten: Mit unserer Aktion gegen Karl haben wir ein Kriegsverbrechen kaum vorstellbaren Ausmaßes verhindert! Wir und nur wir sind die Retter der Pariser Nordstadt, auch wenn noch niemand davon weiß! Es war das Königswasser, von mir persönlich angesetzt, das diesen Massenmord verhindert hat! Ich werde … äh … wir werden in die Geschichte eingehen!«

»Chéri, wir sind längst in die Geschichte eingegangen. Dieses Kapitel wird nur ein kleiner Teil deiner Ruhmestaten sein.«

Lupin beäugte sie argwöhnisch. Weibliche Ironie war etwas, womit er seit jeher schwer zurechtkam, besonders wenn sie ihn mitten in einem Höhenflug erwischte.

In der Nacht erwachten sie mehrmals von Bombeneinschlägen. Sie klammerten sich aneinander und hofften zu überleben. Josette betete leise in seinen Armen.

Weiterhin fütterte Lupin Radio Calais mit Nachrichten über die deutschen Untaten und über die jüngsten Vorbereitungen der Alliierten. Die deutschen Truppen konzentrierten sich bei Calais, da man dort, an der engsten Stelle des Kanals, den Angriff für am wahrscheinlichsten hielt.

Keitel war auf Tauchstation gegangen, Andernach hatte eine Serie von Fernschreiben geschickt, doch er hatte keine Antwort erhalten. So vergingen die Wochen, und es wurde Mai. Lindström hatte Andernach mehrmals aufgesucht und berichtete Lupin, der General wirke auf ihn wie ein Mann, der seinen Glauben verloren habe und nur noch funktioniere.

Kurz danach wurde SS-Gruppenführer Lixfeld an die Ost-front versetzt, wo die Russen ihn gefangen nahmen, schwer miss-handelten und ihn dann in eine sibirische Kohlegrube verbrach-ten, wo er bald verhungerte.

»Wir haben ihn bald so weit«, sagte Lindström zu Lupin, als sie sich an einem geheimen Treffpunkt in den Pariser Katakomben wieder austauschten. Der Besuch im Generalkonsulat war zu gefährlich geworden, da nun überall in der Stadt Bewaffnete pos-tiert waren, als könnten sie die Invasion auf diese Weise noch verhindern. Doch auf Lupins weitläufigem Anwesen gab es einen geheimen Einstieg in die Katakomben. Der Weg zum Treffpunkt allerdings war beschwerlich und führte über herab-gestürzte Felsbrocken.

Radio Calais sandte unentwegt Meldungen hinaus, die die Kampfmoral der deutschen Truppen weiter schwächten. Die Soldaten waren sehr nervös, denn sie wussten, was ihnen bevor-stand, jedoch nicht wann und wo und wie. In einem abgeschos-senen britischen Bomber hatte man Unterlagen gefunden, die darauf schließen ließen, dass der erste Angriff über die Meerenge von Calais erfolgen würde. Den Piloten hatte man so misshan-delt, dass er starb, doch man hatte nur herausbekommen, dass es irgendwann im Juni losgehen würde.

»Er darf es ja nicht laut sagen, sonst stellt die SS ihn an die Wand. Aber er hat längst verstanden, dass die Deutschen den Kopf nicht mehr aus der Schlinge ziehen können und dass sein militärischer Auftrag sinnlos geworden ist. – Unmoralisch war er ja eh immer. – Zigarette?«

Lupin lehnte ab. »Seit wann rauchen Sie denn?«

»Die aktuelle Lage geht auch mir an die Nieren, ursäkt! – Entschuldigung, meine ich.«

»Aber Sie denken, unser Gesprächskanal steht?«

Lindström zuckte die Schultern. »Was weiß man schon, bei diesen Deutschen ... Jedenfalls dürfte er begriffen haben, dass er so gut wie keinen Spielraum mehr hat. Er kann höchstens alles kaputt machen, doch davon hat er nichts mehr.«

Lupin überlegte. »Sagt Ihnen ‚Operation Overlord' etwas?«

Lindström kniff die Augen zusammen und setzte ein unschuldiges Gesicht auf. »Nej!«

Lupin verstand. »Mit anderen Worten: In drei Wochen ist es so weit. Sie wissen es, und ich weiß es.«

»Nej...«, sagte Lindström und sah noch unschuldiger aus als zuvor. »Es gibt hier schon jetzt nichts mehr zu essen. Wie schlimm wird es werden, wenn es erst richtig losgeht? Die Résistance überfällt die deutschen Versorgungszüge, damit die Leute hier wenigstens *etwas* in den Magen bekommen. Sogar Morlaix sieht abgemagert aus.«

Lupin, der Morlaix regelmäßig diese Züge ankündigte und dafür einen geheimen Anteil erhielt, fühlte sich unbehaglich angesichts seiner gut gefüllten Vorratskammern. Sogar der Sherry würde noch leicht bis Sommer 1946 reichen. Schnell wechselte er das Thema.

»Jedenfalls dürfte Andernach ganz schön in der Zwickmühle stecken. Von Berlin kommen keine Anweisungen, mit den eigenen Munitionsvorräten hält er keinen Sturm auf Paris mehr durch. Wenn er schlau ist, verzichtet er auf Widerstand.«

Lindström schüttelte zweifelnd den Kopf. »Haben Sie schon mal einen Nazi gesehen, bei dem der Verstand weiter reicht als bis zur nächsten Fahne?«

Sie gaben sich die Hand und verschwanden beide in dunklen Kanälen.

»Ich habe die Meldungen gelesen, chéri. Kannst du dir vorstellen, was da drüben jetzt wieder los ist?«

Lupin, noch mitgenommen von dem beschwerlichen Marsch durch die Katakomben, schüttelte den Kopf und warf seinen Mantel über einen Sessel.

»Haben Monsieur-dame einen Wunsch?«, fragte einer der Bediensteten durch die geöffnete Tür.

»Mein Heizkissen! Dieser Rücken bringt mich ...«

»Chéri, ich habe es doch schon herausgelegt!«

Die Tür wurde von außen zugezogen, und bald gab Lupin ein zufriedenes »Aaaaahhhh, chérie ...!« von sich.

»Also willst du es jetzt wissen?«

»Erzähl!«, sagte er und verspürte auf einmal bleierne Müdigkeit.

»Stell dir vor, im britischen *Daily Telegraph* haben sie doch jeden Tag dieses Kreuzworträtsel ...«

»Ein andermal, ma belle, kein Kreuzworträtsel jetzt ...«, kam es dösig.

»Wirst du mir jetzt zuhören?!«

Lupin schoss in die Höhe.

»Also, in diesen Rätseln sind in den letzten Wochen fortwährend Wörter aufgetaucht, die den britischen Geheimdienst und das gesamte Militär in helle Panik versetzt haben.«

»Wegen eines Kreuzworträtsels? Aaaahhh, wie herrlich!« Lupin rieb sich an seinem Heizkissen.

»Es waren lauter Codenamen aus der Invasionsplanung! Niemand hatte eine Erklärung dafür. Als dann auch noch das Wort *Mulberry* aufgetaucht ist, hatten sie Sorge, dass die ganze Invasion verraten worden war, noch bevor sie angefangen hatte, und drum haben sie den Ersteller der Rätsel aufgesucht.«

»Und? Hat er den Nazis geheime Botschaften zukommen lassen?«

»Es war ein Lehrer; der war tatsächlich völlig ahnungslos. Die Wörter waren ihm von seinen Schülern vorgeschlagen worden.«

»Ist ja unglaublich! Woher hatten die sie denn?«

»Die hatten sie ganz ahnungslos von Soldaten aufgeschnappt! Unglaublich, oder? – Oder?«

Arsène gab ein seliges Schnarchen von sich.

Die Nachricht vom Beginn der Invasion verbreitete sich blitzartig in Paris, schneller als jedes Lauffeuer. Am Morgen des 6. Juni 1944 hatten die alliierten Mächte ihren Angriff auf den Wall begonnen, mit dem die Deutschen die französische Küste befestigt hatten. Die größte Invasionsflotte der Menschheitsgeschichte hatte sich aufgemacht, den braunen Terror endgültig zu brechen.

Lupin kam aus seiner Funkkabine zurück. »Oh, mein Gott, wenn wir unsere Kontakte zu Résistance nicht hätten! Die Deutschen sind total verblendet und glauben immer noch, das sei nur ein Täuschungsmanöver. Sie schieben Truppenteile hin und her, die nur noch aus wenigen Mann bestehen. Es sieht ganz so aus, als hätten sie auch den letzten Bezug zur Wirklichkeit verloren.«

»Die Angst macht sie blind, chéri!«

»So wie meine Informationen aus England mir zeigen, greifen die Alliierten mit sechstausend Schiffen an, und mit zwölftausend Flugzeugen. Jetzt haben wir nach der Ostfront und der Front in Italien noch eine dritte Hauptkampflinie. Rommel bekommt seine Westfront, aber er hat keine Kräfte. Wie will Hitler denn da noch standhalten?«

Die Antwort erhielt Andernach von Keitel, der ihn anrief, um die Lage zu sondieren. »Der Führer ist froh, dass es jetzt endlich losgeht!«

»Dass es jetzt los…?«

»Er hat mir gesagt: Die Nachrichten können gar nicht besser sein. Solange sie in England waren, konnten wir sie nicht fassen.

Jetzt haben wir sie endlich dort, wo wir sie schlagen können! Rommel wird die Tommys ins Meer treiben!«

»Hmpf«, antwortete Andernach. »Führer befiehl, wir folgen dir!«

»Das möchte ich Ihnen auch geraten haben! Egal, was passiert, Sie halten Paris! Notfalls bis zur letzten Patrone!«

Als Keitel aufgelegt hatte, dachte Andernach sich, der Generalfeldmarschall habe seine Lagebeschreibung nicht einmal ansatzweise zur Kenntnis genommen, geschweige denn verstanden.

»Bis zur letzten Patrone …« Er schüttelte den Kopf. »Vollidiot.« Während sich von England her einhundertfünfundsiebzigtausend Soldaten auf den Weg gemacht hatten, Westeuropa von der Nazi-Besatzung zu befreien.

Über eintausend Bomber waren Richtung Festland geflogen, um deutsche Stellungen entlang der Küste auszuschalten, so dicht beieinander, dass ihr Schatten den Boden verdunkelt hatte. Kurz darauf waren weitere zweitausendsechshundert schwere Bomber gefolgt und hatten unter den Deutschen verheerende Zerstörung angerichtet.

»Dieser Eisenhower …!«, feixte Lupin über den alliierten Oberkommandierenden. »Stell dir vor, sagt der doch glatt zu seinen Leuten: *Macht euch keine Sorgen wegen der Flugzeuge über euch. Es werden unsere eigenen sein.*«

Josette lächelte zaghaft. Auch sie hatte Nachrichten über das Gemetzel, das in der Normandie eingesetzt hatte, und unter welchen Opfern auf beiden Seiten die Westmächte vorrückten.

Die Franzosen waren von der Küste nach Paris geflohen, und die allgemeine Hungersnot verschärfte sich. Wohlhabende Pariser verkauften Schmuck und Kunstwerke auf dem Schwarzmarkt zu Spottpreisen, um sich für den Erlös mit Lebensmitteln einzudecken, und so hatte Lupin seine Kunstschätze über Mittelsleute noch weiter vergrößert, für kaum mehr als ein paar Eier, etwas Butter oder Speck, die er von seinen geheimen Vorräten genommen hatte.

»Wenn dieser Krieg endlich vorbei ist, werden wir einige Zimmer des Nebengebäudes renovieren müssen, mein Liebling. Anders bekomme ich unsere ganzen Kunstschätze jetzt nicht mehr unter. Ich brauche viel mehr Hängefläche als jetzt.« Er kratzte sich hinter den Ohren. »Nur die Schätze aus den Häusern der ermordeten Juden will ich nicht. Wir werden sie sorgfältig einlagern, bis ihre Nachkommen sich bei uns melden.«

»Erst heute Morgen haben sie noch verlassene jüdische Häuser gesprengt. Die Bewohner hatten sie längst ermordet. Ich frage mich immer öfter, ob die einfach sprengen, damit sie sprengen können. – Kein Einziger von denen denkt daran, dass man ihm irgendwann einmal Fragen stellen wird.«

»Chérie, sie werden sagen, sie hätten immer nur Befehle ausgeführt.«

Man konnte mitansehen, wie der Widerstand der deutschen Truppen in Nordfrankreich zusammenbrach. Der Tod und das Elend, das sie einst über das Land gebracht hatten, jetzt holte es sie selber ein, und jetzt waren plötzlich sie es, die nirgends mehr sicher waren. Die alliierten Truppen gaben den Ton an, die Deutschen flohen scharenweise, auch wenn sie es einen Rückzug nannten. Der Marsch auf Paris hatte begonnen.

Andernach saß in seinem Büro. Auf seinem Schreibtisch stand das mit Trauerflor umrahmte Bild seines Sohnes. Die Heiligenszene, die der Kardinal ihm einst geschenkt hatte und deren sanfte Beleuchtung ein kleiner Trost für seinen Vaterschmerz war, stand immer noch da wie am ersten Tag. In trübe Gedanken versunken, versuchte er sich vorzustellen, wo das Leben ihn als Nächstes hinführen würde, denn dass Paris auf Dauer nicht mehr zu halten war, stand für ihn fest. In ein paar Wochen würden sie hier sein.

In diesem Moment rief Keitel an und verlangte einen Lagebericht. Andernach schilderte die Situation unverblümt, der andere nahm sie schweigend zur Kenntnis.

»Andernach«, sagte er schließlich, »Sie werden diese Stadt halten! Sonst können wir in Berlin uns langsam unseren Galgen aussuchen. – Ich werde natürlich leugnen, das jemals zu Ihnen gesagt zu haben!«

»Paris halten, zu Befehl!«, antwortete Andernach und legte auf.

Sartre und Simone saßen im Café de Flore. Der Kaffee war sehr dünn; je nach Sichtweise konnte man auch sagen, es war heißes Wasser mit einem Schuss Kaffee. Die deutschen Soldaten, die das Flore eine Zeit lang aufgesucht hatten, waren ausgeblieben. Entweder waren sie gefallen, oder man hatte sie abkommandiert, damit sie irgendwo starben. So war das Café leer heute, und Paulette saß am Tisch der zwei Liebenden.

»Ich glaube«, sagte Simone ernst, »es gibt für uns hier nichts mehr aufzuschreiben. Die Sache nimmt längst ihren Lauf, und wir können sie mit nichts mehr beeinflussen.«

Paulette schaute betrübt. »Ich wüsste auch nicht mehr, wie ich unsere Unterlagen transportieren sollte ...«

Die beiden anderen blickten erstaunt auf.

Die Tränen liefen ihr über das Gesicht. »Zwei sturzbetrunkene Landser, die gerade aus einem Bordell kamen, haben ihn gesehen. Sie haben grölend ein Zielschießen auf ihn veranstaltet und ihn so zuschanden geschossen, dass man ihn in mehreren Teilen aufsammeln musste. Sie schienen überhaupt nicht mehr aufhören zu wollen.«

Simone schrie auf.

»Der gute Regis, mein Gott, was war das für ein stattlicher junger Mann, bevor die Deutschen ihn auf den Höhen von Marfée zum Krüppel geschossen haben …«

Sie brach in lautes Weinen aus, die beiden anderen umfingen sie tröstend.

Reginalds zerstückelte Leichnam hatte man am nächsten Tag notdürftig beerdigt.

Im Süden von Paris hatte die Résistance eine deutsche Kompanie am helllichten Tag überfallen und aufgerieben. Diesmal waren es deutsche Leichen, die auf den Straßen herumlagen, und einige französische Jugendliche hatten sie erst geschändet und sie dann unter dem Jubel der Umstehenden mit Benzin überschüttet. Bei den deutschen Truppen schäumte der Zorn so sehr empor, dass Andernach um die Kampfmoral fürchtete. Er ließ nach Diebold rufen.

»Welche Möglichkeit haben wir, um ein Exempel zu statuieren, damit uns das hier nicht völlig aus dem Ruder läuft?«

»H' General, funktioniert nur, wenn wir Terror mit dreifachem Terror vergelten!«

»Vorschlag?«

»Drei Schulen ausheben, ganzes Pack in Notre-Dame einsperren, mindestens tausend. Dann Feuer legen. Sollen sehen, wie ihr Heiligtum verbrennt mit ihrer Zukunft drinnen!«

Eine volle Minute lang schwieg Andernach. »Arbeiten Sie Vorschläge aus!«

»Zu Befehl, H' General!«

»Bald fliegt uns die ganze Scheiße hier um die Ohren«, murmelte Andernach, als Diebold draußen war.

In seinem Palais nahm Lupin entsetzt die Kopfhörer ab und starrte minutenlang auf die Notizen, die er sich gemacht hatte. Mit bleichem Gesicht setzte er sich zu Josette, die gerade die neuesten Nachrichten vom Zusammenbruch der deutschen Einsatzkräfte am Atlantikwall erhalten hatte.

»Chéri, sie kommen, sie kommen!«, rief sie.

»Sie kommen zu spät«, antwortete Lupin tonlos.

»Zu sp… Oh Gott, chéri, du bist ja leichenblass! Soll ich nach Dr. Canaro rufen lassen?«

»Der kann uns hier auch nicht helfen.« Voller Entsetzen berichtete er Josette, was er gerade gehört hatte.

Wutschäumend sprang sie auf. »Sie wollen der Stadt ihre Kinder nehmen! Jetzt, wo es fast vorbei ist! Wie soll Paris frei werden ohne seine Kinder?«

»Ich bin ratlos«, gestand Lupin. »Absolut ratlos.«

Josette war außer sich. Sie rüttelte ihn an den Schultern und bedrängte ihn schluchzend, diesen Wahnsinn zu verhindern.

»Woher hast du das eigentlich?«

»Chérie, verzeih, ich kann nicht darüber sprechen.«

Sie diskutierten stundenlang, und in der folgenden Nacht wälzten sich beide ruhelos hin und her, während von fern die alliierten Bombeneinschläge dröhnten, sodass ihre Bettstatt erzitterte und der Frisierspiegel über der Kommode zerbrach. Es war ein langes Wochenende, und die Schulen waren leer, das rettete sie über die Zeit.

»Wir brauchen Lindström«, sagte Lupin und kaute bedrückt auf einer aufgebackenen Brioche. »Wenn überhaupt einer noch etwas bewirken kann, dann er. Andernach ist einfach nicht mehr bei Sinnen. Vielleicht können wir ihn noch irgendwie aufhalten.«

»Das walte Gott!«, seufzte Josette und tunkte ihr Gebäck in den Kaffee.

»Ich funke ihm gleich zu, dass ich ihn sprechen möchte.«

»Also, er macht es«, sagte Lupin wenig später. »Viel haben

wir nicht in der Hand, höchstens die Drohung mit dem Kriegsverbrechertribunal«, sagte Lupin mit sorgenzerfurchter Stirn.

»Wir?«

»Ich meine Lindström.«

Wenig später kletterte er hinab in die düster-glitschige Welt der Katakomben. Lindström, der wie stets erstaunlich gut informiert war, zeigte sich genauso beunruhigt. »Ich weiß nicht, ob ich das allein schaffen kann. Ich habe das Gefühl, ich habe schon alle meine Drohungen verbraucht.«

»Wir müssen es tun! Vereinbaren Sie so schnell wie möglich einen Termin mit Andernach. Ich sehe, ob ich noch weitere diplomatische Unterstützung organisieren kann.«

»Ich informiere Sie sofort, wenn ich den Termin habe.« Lindström blickte niedergeschlagen, als sie sich trennten.

Das Misstrauen gegen die Überwachungsmethoden der Besatzer war längst so groß, dass man wichtige Informationen in Paris nicht mehr am Telefon austauschte. Als am frühen Abend eine abgerissene Gestalt um Einlass bat, führte Raymond ihn wachsam ins Foyer. Der Mann weigerte sich, mit jemand anderem zu sprechen als mit Lupin selbst.

»Was haben Sie für mich?« Lupin nahm den Zettel entgegen. Lindström informierte ihn über das Treffen mit Andernach am nächsten Morgen um neun Uhr. Er dankte dem Boten und entließ ihn, doch der blieb verschüchtert stehen.

»Monsieur, haben Sie nicht irgendetwas zu essen für mich?«

Erst jetzt bemerkte Lupin, dass der Mann völlig abgemagert war und sich nur noch mühsam auf den Beinen hielt. Seine Augen lagen tief in den Höhlen.

»Raymond, lassen Sie diesen Herrn nicht aus dem Haus, bevor er sich richtig satt gegessen hat! Haben Sie Kinder?«

»Oui, Monsieur, vier. Zwei, vier, sechs und sieben Jahre.«

»Raymond, Sie wissen, was zu tun ist!«

Josette hatte heute das Mittagessen selbst zubereitet, und ihr Gatte genoss es, während er ihr von dem halb verhungerten Besucher erzählte.

»Liebling«, seufzte er schließlich, »ich schaffe es nicht, in dieser furchtbaren Sache untätig zu bleiben. Wir müssen reden.«

Er erläuterte ihr seinen Plan. Schlagartig wurde sie kreidebleich und ergriff seine Hände, doch sie kannte ihren Mann gut genug, um zu wissen, dass ihn jetzt niemand mehr aufhalten konnte. Deshalb stimmte sie ihm zu. Sie saß kerzengerade da, das Gesicht voller Liebe und Entsetzen zugleich, denn sie fragte sich gerade, ob sie heute ihren letzten Tag mit Arsène Lupin verbrachte. Dennoch unterstützte sie ihn, denn es ging nicht mehr um die Lupins, sondern um alles. Danach verschwand Arsène für mehrere Stunden. Die Bediensteten hatten Anweisung, den privaten Bereich bis zum nächsten Morgen nicht mehr zu betreten, denn die zwei hatten zu arbeiten.

»Chéri …?«, hauchte Josette liebevoll. »Du weißt doch, wie wir Frauen sind … Bitte erzähl mir, woher deine Informationen kommen …« Etwas wie ein trauriger Abschied klang in ihren Worten nach.

»Komm, mein Liebling!«, antwortete Lupin ernst und führte sie zur Couch, um es ihr zu erzählen.

Josette lachte so schallend, dass er mitlachen musste, und sie hörte überhaupt nicht mehr auf.

Am nächsten Morgen umschlang sie ihn bitterlich weinend. Auch Arsène liefen die Tränen über das Gesicht, und sie verabschiedeten sich voneinander voller Schmerz. Lupin verschwand durch einen der Geheimausgänge, von denen nicht einmal Josette wusste.

»Jetzt sagen Sie mir verdammt nochmal, woher Sie das wissen!«, herrschte Andernach Lindström an.

Der Diplomat blieb gelassen. »Nicht in diesem Ton, verehrter Herr General! Es kann sein, dass Sie meine Gunst noch brauchen werden!«

»Ich habe meinen militärischen Auftrag, und noch bestimme ich hier!«

»Stimmt. Es sieht allerdings nicht so aus, als würden Sie das noch lange tun.«

»Dann sagen Sie mir jetzt Ihr Sprüchlein auf, egal was es diesmal ist. Ihre Religionsstunden bin ich ja schon gewöhnt!«

»Mon Général …« Lindström dehnte die Worte genüsslich. »Wir wissen, was Sie in Notre-Dame vorhaben. Wir haben nicht die Macht, Sie daran zu hindern. Aber ich garantiere Ihnen, Paris wird fallen …!«

»Die deutsche Wehrmacht wird erbittert und bis zur letzten Patrone …«

»Ach, hören Sie doch auf!«

Eine Dreiviertelstunde lang ging es giftig hin und her, ohne dass Andernach auch nur einen Millimeter von seinem Vorhaben abgerückt wäre. Dann trat eine Ordonnanz ein.

»H' General, da draußen ist ein Herr, der sagt, er kommt im Auftrag des Diplomatischen Corps und wünscht Sie auf der Stelle zu sprechen.«

Lindström hob erstaunt die Augenbrauen.

»Wird ja immer schöner hier!«, bellte Andernach.

»Herr General, ich darf Sie an die diplomatischen Gepflogenheiten erinnern …«

»Meinetwegen herein mit ihm!«

Ein soignierter Herr in tadellosem Zwirn trat ein. Seine Manschetten saßen perfekt, die schwere Krawattennadel mit Brillanten prangte genau in der Mitte des Knotens. Seine grauen Haare waren elegant nach hinten gegelt. Auch der dicke schwarze Schnurrbart auf der Oberlippe war leicht angegraut.

Lindström erhob sich erstaunt. »Monsieur Kirakosyan, der armenische Militärattaché! Ich danke Ihnen, dass Sie mich mit diesem sturen Kommandeur nicht allein lassen! Wir haben uns ja lange nicht gesehen!«

Der Herr salutierte zackig vor Andernach. »Herr Generaloberrr!«, sagte er schneidig mit hartem Akzent, »in Auftrag gesamtes Diplomatisches Corps überbringe Ihnen scharfe Protest gegen Ihr Pläne!«

Lindström nickte.

»Unsere Pläne! Ach, Sie kennen die auch schon?« Verärgert blickte der General im Raum umher.

»Neulich hätte ich Ihre Stimme fast mit der von jemand anderem verwechselt«, schmunzelte Lindström, wurde aber sofort wieder ernst.

»Erwarten Diplomatische Corps sofortige Abbruch von volk… äh … rechtwider Vorhaben!«

»Wir-werden-diese-Stadt-halten-ge-gen-je-den-Feind!«, stieß Andernach laut hervor. »Und dazu werden wir alle Mittel einsetzen!«

»Darf setzen?«, fragte der soignierte Herr und zog sich einen Sessel heran, ohne die Antwort abzuwarten. Andernach registrierte es mit Erstaunen.

Lindströms Blick durchbohrte den General. »Sie wollen wirklich Tausende junge Menschen bei lebendigem Leib verbrennen?«

»Scharfe Protest von …«

»Sind Sie sich eigentlich im Klaren darüber, dass Sie sich damit die letzte Möglichkeit nehmen, aus diesem Desaster hier lebend herauszukommen? Der Mob wird Sie lynchen! Man wird Ihre brennende Leiche von einem der Türme werfen!«

Andernach schwieg.

»Wirrr wissen allesss!«

Eine hitzige Diskussion folgte, sie brüllten sich gegenseitig an, es ging über eine Stunde. Andernach blieb stur wie ein Betonklotz.

»Niemand wird mir beweisen können, dass ich diesen Befehl jemals gegeben habe! Es gibt keinerlei schriftliche Aufzeichnungen!«

»Haben verlor Sohn, jetzt kaputt andere Leute Sohn!«

»Verdammt nochmal, woher wissen Sie?«, schrie Andernach getroffen auf.

Lindström blickte ebenfalls verwirrt.

Plötzlich veränderte sich die Stimme des Attachés, und er sprach ganz normal.

»Wir wissen alles über Sie, Andernach!«

Der erstarrte, und auch Lindström griff sich verwirrt an den Hinterkopf.

»Es gibt nichts, was wir nicht wissen über Sie und Ihre verbrecherischen Befehle. Jedes Wort ist aufgezeichnet und schriftlich dokumentiert. Sie können hier noch eine Weile den wilden Mann spielen, aber Sie sind längst geliefert.«

»Was erlauben …?«

»AEG Tonschreiber b2? Sagt Ihnen das etwas? Was glauben Sie, wie hoch wird der Galgen sein, den die Alliierten für Sie zimmern werden? Falls Sie überhaupt noch bis dahin kommen und nicht vorher bei lebendigem Leib in Stücke gerissen werden?«

»Oh Gott!«, stieß Lindström hervor. »Ich glaube, ich verstehe …«

Andernach war gelb angelaufen.

»Zünden Sie ruhig unsere Kirche an, wenn Sie glauben, dass es Ihnen Ihren Sohn wiederbringt!«

Die Finger des Generals zitterten.

»Wer sind Sie?«, zischte der Generaloberst, während Lindström die Hände vors Gesicht schlug. »Und woher haben Sie das alles?«

»Von Ihnen«, antwortete der Attaché mit einer Stimme wie Stahl. »Oder haben Sie wirklich geglaubt, Sie sind hier allein? Kommen Sie, ich zeige Ihnen etwas!«

Beide erhoben sich verwirrt, während der armenische Attaché auf das Regal mit der Heiligenszene zuschritt und dort einen kleinen Schalter umlegte, sodass der heilige Achatius von Armenien die drei augenblicklich segnete.

»Sehen Sie das Mikrofon hier?«, fragte der Attaché.

Lindström atmete tief aus, während Andernach erstarrte.

»Und hier, die Palme, das ist die Antenne, genau ausgemessen, sehen Sie?«

Auch Andernachs Atem war nun gut zu hören.

»Die schöne Beleuchtung hier hat Ihnen hoffentlich gut gefallen. Sie war nur Dekoration, weil wir Strom brauchten für den Sender.«

Der General starrte ihn voller Hass an. »Ich lasse Sie …«

»Sie lassen gar nichts! Wenn die SS mitbekommt, wie ich Sie hier hereingelegt habe, dann werden Sie nach einer Woche darum winseln, sterben zu dürfen.«

»Ich fürchte, er hat recht«, sagte Lindström. »Es darf auf keinen Fall bekannt werden.«

Andernach war lange genug im Geschäft, um zu wissen, dass er den Kopf in der Schlinge hatte.

»Wer sind Sie? Wer zum Teufel sind Sie?«

Der Attaché zog seinen Schnurrbart ab und nahm vorsichtig die Perücke vom Kopf. Der General starrte ihn entgeistert an.

»Sie wollten mich! Hier bin ich!«, sagte Lupin, und Lindström hatte größte Mühe, Andernach festzuhalten, der seinem Erzfeind gerade an die Gurgel wollte.

»Im Namen unserer heiligen katholischen Kirche überbringe ich Ihnen die frommen Segenswünsche des Heiligen Vaters aus Rom«, ertönte unversehens die Stimme des katholischen Nuntius Grégoire Mandrel. »Er wird für Sie beten.«

Andernach riss seine Pistole heraus und schoss das Geschenk des heiligen Mannes in Stücke. Lindström warf sich blitzschnell zu Boden, während die Querschläger durch den Raum sirrten. Der General ließ die leergeschossene Waffe fallen.

»Sie blasen jetzt diese barbarische Aktion ab, Herr General«, sagte Lindström, nachdem er sich wieder aufgerichtet hatte. Die Tür flog auf, zwei Bewaffnete standen im Türrahmen, die MPs im Anschlag. Unwillig winkte Andernach sie hinaus. »Und dann werden Monsieur Lupin und ich durch diese Tür hinausgehen, ohne dass auch nur irgendetwas passiert.«

Andernach saß da wie ein geprügelter Hund, während die zwei den Raum verließen.

»Sie haben vielleicht Ideen!«, sagte Lindström draußen aufseufzend zu Lupin.

Dieser hatte insgesamt fünfmal den Wagen und zweimal die Transportfahrräder gewechselt, bevor er durch einen versteckten Einlass weitab des Palais-Grundstücks in einen engen Kanal stieg und schließlich zu Hause ankam.

Josette stürzte ihm aufschluchzend entgegen und übersäte ihn mit Küssen der Erleichterung. Minutenlang ließ sie ihn nicht mehr los, flüsterte liebevolle Worte und war in diesem Augenblick die glücklichste Ehefrau der Welt. Die Bediensteten hatten sich sofort zurückgezogen, um diesen sehr privaten Moment nicht zu stören.

»Und?«, flüsterte sie schließlich.

»Hat geklappt!«, rief Lupin, packte seine Frau um die Taille und hob sie hoch, nur um sie mit einem Aufschrei sofort wieder abzusetzen. »Oh Gott, wo ist mein Heiz… aaahhhh!«

Josette blickte ihn fragend an. »Es wird nicht geschehen?«, flüsterte sie.

»Definitiv nicht! Gibt's hier bald mal Mittagessen?«

An der Westfront ging das Sterben weiter. Am 26. Juni, 20 Tage nach der Invasion, kapitulierte Cherbourg. Die Alliierten trieben die Deutschen vor sich her, während die militärischen Führer ihre Durchhaltebefehle erteilten. Doch auch im deutschen Offizierskorps wuchs die Unruhe über die sich abzeichnende Niederlage und über die Skrupellosigkeit, mit der Hitler, Göring und Keitel ihre Soldaten verheizten. Hitler war immer noch überzeugt, dass es sich nur um ein Ablenkungsmanöver handelte und dass die wirkliche Invasion bei Calais erfolgen würde. Doch die Alliierten kämpften sich weiter vor, nachdem die deutsche Heeresleitung sich eine katastrophale Fehleinschätzung nach der anderen geleistet hatte. Der Brückenkopf in der Normandie, nordwestlich von Paris, war nach der Landung erst Richtung Westen in die Bretagne ausgedehnt worden. Dann gingen die Alliierten gegen die Festung Caen vor. Die Wehrmacht konnte eine Einkesselung zwar verhindern, musste sich aber unter hohen Verlusten an Menschen und Material zurückziehen.

»Hast du mitbekommen, chéri, dass ein deutscher Offizier versucht hat, Hitler in die Luft zu jagen?«

»Das wurde ja auch Zeit. Und, wohin ist er geflogen?«

»Es ist leider fehlgeschlagen. Er wurde nur leicht verletzt, und jetzt hängen Hitlers Schergen reihenweise deutsche Offiziere auf.«

»Ich hoffe jetzt nur, die Alliierten marschieren zügig durch, bevor diesem Wahnsinnigen noch irgendetwas einfällt.«

»Chéri, ich habe Angst!« Josette warf sich in seine Arme.

Stück für Stück kämpften die Westalliierten sich den Weg frei. Mitte August 1944 hatten sie die Loire erreicht und wandten sich nun nach Osten. General de Gaulle hatte den US-Oberbefehlshaber Eisenhower dazu gedrängt, wegen der Hungersnot in Paris und der damit verbundenen Gefahr eines Aufstands und eines riesigen Blutbads von der ursprünglichen Planung abzusehen und direkt nach Paris zu marschieren. Eisenhower ließ sich überzeugen und befahl General Bradley, die Stadt einzunehmen.

Paris bewaffnete sich. Gerüchte, Geraune, Meldungen liefen endlos durch die Häuserreihen, und mit jedem Meter, den die alliierten Kämpfer vorankamen, stiegen Erwartung und Ungeduld. Die Rebellion der Pariser allerdings war nur noch eine Frage der Zeit. Die Kommunisten im Untergrund drängten auf einen schnellen Aufstand und waren bereit, dafür einhunderttausend tote Pariser hinzunehmen. Morlaix war außer sich und traf sich mit Lupin in den Katakomben.

»Die müssen wahnsinnig geworden sein!«, sagte er wütend.

Lupin nickte. »Als hätten wir nicht schon genug Menschenleben verloren. Das muss auf jeden Fall verhindert werden.«

Sie beratschlagten, wie sich dieses riesige Menschenopfer noch verhindern ließe.

Morlaix blickte düster. »Ihr eigentliches Ziel ist die Errichtung einer kommunistischen Diktatur nach der Befreiung. Dafür arbeiten sie eng mit Stalin zusammen.«

»Die nächste Diktatur …« Lupin schüttelte den Kopf. »Ich glaube, Morlaix, Sie müssen ihnen ein Ultimatum stellen: Sollten sie mit ihrem Aufstand beginnen, dann wird die gesamte Résistance sich gegen sie stellen.«

»Bürgerkrieg …«

»Genau. Und das werden sie niemals riskieren. Sie können nicht gegen die Deutschen und gegen die Résistance gleichzeitig kämpfen.«

Sie verabschiedeten sich und gingen getrennter Wege.

Morlaix verhinderte das Unheil im letzten Moment, indem er sich mit aller Härte gegen die kommunistischen Ziele stellte.

Und die Front rückte immer näher. Andernach überwachte persönlich den Ausbau der Verteidigungsstellungen, mit denen er wider besseres Wissen Paris zu behaupten trachtete. Er fühlte sich von allen Seiten eingekreist: Seine Vorgesetzten gaben ihm unsinnige Befehle, die Alliierten kamen von Westen, und in seinem Rücken hatte er die SS, die keinesfalls von seinem Malheur mit Lupins frommer Gabe erfahren durfte. Trotz allem, fand er, Lupin war ein Ehrenmann. Der Gentleman-Gauner hatte hart verhandelt, doch hatte er sein Wissen nicht genutzt, um ihm persönlich zu schaden. Andernach konnte nicht leugnen, dass er Respekt für diesen Mann empfand, nicht weniger als für Lindström. – Dass man im Krieg mit harten Bandagen kämpfte, war klar. Dass Lupin ihm trotz aller Möglichkeiten nicht in den Rücken gefallen war, machte ihn in gewisser Weise fassungslos. Als Feind hätte er ihn liebend gern erledigt. Als Persönlichkeit hielt er ihn für aller Ehren wert.

»Chérie, heute wird es losgehen«, sagte Lupin sehr ernst. »Morlaix hat den Bürgerkrieg verhindert, aber er steht nun unter gewaltigem Druck, eine Aktion zu starten.« Er trank seinen Morgenkaffee aus.

»Was meinst du wird heute passieren?«

»Es wird erste Streiks geben gegen die Besatzung. Die Pariser U-Bahn wird stillgelegt werden. In Paris wird die Police Nationale sich dem Streik anschließen.«

»Die? Die haben doch lange den Nazis zugearbeitet bei der Deportation der Juden?«

»… und auf dem Land draußen tritt die Gendarmerie Nationale ebenfalls in den Streik. – Was auch immer vorher geschehen ist, jetzt sind wir nur noch Franzosen.«

Die Deutschen reagierten erstaunt, wenngleich nicht mehr überrascht, auf den Aufstand der Pariser. Wenige Tage danach schloss auch die Post sich dem Streik an und sorgte für noch mehr Unruhe und Chaos. Lupin eilte unentwegt hin und her zwischen seinem Funkraum und den Katakomben, in denen er nicht nur Morlaix traf, sondern auch andere Résistance-Führer.

»Kann ich irgendetwas zu Ihrer Unterstützung tun?«, wollte er wissen.

»Im Moment verhalten Sie sich lieber ruhig, Monsieur«, sagte Morlaix. »Wir werden Ihren Geist und Ihre Findigkeit ganz bestimmt noch brauchen.«

Zufrieden und doch voller Unruhe schlich Lupin zurück in sein Palais.

»Weißt du, Chéri«, überlegte Josette, »ich bin sehr angespannt und doch auch sehr, sehr glücklich. Bald werden wir alle frei sein, endlich!« Sie schmiegte sich an ihn. »Und wie es aussieht, konnten wir beide unseren Teil dazu beitragen. Und sind immer noch am Leben und unversehrt!«

»Wenn ich ehrlich bin, ma belle, hatte ich nicht damit gerechnet, dass wir das Kriegsende hier noch heil erleben würden. Ich habe ohne dein Wissen Vorkehrungen für meinen Tod getroffen, damit du über alle meine Besitztümer problemlos verfügen kannst ...«

»Sag doch bitte nicht so etwas, jetzt, wo es schon fast vorbei ist!«

»Nun ja, jetzt wollen wir erst den Besuch von Dr. Canaro abwarten, damit er sich wieder einmal um meinen Rücken kümmert. Seine Injektionen helfen mir jedes Mal ein paar Wochen. Vielleicht sollten wir uns die Vorwitzigkeit erlauben, danach eine Flasche unseres ältesten Champagners zu öffnen und gemeinsam auf die baldige Freiheit zu trinken.«

»D'accord, chéri!«, schmunzelte Josette.

Eine halbe Stunde später traf Dr. Canaro ein in seiner feinen und leisen Art. Er machte nie viel Aufheben um seine Person, obgleich seine große ärztliche Kunst das Gegenteil gerechtfertigt hätte. Er untersuchte Lupin, renkte ihm die Wirbelsäule ein und verpasste ihm noch zwei Injektionen in den verlängerten Rücken. Lupin fühlte sich schlagartig wieder wie ein Jüngling.

»Irgendwann, mon chèr docteur Patrick, wenn dieser ganze Irrsinn vorbei ist, werde ich Gelegenheit finden, Ihnen für alles zu danken, was Sie in diesen unendlich schweren Zeiten für uns getan haben.«

Josette hatte den Champagner bereits vorbereitet.

Sie standen auf, hoben ihre Gläser auf die Freiheit Frankreichs und tranken einen ersten kräftigen Schluck.

»Auf Ihren großen Dienst an unserem Land, Monsieur-dame!«, sagte Dr. Canaro. »Und auf Ihre wunderbare Fähigkeit der Tarnung, die es Ihnen immer wieder ermöglicht hat, aus dem Verborgenen heraus wahre Wunder zu wirken!«

Josette hatte feuchte Augen, und auch Lupin wischte sich verlegen über das Gesicht.

»Auf unser geliebtes Frankreich. Auf eine freie und demokratische Zukunft und auf den Sieg des Rechts über das Unrecht!«

In dem Augenblick zerrissen MP-Salven die Luft. Unten begann jemand entsetzlich zu brüllen. Eine weitere Salve folgte und die Stimme verstummte. Plötzlich schien das ganze Palais voller Schreie, Kommandos und Getrampel. Angstschreie waren zu hören, das Klirren von Scheiben oder Porzellan und dann weitere Salven, sodass der Mauerstaub bis zu ihnen in den Salon drang. Schon flog die Tür auf, Bewaffnete stürmten herein, angeführt von Diebold.

»Alle an die Wand!«, brüllte er. »Ich lass' euch alle verrecken hier! Los, Lupin, du Dreckskerl, da rüber! Ich lass' die andern hier zusehen, wie ich dir dein Scheißfranzosenhirn rausblase. Madame, etwas Hirn vom Gatten gefällig? Gleiiich … gleich bekommen Sie's!«

Josette war so starr von Entsetzen, dass sie mit verzerrtem

Gesicht rücklings gegen die Wand taumelte und nicht mehr imstande war zu sprechen.

»Und dir Franzosenschlampe blase ich das Hirn genauso schnell raus! Aber vorher mach ich dir noch die Beine breit, damit du mal den Unterschied lernst zwischen einem deutschen Mann und einem Franzosenschwengel!«

Lupin rang mit sich, doch zeigten zu viele Mündungen auf ihn. Hilflos musste er mit ansehen, wie seine Frau vor Angst versteinerte. Sie atmete stoßweise, dann brach sie zusammen. Diebold blickte auf die am Boden Liegende wie auf Müll. Josette blutete aus einer Wunde an der Stirn. Dr. Canaro wollte zu ihr, doch mit einem scharfen Ton machte Diebold ihm klar, dass dies dann seine letzte Bewegung im Leben sein würde. Voller Sorge blickte Docteur Patrick Canaro auf Josette.

Im Hintergrund hörte man, wie Türen aufgebrochen, Räume verwüstet und Möbelstücke durch das Treppenhaus geworfen wurden. Immer wieder ertönten Angstschreie, und immer wieder knallten Schüsse.

»Du kannst ruhig hier liegen, du Schlampe. Doch sobald du die Augen wieder aufmachst, nehm' ich dich mir vor. Ich will, dass du es mitkriegst, verstehst du?«

Doch Josette hörte ihn nicht.

»Macht hier alles dem Erdboden gleich!«, brüllte Diebold zur Tür hinaus und bekam Gejohle als Antwort und MP-Salven, die offensichtlich in die Decke gejagt wurden, während die Querschläger durch das Gebäude pfiffen und sich mit dem Stöhnen und den Schmerzensschreien draußen vermengten.

»Und jetzt zu dir, Lupin!«, zischte Diebold. »Lange genug hast du gedacht, du könntest uns an der Nase herumführen.«

Lupin blickte sorgenvoll auf seine Frau, die vorsichtig den Kopf bewegte und blinzelte.

»Du hast uns zum Gespött gemacht! Was habe ich mir gewünscht, dich in die Finger zu bekommen! Aber bevor ich dir erst die Knie zerschieße, dann die Arme, und zum Schluss deinen Franzosenschädel, wirst du einmal mit ansehen, wie ich mir deine Muschi hier hole. Sie wird dankbar sein, denn es ist ihr letztes Mal, bevor ich ihr den Schädel zerschieße!«

Josette begann am Boden liegend laut zu wimmern.

Die Vandalenorgie im Haus ging inzwischen weiter. Es schien so, als wären mehrere von Lupins Bediensteten erschossen oder schwer verletzt worden. An der weit offenen Zimmertür hatte sich eine dicke Schicht Staub und Mörtelbrocken ausgebreitet. Diebold entdeckte eine Flasche edelsten Cognac auf einer Kommode.

»Meine Herr'n!«, tönte er schneidig. »Die edlen Schwenker füllen und dann ein dreifaches Hoch auf unsere liebenswerten Gastgeber!«

Höhnisches Lachen stimmte ihm zu. Sie hoben die Schwenker und tranken sie aus. Einer der Soldaten schenkte nach. Plötzlich schienen sie es nicht mehr eilig zu haben, denn sie begannen eine laute, angetrunkene Unterhaltung über ihre Untaten. Einer schien den anderen mit Beschreibungen seiner Verkommenheit ausstechen zu wollen. Immer wieder ertönte ein lautes »Jaawoll!«, wenn jemand einen besonders grausamen Mord schilderte.

»Andernach, unser seltsamer H' General …«, eine zweite Flasche Cognac musste daran glauben, »hat seinen Laden hier nicht im Griff … nicht im Griff, sage ich euch!« Diebold lachte höhnisch.

Im Treppenhaus hörte man Stiefelgetrampel. »Er ist ein Weichei, bringt nichts zustande! Schaut euch diesen Lupeng da an, diesen Franzosenbengel, wahrscheinlich ist er auch noch Jude! Mo-na-te-lang hetzt der Alte hinter dem her und schafft es nicht! Und ich? Mit der ersten Aktion!«

Zustimmendes Geproste ertönte. Diebold zog seine Pistole heraus und richtete sie auf Lupins Gesicht.

»Ich sage euch. Die großen Zeiten von diesem Herrn Lupeng sind vorbei! Aber die von diesem Andernach auch! Der Arsch muss weg!«

»Ach ja?«, ertönte Andernachs Stimme samtweich hinter ihm. Panisch ließen die Soldaten die Cognacschwenker fallen und salutierten. Diebold tat nichts dergleichen. Lupin starrte voller Angst auf die Mündung von Diebolds Waffe.

»Major Diebold, habe ich Ihnen den Befehl zu dieser Aktion erteilt?« Eine Stimme wie ein Rasiermesser.

Diebold blieb reglos stehen, die Waffe immer noch auf Lupin gerichtet. »Jedenfalls haben wir ihn«, zischte er.

»Major Diebold, Sie führen so eine Aktion ohne meinen Befehl durch? Eigenmächtig? Ist Ihnen klar, dass ich Sie vors Kriegsgericht bringe?«

»H' General, Sie sind ein Versager!«

»Major Diebold, augenblicklich die Waffe nieder!«

»Damit *Sie* ihn laufen lassen können?«

»Major Diebold, das ist Befehlsverweigerung.«

Die anderen Soldaten standen immer noch salutierend und regungslos da.

»Erst bring ich ihn um«, zischte Diebold und machte sich bereit, abzudrücken.

Ein Schuss peitschte durch den Raum. Die leere Patronenhülse klirrte gegen die Wand, während der scharfe Pulverdampf sich ausbreitete. Der harte Aufschlag des Körpers ließ alle erstarren.

Andernach schob seine Waffe in das Futteral und blickte verächtlich auf den blutenden Diebold, der sich am Boden krümmte. Lupin kniete neben Josette nieder und half ihr, sich aufzusetzen. Dr. Canaro stürzte zu dem Deutschen, um dessen Bauchwunde zu versorgen.

»Rühren!«, befahl Andernach. »Sammeln, Abmarsch!«

»Z' Befehl, H' General!«, bellte einer von ihnen, während alle aus dem Raum rannten.

Lupin blickte hoch zu Andernach. »Herr General, warum haben Sie das getan?«

Andernach blickte ihn kalt an. »Meine Befehle sind zu befolgen.«

Lupin war fassungslos. »Sie retten uns? Sie lassen uns wirklich gehen?«

»Sie haben Unglaubliches geleistet für Ihr Land. Seit unserer letzten Begegnung sind Sie zwar mein Gegner. Aber nicht mehr mein Feind!«

»Monsieur Lupin, können Sie mir bitte helfen?«, fragte Dr. Canaro.

Während Andernach die Szene verfolgte, ließ Lupin widerstrebend seine blutende Josette los und half dem Arzt.

»Warum tun Sie das, Doktor?«, fragte Andernach ihn.

»Ich bin Arzt. Und auch er ist ein Mensch. Er muss unbedingt in eine Klinik.«

Andernach befahl, den Verwundeten abzutransportieren.

Josette erhob sich schwankend und wurde von Docteur Canaro versorgt. Es war nur eine leichte Platzwunde, und Lupin schloss sie erleichtert in die Arme. Doch es war auch ein Trauma, das sie nie wieder loswerden würde.

General Bradleys Panzer näherten sich Paris von Westen her; die ausgehungerte Bevölkerung fieberte ihnen entgegen, denn die Stadt war kurz davor, die ersten Hungertoten zu beklagen. Der Zorn der Pariser war nicht länger zu unterdrücken. Alles brodelte in und unter der Stadt. Auch Arsène und Josette, die Diebolds Überfall schwer mitgenommen hatte, besahen sich voller ohnmächtigem Zorn die Verwüstungen, die eine grölende Soldateska in ihrem Palais angerichtet hatte.

»Chéri«, sagte Josette voller Entschlossenheit, »Frankreich wird wiedererstehen, Paris wird dieses Fliegenpack abschütteln, und unser Zuhause werden wir so instandsetzen, dass niemand mehr etwas davon bemerkt.«

»Lass uns ein paar Einschusslöcher in den Wänden behalten, mein Liebling. Sie sind Teil der Geschichte dieses Hauses, und auch unserer eigenen Geschichte.«

Am 18. August forderte Morlaix alle Mitglieder der Résistance zur Mobilmachung auf und verkündete für Paris den Generalstreik. Schon am nächsten Morgen brach in der Stadt die Hölle los.

Résistance-Kämpfer griffen deutsche Wagenkolonnen auf den Champs-Elysées an. Ein wilder, unorganisierter und schlecht bewaffneter Haufen besetzte Polizeistationen, Ministerien, Zeitungsredaktionen und das Rathaus. Sie kamen mit Jagdgewehren und uralten Waffen, doch auch mit Molotow-Cocktails.

»Bringen Sie Generalkonsul Lindström zu mir, aber schnellstens!«, befahl Andernach.

Er begrüßte Lindström mit Erleichterung, während sich draußen die Pariser Bevölkerung den Kämpfern anschloss, sie trotz aller Knappheit mit Lebensmitteln versorgte, Barrikaden baute und Molotow-Cocktails herstellte.

»Jetzt haben Sie ja endlich Ihr Blutbad«, sagte Lindström ernst. »Es braucht nur noch einen Funken, dann fliegt ganz Paris in die Luft.«

»Unsere Verteidigungsstellungen stehen. Ich habe überall Panzer auffahren lassen und lasse die Rebellen unter Feuer nehmen.«

»Meinen Sie, damit ändern Sie noch etwas?«

Mit seiner ganzen Kraft, seiner Wortmacht, seiner ganzen Persönlichkeit drängte Lindström den deutschen Generaloberst, der Stadt das Grauen eines sich lange hinziehenden Häuserkampfs zu ersparen. Andernach, anfangs noch der brutale Militärschädel, war schließlich intelligent genug, einzusehen, dass er bei einer derartigen Auseinandersetzung nichts mehr gewinnen konnte.

Sie verhandelten stundenlang. Am Abend schließlich war Andernach einverstanden mit einer Feuerpause bis zum 23. August.

»Ich werde Ihren Wunsch Morlaix vortragen«, seufzte Lindström erschöpft. »Hoffentlich ist wenigstens der nicht ganz so stur!«

Die Feuerpause trat in Kraft, und ein todmüder Lindström zog sich in seine Residenz zurück.

Während der Waffenruhe allerdings nutzten einzelne Résistance-Kämpfer die Situation aus. Sie besetzten das Innenministerium, wo die Gestapo ihren Hauptsitz hatte, und weitere öffentliche Gebäude.

Inzwischen hatte Andernach die Situation ins OKW gemeldet und auch berichtet, dass General Bradleys Panzerarmee Richtung Paris vorstieß. Als Antwort traf ein persönliches Schreiben Adolf Hitlers ein: Die Stadt sei bis zum letzten Mann zu verteidigen. Sollte dies nicht mehr möglich sein, sei sie vollständig zu zerstören.

Innerhalb der Stadt muss gegen Anzeichen von Aufruhr mit schärfsten Mitteln eingeschritten werden, z. B. Sprengung von Häuserblocks, öffentliche Exekutierung der Rädelsführer, Evakuierung des betroffenen Stadtteils … Die Seinebrücken sind zur Sprengung vorzubereiten. Paris darf nicht oder nur als Trümmerfeld in die Hand des Feindes fallen.

Andernach verstand, was das hieß: Es war der Befehl, die eigenen Leute bis zum letzten Mann für Hitlers Wahnsinn zu opfern. Er würgte. Befehl war Befehl, doch auch wenn er es sich ungern eingestand: Er hatte Paris lieben gelernt. Seine Schönheit, seine Leichtigkeit, seinen unbeirrbaren Freiheitswillen.

Dann gab er Befehl, an allen Seinebrücken Sprengladungen anzubringen, und die Mannschaften rückten aus.

Noch vor dem ersten Tageslicht stand ein Sprengtrupp am Pont Neuf. Im Schein von Taschenlampen markierten sie die Stellen, an denen Ladungen angebracht werden mussten. Der Sprengstoff, in kleine weiße Einheiten verpackt, lag in einer großen Holzkiste gestapelt. Zwei Mann hängten sich unter die Brücke, die beiden anderen reichten ihnen die Pakete an, die in dafür vorgesehene Aussparungen geschoben werden mussten. Eine Zeit lang lief es problemlos, dann allerdings kam von unten eine gereizte Stimme.

»Sach ma, was 'n das für krümeliches Zeuch hier?«

»Wieso, was is los?«

»Hier is ne Packung aufgeplatzt. Dat janze Zeuch zerkrümelt einem unter die Finger wie nix. Fällt allet in 'n Fluss!«

»Macht doch nix, hast doch noch genug!«

»Un fettich is das Zeuch! Sowas von fettich, nä! Schmiert einem die janzen Hände voll, bah!«

»Fettich? Hände voll? Was is los mit dir da unten?«

»Und stinkt vielleicht, sach ich dir! Nä, wat dat Zeuch stinkt!«

»Jetzt glaub ich's aber!«

»Verpackung sieht auch nich aus wie sonst imma dat Dynamit!«

»Wart mal, ich les mal, was auf der Verpackung steht!«

»Ich hab keine Ahnung, wie ich da 'n Zünder anschließen soll!«

»Sag mal … weißt du, was das heißt? *Fromage de chèvre?* – Ah, da liegt ja ein Zettel!«

»Und?«

»Herzliche Grüße von Arsène Lupin!«

Josette, die immer noch schwer unter ihren Erlebnissen litt, brachte immerhin ein mattes Lächeln zustande, als Lupin ihr von den irritierten Meldungen erzählte, die er über Funk abgehört hatte.

»Chéri, machen sie alles kaputt? Auch unser schönes Zuhause hier?«

»Das hängt davon ab, wann die Alliierten hier sein werden. Inzwischen kommt es wirklich auf jede Stunde an.«

»Aber sag mal, Arsène, woher hattest du diese Unmengen Ziegenkäse?«

»Der war schon über sechs Jahre alt. Du weißt doch noch, als wir damals vor dem Krieg um zwei Uhr morgens den Güterzug aufgebrochen und die ganzen Kartons mitgenommen haben. Nur waren damals keine chinesischen Seidenstoffe drin, sondern Unmengen Käse, weil wir in der Dunkelheit den falschen Waggon erwischt hatten.«

»Den hattest du immer noch?«

»Ich hatte ihn schlicht vergessen.«

Als die Sonne im Zenit stand, waren drei Viertel von Paris in der Hand der Aufständischen. Andernach ließ feuern, was die Rohre hergaben, und auch mehrere Interventionen Lindströms konnten es nicht verhindern.

Entgegen allen Vorschriften zeigte er Lindström den Führerbefehl.

»Herr General, Sie dürfen diesem Befehl nicht folgen! Sie nehmen nicht nur Frankreich, sondern der ganzen Welt etwas Einmaliges, das für immer verloren sein wird! Wollen Sie denn wirklich ganz zum Schluss noch vier Millionen Pariser umbringen?«

»Mein Befehl lautet, die Stadt mit allen Mitteln zu halten oder sie vollkommen zu zerstören. Ich habe meinem Land nicht an die vierzig Jahre gedient, um es jetzt zu verraten.«

»Zumindest seit 1933 haben Sie nicht mehr Ihrem Land gedient, sondern einer Clique von Verbrechern.«

Andernach schluckte und schwieg. Er hatte längst begriffen, dass es so war. Doch der Zwiespalt zwischen soldatischer Pflicht und eigener Einsicht ließ sich nicht von einem Tag auf den anderen lösen.

Nach langem Ringen erreichte Lindström, dass er mehrere Befehle nicht unterzeichnete, die viele Opfer gefordert hätten und dazu ein Unmaß an Zerstörung.

Andernach gönnte sich drei Stunden Schlaf, ohne ein Auge zuzutun.

Die Waffenruhe war kaum vorbei, da befahlen die Alliierten der 2. französischen Panzerdivision unter General Leclerc, in Paris einzurücken. Am Abend des 24. August standen die ersten Panzer vor dem Pariser Rathaus, das inzwischen vollständig von den Rebellen eingenommen war. Unübersehbar wurde die Situation für die Besatzer immer verzweifelter. Andernach schickte erneut nach Lindström.

»Herr Generalkonsul, wir haben einen Punkt erreicht, an dem wir ernsthaft miteinander sprechen müssen. Als erfahrener Soldat sehe ich, wir werden Paris nicht länger halten können. Was das nach dem Befehl unseres Führers bedeutet, brauche ich Ihnen nicht zu erklären.«

Lindström sah, dass es Andernach ernst war, aber er sah auch den Schweißfilm auf dessen Stirn. Der General sah ausgebrannt und übernächtigt aus. Und er hatte etwas von einem in die Enge getriebenen Tier an sich.

»Sie werden jetzt bitte nicht die Nerven verlieren, Herr General. – Ich stelle mich Ihnen zur Verfügung, wann immer Sie einen Vermittler mit der Résistance brauchen. Wir müssen unbedingt verhindern, was Hitler dieser Stadt zufügen will.«

»Herr Generalkonsul, ich weiß nicht mehr weiter.«

Andernach sank in seinem Sessel zurück. In seinem Gesicht arbeitete es. »Noch nie habe ich mich gescheut, mir für unseren Führer die Hände schmutzig zu machen. Es klebt so unendlich viel Blut daran, dass ich es nie wieder loswerde.« Er schwieg lange. »Krieg ist nun mal Krieg. Aber nach all diesen grausamen Jahren muss ich Ihnen sagen: Hitler ist ein plärrender Dummkopf.«

Lindström zuckte zusammen. Das hatte er nicht erwartet.

»Wie konnte ich nur so ein Idiot sein, ihm meinen Sohn zu opfern? Er war das Liebste, was ich auf dieser Welt hatte.«

Der Generalkonsul schwieg betroffen.

»Statt einen guten Menschen aus ihm zu machen, habe ich ihn zu einer jungen Hyäne erzogen und war auch noch stolz darauf. Er ist nicht für Deutschland gestorben. Er ist für Hitler gestorben – und damit für nichts.« Seine Kiefer mahlten. »Als sein Vater … habe ich … versagt.« Seine Kiefer mahlten noch mehr.

»Herr General, Sie haben viel Unheil angerichtet, aber …«

»Mein Fehler war, dass ich an diesen Mann geglaubt habe und dass ich ihm mit aufrechtem Herzen dienen wollte. Ich habe geglaubt, dass wir ein großartiges neues Europa aufbauen würden und dass wir dafür eben das alte zerstören müssten …«

»Zerstört haben Sie es jedenfalls.«

»Glauben Sie mir, Herr Generalkonsul, ich hätte keine Sekunde gezögert, aus ganz Paris einen Leichenberg zu machen, wenn es diesem abartigen Ziel genützt hätte. Ich hätte immer noch die Mittel dazu, diese Stadt in die Luft zu jagen und mich selbst dazu. General Hugl mit seiner Bomberstaffel wartet nur darauf, hier loslegen zu dürfen und Hitlers Auftrag zu erfüllen.« Er starrte in die Decke. »Aber sagen Sie mir einen einzigen vernünftigen Grund, wozu das noch gut sein sollte. – Der Krieg ist verloren. Und ich mit ihm, aber das ist das geringste Problem.«

»Herr General, woher kommt dieser Gesinnungswandel?«

»Gewissen habe ich schon lange keines mehr, aber wenigstens

280

meine Gesinnung will ich retten.« Er erhob sich und füllte zwei Cognacschwenker. »Was haben wir Leid gebracht, und was haben wir selber gelitten! Und diese ganze Scheiße für nichts und nichts und wieder nichts.«

Beide schwiegen minutenlang, während sie in ihre Cognacschwenker starrten.

»Und jetzt?« Lindström starrte suchend an die Decke.

»Sagen Sie es mir!«, antwortete Andernach.

Eine aufgeregte Ordonnanz stürmte ins Zimmer und schrumpfte unter Andernachs ungnädigem Blick. Der Soldat salutierte zackig.

»Verzeihung, H' General! D-d-dringender Anruf aus Berlin!«, stotterte er. »F-f- ührerhauptquartier! Ich glaube, der F-führer persönlich!«

Unwillkürlich sprang Andernach von seinem Sitz auf. »Durchstellen! Sofort!«

Lindström machte Anstalten, den Raum zu verlassen, doch Andernach winkte ihn zurück. »Ich fühle mich wohler, wenn Sie mit im Raum sind.«

Ungläubig setzte der Konsul sich wieder, während der General das Gespräch annahm.

Adolf Hitlers harte, schnarrende Aussprache war auch für ihn klar erkennbar.

»Gönerol Ondernoch?«

»Zu Befehl, mein Führer!«

»Wie woit sönd Sie möt öhren Vorberoitungen zor Zörrstörung von Poriss?«

»Mein Führer, wir haben große logistische Probleme.«

»Aha! Olso ist Poriss noch nöcht zörstört!«

»Nnnein, mein Führer!«

»Hobe öch ötwa dön Beföhl gegöben, Poriss vollstöndig zo zörstören?«

»Zu Befehl, mein Führer. Jawoll!«

»Onsönn!«

Andernach schnappte nach Luft, und auch Lindström fuhr verblüfft in die Höhe.

»Un-sinn, mein Führer?«

»Hoben Sö moine Onterschröft auf dösöm Beföhl?«

»Mein Führer, das ist ein Fernschreiben, wie soll da …?«

»Hoben Sö moine Onterschröft, oder hoben Sö sö nöcht?«, sagte die Stimme des Führers deutlich lauter.

»Mein Führer …?«

»Hoben Sö moine Onterschröft?«, brüllte es so laut aus dem Hörer, dass selbst Lindström zusammenschrak.

»Nein«, gestand Andernach verwirrt.

»Waaa-rom böfolgen Sö dann so oinen Beföhl?«.

Lindström schaute Andernach verstört an und machte wischende Bewegungen vor seinem Gesicht.

»Moin Föhrer …«, stotterte Andernach.

»Dos öst nöcht moin Beföhl!«, sprach die schnarrende Stimme weiter, nun wieder etwas ruhiger. »Keitel hat öhn gefölscht! Ohne moin Wössen! Öch wörde öhn an die Wond stellen lossen.«

»Pzzz … tzzz …« stammelte Andernach, während Lindström sich immer ungläubiger über die Oberschenkel rieb.

»Sö wörden dösen onerhörten Beföhl onter koinen Omstönden ousföhren! Hoben Sö möch verstönden? Onter koi-nen Omständen!«

»Jawoll, mein F…«

»Ond in Zokonft folgen Sö koinem Förnschroiben ohne moine Onterschröft! Vörstonden?«

Lindström und Andernach blickten einander ratlos an.

»Vörrr-stonden?«

In Andernachs Gesicht arbeitete es. Ein paar Sekunden lang sagte er nichts. Dann sagte er schließlich: »Nun lassen Sie's mal gut sein, Monsieur Lupin!«, und legte auf.

»Was bitte war das jetzt?« Lindström hob die Hände zu einer ratlosen Geste.

»Jedenfalls nicht Adolf Hitler. Du lieber Himmel, um ein Haar wäre ich darauf hereingefallen!«

Lindström verabschiedete sich, nachdem sie vereinbart hatten, dass er bei der Résistance sondieren würde, wie man die Situation dort sah. Andernach warf sich auf sein Sofa, um eine Stunde Schlaf zu bekommen, und fiel in eine bleierne Tiefe.

Lupin blickte immer noch ratlos auf das deutsche Armeetelefon, mit dem er den Anruf bei Andernach vorgetäuscht hatte. Er war es einfach nicht gewohnt, dass man ihm auf die Schliche kam. Draußen knatterten Gewehrsalven, der Lärm der Scharmützel hing über der Stadt wie eine Dunstglocke. Dennoch: vielleicht noch einen Tag, vielleicht noch zwei, dann würde der deutsche Spuk endlich ein Ende haben!

»Geht es dir besser, mein Liebling?«

Josette lächelte müde. »Ach, Arsène, wir leben! Und letztlich ist uns ja gar nichts passiert.«

Lupin dachte an den Berg zerstörtes antikes Mobiliar in einer der Scheunen. »Du lebst«, sagte er schließlich. »Ich hatte schon mit allem abgeschlossen.«

Josette nickte nur traurig.

»Ich hoffe trotzdem, dass man später einmal würdigt, wie ich mit einem einzigen Anruf die Zerstörung von Paris verhindert habe.«

»Gewiss, gewiss«, antwortete sie nachsichtig.

Lindström verhandelte bis in den späten Abend mit Morlaix, ob eine friedliche Übergabe der Stadt möglich war. Doch Morlaix zeigte sich nicht gewillt.

»Diesem Schwein entgegenkommen? Will er jetzt den Kopf aus der Schlinge ziehen?«

»Nein«, antwortete Lindström. »Er will die Stadt retten.«

Morlaix und die anderen Résistance-Führer lachten höhnisch auf.

Doch Lindström redete auch hier mit Engelszungen und machte ihnen klar, dass Andernach verhandlungsbereit war, um für beide Seiten das Schlimmste abzuwenden.

»Hier gibt es nichts mehr zu verhandeln«, erwiderte Morlaix grimmig. »Wir werden ihn töten, und wer von denen nicht rechtzeitig flieht, den töten wir ebenfalls. Wir haben jedes Recht dazu!«

»Es geht nicht um Recht, sondern um Vernunft.«

Es war nachts um zwei, als er mit einem ausgearbeiteten Vorschlag wieder bei Andernach auftauchte: Die Deutschen sollten alle Kampfhandlungen einstellen und sich ergeben. Dafür würden sie nach der Genfer Konvention als Kriegsgefangene behandelt.

Andernach war nicht weniger übermüdet, als er sich die Forderungen der Résistance anhörte. Es ging eine Zeit lang hin und her. Gegen halb vier Uhr morgens, als beiden schon fast die Augen zufielen, richtete Andernach sich auf.

»Herr Generalkonsul, ich betrachte es als meine militärische Pflicht, das Leben meiner Soldaten zu retten. Sagen Sie Monsieur Morlaix, dass ich bereit bin, Paris unversehrt zu lassen, und zu kapitulieren.«

Lindström atmete hörbar aus. »Gott sei Dank! Herr General, ich beglückwünsche Sie zu dieser Entscheidung!«

»Allerdings gibt es ein Problem: Ich habe die SS in meinem Rücken. Die werden mich sofort aufknüpfen, wenn ich nur einen kleinen Fehler mache. Weder darf ich meinen Soldateneid verletzen, noch darf ich einen Befehl Adolf Hitlers verweigern.«

»Hmmm …«, grübelte Lindström. »Sollen wir demnach also einen viereckigen Kreis zeichnen?«

»Sie verstehen mich?«

»Mein lieber Herr General, soll ich jetzt Monsieur Morlaix sagen, dass er Sie von Ihrem Fahneneid entbinden soll?«

»So ähnlich jedenfalls, das ist unsere einzige Möglichkeit: Die Résistance muss mir ein Ultimatum stellen, dass ich mich der Übermacht zu ergeben habe. Andernfalls würde man uns zusammenschießen. Es muss eine so klare Drohung sein, dass es meine Pflicht als Befehlshaber ist, meine Leute vor dem sicheren Tod zu bewahren.«

Lindström holte erst einmal Luft. »Manchmal seid ihr Deutschen wirklich unglaublich. Wenn Sie mir jetzt von irgendwoher wenigstens einen Kaffee kommen lassen, fahre ich nochmals zu Morlaix. Er wird es mit Sicherheit so formulieren. Und danach schlafe ich ein paar Stunden. Sonst erlebe *ich* nämlich die Befreiung von Paris nicht mehr!«

Er bekam seinen Kaffee und fuhr wieder los.

Am nächsten Vormittag tauchte Lindström mit dem schriftlichen Ultimatum auf. Es ließ an Deutlichkeit nichts zu wünschen übrig. Andernach berief seine Generalsrunde ein, und ein letztes Mal führte er eine hitzige Debatte, die er mit dem Beschluss beendete, dem Ultimatum der Résistance Folge zu leisten, um das Leben der verbliebenen deutschen Truppen zu schonen. Für die Mittagszeit hatte Lindström sein weiteres Erscheinen angesagt.

Als Andernach völlig erschöpft an der Funkerbude vorbeischlich, stürzte ein Soldat heraus.

»H' General, Fernschreiben aus dem Führerhauptquartier!«

Gleichgültig nahm Andernach es entgegen.

Brennt Paris?
AH

285

»Keine Unterschrift drauf …«, brummte er unwillig.

»Keine w-was?«, stotterte der Soldat.

Andernach knüllte es zusammen und warf es durch den Korridor. Die anderen verstanden die Geste.

Wie aus dem Nichts stand ein SS-Offizier vor ihm. »Defätismus! Wehrkraftzersetzung! Hochverrat! Sie sind verhaftet!«

Im selben Moment lag er sterbend am Boden. Andernach steckte seine Waffe wieder ein. »Räumt das hier weg!« Er stieg über den zuckenden Körper.

Als er sein Büro betrat, lag Lindström, der so lange gewartet hatte, auf Andernachs Couch und schlief. Andernach hatte alle Mühe, ihn wachzukriegen, wenngleich er sich am liebsten selbst dazugelegt hätte. Nachdem der Generalkonsul sich die Augen gerieben hatte und ihn verschlafen anstarrte, teilte Andernach ihm den Beschluss der Generalsrunde mit.

»Wir sind bereit zu kapitulieren und die Stadt Paris unverzüglich an die Résistance zu übergeben. Wir erwarten eine Behandlung nach der Genfer Konvention.«

Lindström atmete hörbar aus und machte sich auf den Weg zu Morlaix.

»H' General, soeben haben die auf dem Eiffelturm die französische Trikolore gehisst, und auf dem Ark de Triompfe auch!«

»Ab jetzt ist das ihr gutes Recht!«, knurrte Andernach und informierte seine Generäle über die Kapitulationserklärung.

»Und kommen wir hier lebend raus?«, wollte einer wissen.

»Das kann ich Ihnen nicht garantieren, meine Herren.«

Als Morlaix und seine Leute die Deutschen als Kriegsgefangene abführten, stand draußen ein riesiger, tobender Mob, der sie alle lynchen wollte. Hass und Verachtung wurden über sie ausgeschüttet, Gegenstände wurden nach ihnen geworfen, und als sie bei dem Transporter anlangten, der sie zum Rathaus von Paris bringen sollte, damit sie dort die Kapitulationsurkunde unterzeichneten, da waren sie alle von oben bis unten vollgespuckt.

Andernach wischte sich den Speichel aus dem Gesicht, während einige Résistance-Kämpfer in die Luft feuerten, um einen Überfall der Masse auf den Transporter zu verhindern.

»Herr Generaloberst Andernach, ich fordere Sie hiermit auf, diese Kapitulationsurkunde zu unterzeichnen.« Generalmajor Leclerc musterte ihn voller Verachtung.

Andernach legte seine Waffe ab und setzte mit einem tiefen Atemzug seine Unterschrift darunter.

»Herr Generalmajor, als kommandierender deutscher General von Groß-Paris übergebe ich Ihnen hiermit diese Stadt und wünsche Ihnen und Ihren Leuten eine glückliche Hand. Die deutsche Besatzung von Groß-Paris ist hiermit beendet.«

Leclerc verweigerte den angebotenen Handschlag. Es war 14:45 Uhr.

Den Gefangenen wurden die Hände hinter dem Rücken gefesselt, und man führte sie zu einem geschlossenen Lastwagen, während die Menge tobte und sie alle zusammen tot sehen wollte. Langsam rollte der Wagen los, eskortiert von zwei Motorrädern mit französischen Soldaten. Mit einer Militärmaschine sollten die deutschen Offiziere ins britische Gefangenenlager Trent geflogen werden.

Doch sie kamen nicht weit. Eine aufgeheizte Masse drängte die Motorradfahrer ab und umringte den Wagen. Fäuste und Gewehrkolben, Hämmer und Steine trommelten gegen das Fahrzeug, zugleich begann die Menge es von der Seite her zu schaukeln.

»Jetzt haben sie uns«, stellte Andernach unbewegt fest. »Meine Herren, es ist Zeit, sich voneinander zu verabschieden. Für das, was uns nun allen bevorsteht, wünsche ich Ihnen Kraft und ein schnelles Ende. Gott segne Sie alle.«

Das Gebrüll draußen, geifernd vor Hass und Rachsucht, steigerte sich zum Orkan, der Wagen schwankte immer bedrohlicher.

»Festhalten!«, schrie einer von ihnen, doch da kippte das Gefährt schon zur Seite. Sie hörten das Getrampel von Füßen auf der nun nach oben zeigenden Seitenwand, die Tritte gegen das Wagendach.

»Zum ersten Mal in diesem Scheißkrieg hab ich richtig Angst«, sagte einer mit belegter Stimme.

Da wurde schon die Hecktür aufgebrochen, und wütende Hände zerrten sie nacheinander auf die Straße. Fäuste, Tritte und Speichel regneten auf sie herab. Müll wurde nach ihnen geworfen, und dann folgte warmer Urin.

Die Menge dürstete nach Blut, die Schreie der misshandelten Deutschen gingen im Lärm unter. Bald gab es die ersten Toten, den leblosen Körpern wurden die blutgetränkten Uniformen heruntergerissen, um sie nackt und ehrlos über den Asphalt zu schleifen. Unter dem Gejohle der Massen wurden die geschändeten Leiber kopfunter an Laternenpfählen aufgehängt.

Auch Andernach hatte wüste Schläge und Tritte eingesteckt. Sein Gesicht war verschwollen, sein Magen, seine Hoden, alles an ihm schmerzte mörderisch. *Bloß nicht hinfallen!,* dachte er mit trübem Hirn, während er zwei Zähne aus dem blutenden Mund spie. Da traf ihn ein Tritt von der Seite, und er stürzte halb bewusstlos auf das Gesicht.

Aus!, dachte er noch. *Aus! Mein kleiner Hermann, ich komm jetzt zu dir! Papi … kommt … jetzt …* Ein Tritt in die Seite, und er brüllte auf.

Er spürte, wie Hände ihn grob an den Knöcheln packten und ihm die Füße wegrissen. Wie ein halb tot geschlagenes Tier ließ er jetzt alles willenlos mit sich geschehen. Auf dem Gesicht liegend, wurde er nach hinten gerissen. Dann spürte er, wie zwei Hände ihn in einen Schacht zogen.

»Schnell weg hier!«, hörte er. »Die werden uns verfolgen!«

Jemand packte ihn derb an den Oberarmen und schleifte ihn einen dunklen Tunnel entlang, dann noch einen, dann noch einen, dann noch einen …

Schließlich kamen sie an eine schwere Stahltür, offensichtlich ein Bunker. Er wurde in den stockdunklen kleinen Raum gezerrt und hörte, wie die Stahltür abgeschlossen und verriegelt wurde.

Eine Kerze flammte auf, und eine Stimme sagte: »Hier können Sie sich hinsetzen. – Zigarette?«

»Ja bitte«, antwortete Andernach wider alle Vernunft. Im Schein des aufflammenden Streichholzes erkannte er die Uniform eines französischen Offiziers unter dem Stahlhelm. Die Gesichtszüge kamen ihm bekannt vor.

Er nahm einen tiefen Zug aus der Zigarette.

»Mein Gott, Lupin!«, stöhnte er schließlich. »Sie schon wieder. Sie verrückter Hund!«

Lupin starrte ihn lange an. »Ich hätte gute Lust, Ihnen hier und jetzt das Licht auszublasen, Andernach! Aber ich bin nun mal Franzose.«

»Warum tun Sie es nicht einfach?«

»Herr General, jetzt sind wir quitt. Sie haben mein Leben geschont, also schone ich das Ihre. Ich werde Sie wieder der regulären französischen Armee übergeben. Sie werden diesen Krieg überleben.«

Andernach fügte sich in sein Schicksal.

In der Nacht vom 26. auf den 27. August warfen 111 Flugzeuge der deutschen Luftflotte 3 über dem Süden von Paris Bomben ab. 593 Gebäude wurden zerstört oder beschädigt; 213 Menschen wurden getötet und 914 verwundet. Noch am selben Tag kamen General Eisenhower und General Bradley in Paris an und hielten zwei Tage später auf den Champs-Elysées eine Siegesparade ab.

Paris war frei.

»Chéri, es ist vorbei, es ist vorbei!«

Zum ersten Mal sah Lupin seine Josette wieder strahlen.

»Du bedeutest mir alles, Josette«, antwortete er voller Zärtlichkeit. »Siehst du, sogar in der Hölle gehen irgendwann die Kohlen aus!«

»Du bist mein Held!«

»Du meine Heldin!«

Sie gingen hinaus, um mit den Parisern zu feiern. Der Hass hatte sich in Freude und Erleichterung gewandelt. Menschen, die sich nicht kannten, umarmten sich und tanzten miteinander auf den Straßen. Auf den Panzern standen junge Frauen und übersäten die erschöpften Gesichter der Soldaten mit Küssen.

Am nächsten Tag erschien General de Gaulle in der Stadt und übernahm nicht nur Paris, sondern das ganze Land.

Das Leben in der Stadt normalisierte sich langsam, auch wenn die Gräuel der vergangenen Jahre sich für lange Zeit in die Herzen der Menschen eingebrannt hatten.

Andernach erholte sich in dem britischen Kriegsgefangenenlager, während die alliierten Truppen das Reich der Mörder, Schänder und Judenvernichter in die Knie zwangen und den Deutschen eine Freiheit bescherten, mit der sie noch für die nächsten zwanzig Jahre nichts anzufangen wussten, denn anders als die Franzosen hatten sie dies nie gelernt.

Die überlebenden deutschen Generäle kehrten ins Zivilleben zurück, wo niemand sie jemals für ihre Verbrechen zur Rechenschaft zog.

Generalmajor Paul Andernach allerdings, der sein Leben riskiert hatte, um Paris zu retten, wurde in der Nachkriegszeit mit französischen Ehrungen überhäuft.

Major Diebold, der seine Verwendbarkeit für alles und jedes

unter Beweis gestellt hatte, kehrte in den Staatsdienst zurück und wurde Ministerialdirigent im Bundeslandwirtschaftsministerium, wo er 1967 mit dem persönlichen Dank des Ministers *für hervorragende Verdienste* verabschiedet wurde.

Major Hallmaier, Andernachs persönliche Ordonnanz, wirkte als Amtsrichter in einer bayerischen Kleinstadt.

Generalmajor Paul Andernach, inzwischen Mitglied der französischen Ehrenlegion, verstarb im November 1969 in Baden-Baden und wurde unter großer Anteilnahme ehemaliger Kameraden, hoher französischer Offiziere und einer Abordnung des Bundesverteidigungsministeriums beigesetzt.

Niemand bemerkte das greise französische Ehepaar, das sich diskret im Hintergrund hielt, während Andernachs Sarg in die Tiefe gesenkt wurde.

Der gebrechliche alte Herr stützte sich schwer auf die Griffe des Rollstuhls, in dem seine Gemahlin saß.

»Oh Gott, chérie, mein Rücken bringt mich um!«, raunte er seiner Gattin zu.

Über den Autor

Bernd Späth, 1950 in Fürstenfeld geboren und aufgewachsen, weiß, wovon er schreibt. Der gelernte Jurist betreibt heute eine Coachingpraxis in Starnberg. Als Autor und Theaterschriftsteller hatte Späth seinen Durchbruch mit der Romankomödie *Seitenstechen,* die auch verfilmt wurde.

Er absolvierte 5 Arktisexpeditionen und war häufiger Gast in Rundfunksendungen und auch TV-Gast in Michael Steinbrechers SWR-Nachtcafé.